Los Vagabundos del Dharma

Jack Kerouac

Los Vagabundos del Dharma

Traducción de Mariano Antolín Rato

EDITORIAL ANAGRAMA
BARCELONA

Título de la edición original:
The Dharma Bums
Viking Press
Nueva York, 1958

Ilustración: © Eva Mutter

Primera edición en «Contraseñas»: noviembre 1996
Primera edición en «Compactos»: diciembre 2000
Decimoctava edición en «Compactos»: septiembre 2022

Diseño de la colección: Julio Vivas y Estudio A

© De la traducción, Mariano Antolín Rato, 1996

© Jack Kerouac, 1958

© EDITORIAL ANAGRAMA, S. A., 1996
  Pau Claris, 172
  08037 Barcelona

ISBN: 978-84-339-6139-6
Depósito Legal: B. 1276-2022

Printed in Spain

Liberdúplex, S. L. U., ctra. BV 2249, km 7,4 - Polígono Torrentfondo
08791 Sant Llorenç d'Hortons

Dedicado a Han Shan

1

Saltando a un mercancías que iba a Los Ángeles un mediodía de finales de septiembre de 1955, me instalé en un furgón y, tumbado con mi bolsa del ejército bajo la cabeza y las piernas cruzadas, contemplé las nubes mientras rodábamos hacia el norte, a Santa Bárbara. Era un tren de cercanías y yo planeaba dormir aquella noche en la playa de Santa Bárbara y a la mañana siguiente coger otro, de cercanías también, hasta San Luis Obispo, o si no el mercancías de primera clase directo a San Francisco de las siete de la tarde. Cerca de Camarillo, donde Charlie Parker se había vuelto loco y recuperado la cordura, un viejo vagabundo delgado y bajo saltó a mi furgón cuando nos dirigíamos a una vía muerta para dejar paso a otro tren, y pareció sorprendido de verme. Se instaló en el otro extremo del furgón y se tumbó frente a mí, con la cabeza apoyada en su mísero hatillo, y no dijo nada. Al rato pitaron, después de que hubiera pasado el mercancías en dirección este dejando libre la vía principal, y nos incorporamos porque el aire se había enfriado y la neblina se extendía desde la mar cubriendo los valles más templados de la costa. Ambos, el vagabundo y yo, tras infructuosos intentos por arrebujarnos con nuestra ropa sobre el hierro frío, nos levantamos y caminamos deprisa y saltamos y movimos los brazos, cada uno en su extremo del furgón. Poco después enfilamos otra vía muerta en una estación muy pequeña y pensé que necesitaba un bocado y vino de Tokay para redondear la fría noche camino de Santa Bárbara.

–¿Podría echarle un vistazo a mi bolsa mientras bajo a conseguir una botella de vino?

–Pues claro.

Me apeé de un salto por uno de los lados y atravesé corriendo la autopista 101 hasta la tienda, y compré, además del vino, algo de pan y fruta. Volví corriendo a mi tren de mercancías, que tenía que esperar otro cuarto de hora en aquel sitio ahora soleado y caliente. Pero empezaba a caer la tarde y haría frío enseguida. El vagabundo estaba sentado en su extremo del furgón con las piernas cruzadas ante un mísero refrigerio consistente en una lata de sardinas. Me dio pena y le dije:

–¿Qué tal un trago de vino para entrar en calor? A lo mejor también quiere un poco de pan y queso para acompañar las sardinas.

–Pues claro.

Hablaba desde muy lejos, como desde el interior de una humilde laringe asustada o que no quería hacerse oír. Yo había comprado el queso tres días atrás en Ciudad de México, antes del largo y barato viaje en autobús por Zacatecas y Durango y Chihuahua, más de tres mil kilómetros hasta la frontera de El Paso. Comió el queso y el pan y bebió el vino con ganas y agradecimientos. Yo estaba encantado. Recordé aquel versículo del Sutra del Diamante que dice:

«Practica la caridad sin tener en la mente idea alguna acerca de la caridad, pues la caridad, después de todo, sólo es una palabra.»

En aquellos días era muy devoto y practicaba mis devociones religiosas casi a la perfección. Desde entonces me he vuelto un tanto hipócrita con respecto a mi piedad de boca para afuera y algo cansado y cínico... Pero entonces creía de verdad en la caridad y amabilidad y humildad y celo y tranquilidad y sabiduría y éxtasis, y me creía un antiguo bhikkhu con ropa actual que erraba por el mundo (habitualmente por el inmenso arco triangular de Nueva York, Ciudad de México y San Francisco) con el fin de hacer girar la rueda del Significado Auténtico, o Dharma, y hacer méritos como un futuro Buda (Iluminado) y como un futuro Héroe en el Paraíso. Todavía no conocía a Japhy Ryder –lo conocería una semana después–, ni había oído hablar de los «Vagabundos del Dharma», aunque ya era un perfecto Vagabundo del Dharma y me consideraba un peregrino religioso. El vagabundo del furgón fortaleció todas mis creencias al entrar en calor con el vino y hablar y terminar por enseñarme un papelito que contenía una oración de Santa Teresita en la que anunciaba que después de su muerte volvería a la tierra y derramaría sobre ella rosas, para siempre, y para todos los seres vivos.

–¿Dónde consiguió eso? –le pregunté.

–Bueno, lo recorté de una revista hace un par de años, en Los Ángeles. Siempre lo llevo conmigo.

–¿Y se sienta en los furgones y lo lee?

–Casi todos los días.

No habló mucho más del asunto, ni tampoco se extendió sobre Santa Teresita, y era muy humilde con respecto a su religiosidad y me habló poco de sus cuestiones personales. Era el tipo de vagabundo de poca estatura, delgado y tranquilo, al que nadie presta mucha atención ni siquiera en Skid Row, por no hablar de Main Street. Si un policía lo echaba a empujones de algún sitio, no se resistía y desaparecía, y si los guardas jurados del ferrocarril andaban por allí cerca cuando había un tren de mercancías listo para salir, era prácticamente imposible que vieran al hombrecillo escondido entre la maleza y saltando a un vagón desde la sombra. Cuando le conté que planeaba subir la noche siguiente al Silbador, el tren de mercancías de primera clase, dijo:

–¡Ah! ¿Quieres decir el Fantasma de Medianoche?

–¿Llamáis así al Silbador?

–Al parecer, has trabajado en esa línea.

–Sí. Fui guardafrenos en la Southern Pacific.

—Bueno, nosotros los vagabundos lo llamamos el Fantasma de Medianoche porque se coge en Los Ángeles y nadie te ve hasta que llegas a San Francisco por la mañana. Va así de rápido.

—En los tramos rectos alcanza los ciento treinta kilómetros por hora, hombre.

—Sí, pero hace un frío tremendo por la noche cuando enfila la costa norte de Gavioty y sigue la línea de la rompiente.

—La rompiente, eso es, después vienen las montañas, una vez pasada Margarita.

—Margarita, eso es; he cogido ese Fantasma de Medianoche muchas más veces de las que puedo recordar.

—¿Cuántos años hace que no va por casa?

—Más de los que puedo recordar. Vivía en Ohio.

Pero el tren se puso en marcha, el viento volvió a enfriarse y cayó la neblina otra vez, y pasamos la hora y media siguiente haciendo todo lo que podíamos y más para no congelarnos y dejar de castañetear tanto. Yo estaba acurrucado en una esquina y meditaba sobre el calor, el calor de Dios, para combatir el frío; después di saltitos, moví brazos y piernas y canté. Sin embargo, el vagabundo tenía más paciencia que yo y se mantenía tumbado casi todo el rato, rumiando sus pensamientos y desamparado. Los dientes me castañeteaban y tenía los labios azules. Al oscurecer vimos aliviados la silueta de las montañas familiares de Santa Bárbara y enseguida nos detuvimos y nos calentamos junto a las vías bajo la tibia noche estrellada.

Dije adiós al vagabundo de Santa Teresita en el cruce, donde saltamos a tierra, y me fui a dormir a la arena envuelto en mi manta, lejos de la playa, al pie de un acantilado donde la bofia no pudiera verme y echarme. Calenté unas salchichas clavadas a unos palos recién cortados y puestos sobre una gran hoguera, y también una lata de judías y una de macarrones al queso, y bebí mi vino recién comprado y disfruté de una de las noches más agradables de mi vida. Me metí en el agua y chapoteé un poco y estuve mirando la esplendorosa noche estrellada, el universo diez veces maravilloso de oscuridad y diamantes de Avalokitesvara.

«Bien, Ray –me dije contento–, sólo quedan unos pocos kilómetros. Lo has conseguido otra vez.»

Feliz. Solo con mis pantalones cortos, descalzo, el pelo alborotado, junto al fuego, cantando, bebiendo vino, escupiendo, saltando, correteando –¡esto sí que es vida!–. Completamente solo y libre en las suaves arenas de la playa con los suspiros del mar cerca y las titilantes y cálidas estrellas, vírgenes de Falopio, reflejándose en el vientre fluido del canal exterior. Y si las latas están al rojo vivo y no puedes cogerlas con la mano, usa tus viejos guantes de ferroviario; con eso basta. Dejé que la comida se enfriara un poco para disfrutar un poco más del vino y de mis pensamientos. Me senté con las piernas cruzadas sobre la arena e hice balance de mi vida. Bueno, allí estaba, ¿y qué?

«¿Qué me deparará el porvenir?»

Entonces, el vino excitó mi apetito y tuve que lanzarme sobre las salchichas. Las mordí por un extremo sujetándolas con el palo por el otro, y ñam ñam, y luego me dediqué a las dos sabrosas latas atacándolas con mi vieja cuchara y sacando judías y trozos de cerdo, o de macarrones y salsa picante, y quizá también un poco de arena.

«¿Cuántos granos de arena habrá en esta playa? –pensé–. ¿Habrá tantos granos de arena como estrellas en el cielo? –ñam, ñam–. Y si es así, ¿cuántos seres humanos habrán existido? En realidad, ¿cuántos seres vivos habrán existido desde antes del comienzo de los tiempos sin principio? Bueno, creo que habría que calcular el número de granos de arena de esta playa y el de las estrellas del cielo, en cada uno de los diez mil enormes macrocosmos, lo que daría un número de granos de arena que ni la IBM ni la Burroughs podrían computar. ¿Y cuántos serán? –trago de vino–; realmente no lo sé, pero en este preciso momento esa dulce Santa Teresita y el viejo vagabundo están derramando sobre mi cabeza un par de docenas de trillones de sextillones de descreídas e innumerables rosas mezcladas con lirios.»

Después, terminada la comida, secados los labios con mi pañuelo rojo, lavé los platos con agua salada, di patadas a unos terrones de arena, anduve de acá para allá, sequé los platos, los guardé, devolví la vieja cuchara al interior del saco húmedo por el aire del mar, y me tendí envuelto en la manta para pasar una buena noche de descanso bien ganado. Me desperté en mitad de la noche.

«¿Dónde estoy? ¿Qué es ese baloncesto de la eternidad que las chicas juegan aquí, a mi lado, en la vieja casa de mi vida? ¿Está en llamas la casa?»

Pero sólo es el rumor de las olas que se acercan más y más con la marea alta a mi cama de mantas.

«Soy tan duro y tan viejo como una concha», y me vuelvo a dormir y sueño que mientras duermo consumo tres rebanadas de aliento de pan... ¡Pobre mente humana, y pobre hombre solitario de la playa!, y Dios observándolo mientras sonríe y yo digo... Y soñé con mi casa de hace tanto tiempo en Nueva Inglaterra y mis gatitos tratando de seguirme durante miles de kilómetros por las carreteras que cruzan América, y mi madre llevando un bulto a la espalda, y mi padre corriendo tras el efímero e inalcanzable tren, y soñé y me desperté en un grisáceo amanecer, lo vi, resoplé (porque había visto que todo el horizonte giraba como si un tramoyista se hubiera apresurado a ponerlo en su sitio y hacerme creer en su realidad), y me volví a dormir.

«Todo da lo mismo», oí que decía mi voz en el vacío que se abraza tan fácilmente durante el sueño.

2

El vagabundo de Santa Teresita fue el primer Vagabundo del Dharma auténtico que conocí, y el segundo fue el número uno de todos los Vagabundos del Dharma y, de hecho, fue él, Japhy Ryder, quien acuñó el término. Japhy Ryder era un tipo del este de Oregón criado con su padre y madre y hermana en una cabaña de troncos escondida en el bosque; desde el principio fue un hombre de los bosques, un leñador, un granjero, interesado por los animales y la sabiduría india, así que cuando llegó a la universidad, quisiéralo él o no, estaba ya bien preparado para sus estudios, primero de antropología, después de los mitos indios y posteriormente de los textos auténticos de mitología india. Por último, aprendió chino y japonés y se convirtió en un erudito en cuestiones orientales y descubrió a los más grandes Vagabundos del Dharma, a los lunáticos zen de China y Japón. Al mismo tiempo, como era un muchacho del Noroeste con tendencias idealistas, se interesó por el viejo anarquismo del I.W.W.* y aprendió a tocar la guitarra y a cantar antiguas canciones proletarias que acompañaban su interés por las canciones indias y su folklore. Le vi por primera vez caminando por una calle de San Francisco a la semana siguiente (después de haber hecho autostop desde Santa Bárbara de un tirón y, aunque nadie lo crea, en el coche conducido por una chica rubia guapísima vestida sólo con un bañador sin tirantes blanco como la nieve y descalza y con una pulsera de oro en el tobillo, y era un Lincoln Mercury último modelo rojo canela, y la chica quería benzedrina para conducir sin parar hasta la ciudad y cuando le dije que tenía un poco en mi bolsa del ejército gritó: «¡Fantástico!»). Y vi a Japhy que caminaba con ese curioso paso largo de montañero, y llevaba una pequeña mochila a la espalda llena de libros y cepillos de dientes y a saber qué más porque era su mochila pequeña para «bajar-a-la-ciudad» independiente de su gran mochila con el saco de dormir, poncho y cacerolas. Llevaba una pequeña perilla que le daba un extraño aspecto oriental con sus ojos verdes un tanto oblicuos, pero no parecía en modo al-

---

* Industrial Workers of the World (Obreros Industriales del Mundo). *(N. del T.)*

guno un bohemio (un parásito del mundo del arte). Era delgado, moreno, vigoroso, expansivo, cordial y de fácil conversación, y hasta decía hola a los vagabundos de la calle y cuando se le preguntaba algo respondía directamente sin rodeos lo que se le ocurría y siempre de un modo chispeante y suelto.

–¿Dónde conociste a Ray Smith? –le preguntaron en cuanto entramos en The Place, el bar favorito de los tipos más pasados de la zona de la playa.

–Bueno, siempre conozco a mis bodhisattvas en la calle –respondió a gritos, y pidió unas cervezas.

Y fue una noche tremenda, una noche histórica en muchos sentidos. Japhy y algunos otros poetas (él también escribía poesía y traducía al inglés poemas chinos y japoneses) habían organizado una lectura de poemas en la Six Gallery, en el centro de la ciudad. Se habían citado en el bar y se estaban poniendo a tono. Pero mientras los veía por allí de pie o sentados, comprendí que Japhy era el único que no tenía aspecto de poeta, aunque de hecho lo fuera. Los otros poetas eran o tíos pasados con gafas de concha y pelo negro alborotado como Alvah Goldbook, o pálidos y delicados poetas como Ike O'Shay (vestido de traje), o italianos renacentistas de aspecto amable y fuera de este mundo como Francis DaPavia (que parecía un cura joven), o liantes anarquistas de pelo alborotado y chalina como Rheinhold Cacoethes, o tipos de gafas y tamaño enorme, tranquilos y callados, como Warren Coughlin. Y todos los demás prometedores poetas estaban también sentados por allí, vestidos de modos distintos, con chaquetas de pana de gastados codos, zapatos estropeados, libros asomándoles por los bolsillos. Sin embargo, Japhy llevaba unas toscas ropas de obrero compradas de segunda mano en la Beneficencia que le servían para trepar a las montañas y andar por el bosque y para sentarse de noche a campo abierto junto a una hoguera, o para moverse haciendo autostop siempre costa arriba y costa abajo. De hecho, en su pequeña mochila llevaba también un divertido gorro alpino verde que se ponía cuando llegaba al pie de una montaña, habitualmente cantando, antes de iniciar un ascenso de quizá miles de metros. Llevaba unas botas de montaña muy caras que eran su orgullo y su felicidad, de fabricación italiana, con las que andaba haciendo ruido por el suelo cubierto de serrín del bar como un antiguo maderero. Japhy no era alto, sólo algo más de metro setenta, pero era fuerte y ágil y musculoso. Su rostro era una máscara de huesos tristes, pero sus ojos brillaban como los de los viejos sabios bromistas de China, sobre la pequeña perilla, como para compensar el lado duro de su agradable cara. Tenía los dientes algo amarillos, debido a su temprano descuido de la limpieza en el bosque, pero no se notaba demasiado, aunque abría mucho la boca para reírse a mandíbula batiente de los chistes. A veces se quedaba quieto y callado y se limitaba a mirar tristemente el suelo como si fuera muy tímido. Pero otras veces era muy divertido. Demostraba tenerme simpatía y se interesó por la historia del vagabundo de Santa Teresita y lo que le conté de mis experiencias en trenes de carga o haciendo autostop o caminando por el bosque. Inmediatamente decidió que yo era un gran «bodhisattva», lo que quiere decir «gran criatura sabia» o «gran ángel sabio», y que adornaba este mundo con mi sinceridad. Nuestro santo budista favorito era el mismo: Avalokitesvara, o, en japonés, Kwannon el de las Once Cabezas. Sabía todo tipo de detalles del budismo tibetano, chino, mahayana, hinayana, japonés y hasta birmano, pero enseguida le advertí que me la traían floja la mitología y todos esos nombres y clases de budismo nacionales, puesto que sólo me interesaba la primera de las cuatro nobles verdades de Sakyamuni: *Toda vida es dolor.* Y hasta un cierto punto me interesaba, además, la tercera: *Es posible la supresión del dolor,* lo que entonces no creía para nada posible. (Todavía no había digerido el Lankavatara Sutra que enseña que finalmente en el mundo no hay más que mente y, por tanto, todo es posible incluida la supresión del dolor.) El colega de Japhy era el supraescrito Warren Coughlin, un tipo bonachón y cordial con más de ochenta kilos de carne de poeta encima, de quien Japhy me dijo (al oído) que resultaba más interesante de lo que parecía.

—¿Quién es?

—Es mi mejor amigo desde los tiempos de Oregón, nos conocemos desde hace mucho tiempo. Al principio uno piensa que es torpe y estúpido, pero la verdad es que es un diamante de muchos quilates. Ya lo verás. No bajes la guardia porque te puede arrinconar. Es capaz de hacer que te vuele la cabeza sólo con una palabra oportuna.

—¿Por qué?

—Es un gran bodhisattva misterioso y creo que quizá sea una reencarnación de Asagna, el gran sabio mahayana de hace siglos.

—Y yo, ¿quién soy?

—No lo sé, quizá la Cabra.

—¿La Cabra?

—O quizá seas Cara de Barro.

—¿Quién es Cara de Barro?

—Cara de Barro es el barro de tu cara de cabra. Qué dirías si a alguien le preguntaran: «¿El perro tiene la naturaleza de Buda?», y respondiera: «¡Wu!»

—Diría que era un montón de estúpido budismo zen... —Esto confundió un poco a Japhy—. Escucha, Japhy —le dije—, no soy budista zen, soy un budista serio, soy un soñador hinayana de lo más antiguo que se asusta ante el mahayanismo posterior. —Y así continué toda la noche, manteniendo que el budismo zen no se centraba tanto en la bondad como en la confusión del intelecto para que éste perciba la ilusión de todas las fuentes de las cosas—. Es *mezquino* —me quejé—. Todos aquellos maestros zen tirando a sus jóvenes discípulos al barro porque no pueden responder a sus inocentes cuestiones verbales.

—Era porque querían que comprendieran que el barro es mejor que las palabras, chico.

Pero no consigo recrear (ni esforzándome) la exacta brillantez de todas las respuestas de Japhy y sus observaciones y salidas que me llevaron a mal traer durante toda la noche y que acabaron por enseñarme algo que cambió mis planes de vida.

En cualquier caso seguí al grupo de poetas aulladores a la lectura de la Six Gallery de aquella noche, que fue, entre otras cosas importantes, la noche del comienzo del Renacimiento Poético de San Francisco. Estaban allí todos. Fue una noche enloquecida. Y yo fui el que puso las cosas a tono cuando hice una colecta a base de monedas de diez y veinticinco centavos entre el envarado auditorio que estaba de pie en la galería y volví con tres garrafas de Borgoña californiano de cuatro litros cada una y todos se animaron, así que hacia las once, cuando Alvah Goldbook leía, o mejor, gemía su poema «¡Aullido!», borracho, con los brazos extendidos, todo el mundo gritaba: «¡Sigue! ¡Sigue! ¡Sigue!» (como en una sesión de jazz) y el viejo Rheinhold Cacoethes, el padre del mundillo poético de Frisco, lloraba de felicidad. El propio Japhy leyó sus delicados poemas sobre Coyote, el dios de los indios de la meseta norteamericana (creo), o por lo menos el dios de los indios del Noroeste, Kwakiutl y todos los demás.

–¡Jódete!, dijo Coyote, y se largó –leía Japhy al distinguido auditorio, haciéndoles aullar de alegría, pues todo resultaba delicado y jódete era una palabra sucia que se volvía limpia. Y también estaban sus tiernos versos líricos, como los de los osos comiendo bayas, que demostraban su amor a los animales, y grandes versos misteriosos sobre bueyes por los caminos mongoles que demostraban su conocimiento de la literatura oriental, incluso de Hsuan Tsung, el gran monje chino que anduvo desde China al Tíbet, desde Lanchow a Kashgar y Mongolia llevando una barrita de incienso en la mano. Después, Japhy demostró su humor tabernario con versos sobre los ligues de Coyote. Y sus ideas anarquistas sobre cómo los americanos no saben vivir, en versos sobre individuos atrapados en salas de estar hechas con pobres árboles cortados por sierras mecánicas (demostrando aquí, además, su procedencia y educación como leñador en el Norte). Su voz era profunda y sonora y, en cierto modo, valiente, como la voz de los antiguos oradores y héroes americanos. Había algo decidido y enérgico y humanamente esperanzado que me gustaba de él, mientras los otros poetas, o eran demasiado exquisitos con su esteticismo, o demasiado histéricamente cínicos para abrigar ninguna esperanza, o demasiado abstractos o intimistas, o demasiado políticos, o como Coughlin demasiado incomprensibles para que se les entendiera (el enorme Coughlin diciendo cosas sobre «procesos sin clarificar», aunque cuando Coughlin dijo que la revelación era una cuestión personal advertí el potente budismo y los sentimientos idealistas de Japhy, que éste había compartido con el bondadoso Coughlin en su época de compañeros de universidad, como yo había compartido mis sentimientos con Alvah en el Este y con otros menos apocalípticos y directos, pero en ningún sentido más simpáticos y lastimeros).

Mientras tanto, montones de personas seguían de pie en la galería a oscuras esforzándose por no perder palabra de la asombrosa lectura poética mientras yo iba de grupo en grupo invitándoles a que echaran un trago o volvía al estrado y me sentaba en la parte derecha soltando gritos de aprobación y hasta frases enteras comentando algo sin que nadie me invitara a ello, pero también sin que molestaran a nadie en medio de la alegría general. Fue una gran noche. El delicado Francis DaPavia leyó, en delicadas páginas de papel cebolla amarillo, o rosa, que sostenía en sus largos y blancos dedos, unos poemas de su íntimo amigo Altman que había tomado demasiado peyote en Chihuahua (¿o murió de polio?), pero no leyó ninguno de sus propios poemas: una maravillosa elegía en memoria del joven poeta muerto capaz de arrancar lágrimas al Cervantes del Capítulo Siete, y leída con una delicada voz inglesa que me hizo llorar de risa para mis adentros aunque luego llegué a conocer mejor a Francis y me gustó.

Entre la gente que andaba por allí estaba Rosie Buchanan, una chica de pelo corto, pelirroja, delgada, guapa, una tía verdaderamente pasada y amiga de todos los que contaban en la playa, que había sido modelo de pintor y hasta escribía ella misma y vibraba de excitación en aquellos tiempos porque estaba enamorada de mi viejo camarada Cody.

–Maravilloso, ¿eh, Rosie? –le grité, y se metió un lingotazo de vino y me miró con ojos brillantes.

Cody estaba justo detrás de ella con los brazos agarrándola por la cintura. Entre los poetas, Rheinhold Cacoethes, con su chalina y su andrajosa chaqueta, se levantaba de vez en cuando y presentaba medio en broma con su divertida voz de falsete al siguiente poeta; pero, como digo, eran las once y media cuando se habían leído todos los poemas y todo el mundo andaba de un lado para otro preguntándose qué había pasado allí y qué iba a pasar con la poesía americana, y el viejo Cacoethes se secaba las lágrimas con un pañuelo. Y todos, es decir los poetas, nos unimos a él y fuimos en varios coches hasta Chinatown para cenar fabulosamente, con palillos y conversaciones a gritos en plena noche en uno de esos animados y enormes restaurantes chinos de San Francisco. Y sucedió que era el restaurante chino favorito de Japhy, el Nam Yuen, y me enseñó lo que debía pedir y cómo se comía con palillos y me contó algunas anécdotas de los lunáticos zen de Oriente y me puso tan contento (también teníamos una botella de vino delante) que acabé por levantarme y me dirigí al viejo cocinero que estaba a la puerta de la cocina y le pregunté:

–¿Por qué vino el bodhidharma desde el oeste? –El bodhidharma fue el indio que llevó el budismo a Oriente, a China.

–¿Y a mí qué me importa? –respondió el viejo cocinero, con los ojos entornados.

–Una respuesta perfecta, absolutamente perfecta. Ahora ya sabes lo que entiendo por zen –me dijo Japhy cuando se lo conté.

Tenía que aprender un montón de cosas más. En especial, cómo tratar a las chicas..., según el modo lunático zen de Japhy, y tuve oportunidad de comprobarlo con mis propios ojos la semana siguiente.

3

En Berkeley yo estaba viviendo con Alvah Goldbook en su casita cubierta de rosas en la parte trasera de una casa mayor de Milvia Street. El viejo y carcomido porche se inclinaba hacia adelante, hacia el suelo, entre parras, con una mecedora bastante cómoda en la que me sentaba todas las mañanas a leer mi Sutra del Diamante. El terreno de alrededor estaba lleno de plantas tomateras casi en sazón, y menta, menta, todo olía a menta, y un viejo y hermoso árbol bajo el que me gustaba sentarme y meditar en aquellas perfectas y frescas noches estrelladas del incomparable octubre californiano. Teníamos una pequeña y perfecta cocina de gas, pero no nevera, aunque eso no importara. Teníamos también un pequeño y perfecto cuarto de baño con bañera y agua caliente, y una habitación bastante grande llena de almohadones y esteras y colchones para dormir, y libros, libros, cientos de libros, desde Catulo a Pound y Blyth, a álbumes de Bach y Beethoven (y hasta un disco de swing de Ella Fitzgerald con un Clark Terry muy interesante a la trompeta) y un buen fonógrafo Webcor de tres velocidades que sonaba lo bastante fuerte como para hacer volar el tejado; y este tejado era de madera contrachapada, y las paredes también, y una noche en una de nuestras borracheras de lunáticos zen atravesé encantado esa pared con el puño y Coughlin me vio y la atravesó con la cabeza lo menos diez centímetros.

A un par de kilómetros de allí, bajando Milvia y luego subiendo hacia el campus de la Universidad de California, en la parte de atrás de otra casa enorme de una calle tranquila (Hillegass), Japhy vivía en su propia cabaña que era infinitamente más pequeña que la nuestra, aproximadamente de cuatro por cuatro, sin nada aparte de las típicas pertenencias de Japhy, que mostraba así su creencia en la sencilla vida monástica –ni una silla, ni siquiera una mecedora sentimental; únicamente esteras–. En un rincón estaba su famosa mochila grande con cazos y sartenes muy limpios encajados unos dentro de otros formando una unidad compacta atada con un pañuelo azul. Después estaban sus zuecos japoneses de madera, que nunca usaba, y un par de calcetines con los que andaba suavemente por encima de sus preciosas esteras, con el sitio justo para los cuatro dedos en una parte y para el dedo gordo en la otra. También tenía bastantes cestas de las de naranjas, todas llenas de hermosos libros académicos, algunos de ellos en lenguas orientales, todos los grandes sutras, comentarios a los sutras, las obras completas de D. T. Suzuki y una bonita edición de haikus japoneses en cuatro volúmenes. También tenía una valiosa colección de poesía occidental. De hecho, si hubiera entrado un ladrón a robar, las únicas cosas que habría encontrado de auténtico valor hubieran sido los libros. La ropa de Japhy consistía en prendas que le habían regalado o que había comprado de segunda mano, con expresión confusa y feliz, en los almacenes del Ejército de Salvación: calcetines de lana remendados, camisetas de color, camisas de faena, pantalones vaqueros, mocasines y unos cuantos jerséis de cuello alto que se ponía uno encima del otro en las frías noches de las sierras californianas y en la zona de las cascadas de Washington y Oregón durante aquellas caminatas increíblemente largas que a veces duraban semanas y semanas con sólo unos pocos kilos de comida seca en la mochila. Unos cuantos cestos de naranjas servían de mesa, sobre la cual, una soleada tarde en la que aparecí por allí, humeaba una pacífica taza de té junto a él mientras se inclinaba con aspecto serio encima de los caracteres chinos del poeta Han Shan. Coughlin me había dado su dirección y al entrar vi la bicicleta de Japhy en el césped de delante de la casa más grande (donde vivía la dueña) y luego unos cantos rodados y piedras y unos divertidos árboles enanos que había traído de sus paseos por la montaña para preparar su propio «jardín japonés de té» o «jardín de la casa de té», con un pino muy adecuado que suspiraba sobre su nuevo y diminuto domicilio.

Jamás había visto una escena tan pacífica como cuando, en aquel atardecer rojizo, simplemente abrí la pequeña puerta y miré dentro y le vi al fondo de la cabaña, sentado en un almohadón encima de la estera con las piernas cruzadas, y las gafas puestas que le hacían parecer viejo y estudioso y sabio, con un libro en el regazo y la fina tetera y la taza de porcelana humeando a su lado. Levantó la vista tranquilamente, vio quién era y dijo:

—Ray, entra. —Y volvió a clavar los ojos en los caracteres chinos.

—¿Qué estás haciendo?

—Traduzco el gran poema de Han Shan titulado «Montaña Fría» escrito hace mil años y parte de él garabateado en las paredes de los riscos a cientos de kilómetros de cualquier otro ser vivo.

—¡Vaya!

—Cuando entres en esta casa debes quitarte los zapatos, puedes estropear las esteras con ellos. —Así que me quité los zapatos y los dejé cuidadosamente al lado de la puerta y él me alcanzó un almohadón y me senté con las piernas cruzadas junto a la pared de madera y me ofreció una taza de té—. ¿Has leído el Libro del Té? —preguntó.

—No, ¿qué libro dices?

—Es un tratado muy completo sobre el modo de hacer el té utilizando el conocimiento de dos mil años de preparación del té. Algunas de las descripciones del efecto del primer sorbo de té, y del segundo, y del tercero, son realmente tremendas y maravillosas.

—Esos tipos se colocan con nada, ¿verdad?

—Bébete el té y verás; es un té verde muy bueno. —Era

bueno y me sentí inmediatamente tranquilo y reconforta-do–. ¿Quieres que te lea partes de este poema de Han Shan? ¿Quieres que te cuente cosas de Han Shan?

–¡Claro!

–Verás, Han Shan era un sabio chino que se cansó de la ciudad y se escondió en la montaña.

–¡Hombre! Eso suena a ti.

–En aquel tiempo se podía hacer eso de verdad. Vivía en una cueva, no lejos de un monasterio budista del distrito Tang-Sing, de Tien Tai, y su único amigo humano era Shi-te, el absurdo lunático zen que trabajaba en el monasterio y lo barría con una escoba. Shi-te era también poeta, pero no dejó nada escrito. De vez en cuando, Han Shan bajaba de Montaña Fría con su taparrabos y entraba en la cocina ca-liente y esperaba a que le dieran de comer, pero ninguno de los monjes quería darle comida porque se negaba a entrar en la orden y atender la campana de la meditación tres veces al día. Verás por qué, pues en algunas de sus manifestaciones, como... Pero escucha, miraré aquí y te lo traduciré del chino. –Me incliné por encima de su hombro y observé cómo leía aquellos extraños y enrevesados caracteres chinos–. «Trepan-do a Montaña Fría, sendero arriba; el sendero a Montaña Fría sube y sube: un largo desfiladero lleno de rocas de un alud, el ancho torrente y la hierba empañada de neblina. El musgo es resbaladizo, aunque no ha estado lloviendo, el pino canta, pero no hace viento, ¿quién es capaz de romper las ata-duras del mundo y sentarse conmigo entre blancas nubes?»

–¡Estupendo!

–Claro que es mi traducción al inglés. Ves que hay cinco caracteres en cada verso y tengo que añadir las preposiciones y artículos y demás partículas occidentales.

–¿Por qué no te limitas a traducirlo tal y como está, es decir, si hay cinco caracteres, pones cinco palabras? ¿Qué significan estos cinco primeros caracteres?

–El carácter de trepar, el carácter de sendero, el carácter de arriba, el carácter de montaña, el carácter de frío.

—Muy bien, pues entonces traduce «Trepar sendero arriba Montaña Fría».

—Sí, pero ¿qué haces con el carácter de largo, el carácter de desfiladero, el carácter de alud, el carácter de rocas y el carácter de caer?

—¿Dónde pone eso?

—En el tercer verso. Habría que leer: «Largo desfiladero lleno alud rocas.»

—Bueno, eso todavía es mejor.

—Sí, ya pensé en ello, pero tengo que someterlo a la aprobación de los especialistas en chino de la universidad y aclarar su sentido en inglés.

—¡Chico, esto es magnífico! —dije contemplando la pequeña casa—. Y tú sentado aquí tan tranquilo a esta hora tan tranquila estudiando solo con las gafas puestas...

—Ray, lo que tienes que hacer es subir conmigo a una montaña enseguida. ¿Qué te parecería escalar el Matterhorn?

—Muy bien. ¿Dónde está eso?

—Arriba, en las Altas Sierras. Podemos ir hasta allí con Henry Morley en su coche y llevar las mochilas y empezar en el lago. Yo podría llevar toda la comida y material que necesitamos en la mochila grande y tú podrías pedir a Alvah su mochila pequeña y llevar calcetines y calzado de repuesto y alguna cosa más.

—¿Qué significan estos caracteres?

—Estos caracteres significan que Han Shan bajó de la montaña después de vagar durante muchos años por ella para ver a sus amigos de la ciudad, y dice: «Hasta hace poco viví en Montaña Fría, etcétera, y ayer visité a amigos y familiares; más de la mitad se había ido a los Manantiales Amarillos», esto, los Manantiales Amarillos, significa la muerte, «ahora por la mañana encaro mi solitaria sombra. No puedo estudiar con los ojos llenos de lágrimas.»

—Es lo mismo que tú, Japhy, estudiando con los ojos llenos de lágrimas.

—¡No tengo los ojos llenos de lágrimas!

—¿No los tendrás dentro de mucho, mucho tiempo?

—Sin duda los tendré, Ray..., y mira aquí: «En la montaña hace frío; siempre ha hecho frío, no sólo este año», fíjate, está alto de verdad, a lo mejor a cuatro mil metros o más, y dice: «Dentadas crestas siempre nevadas, bosques en sombríos barrancos escupiendo niebla a finales de junio, hojas que empiezan a caer a primeros de agosto, y aquí estoy con un subidón como si me hubiera colocado...»

—¡Colocado!

—Es mi traducción; de hecho dice que está tan alto como un hombre sensual de la ciudad, pero yo hago una traducción moderna y enrollada.

—¡Maravilloso! —Y le pregunté por qué Han Shan era su héroe.

—Porque —respondió— era un poeta, un hombre de las montañas, un budista dedicado a meditar sobre la esencia de todas las cosas, y también, dicho sea de paso, un vegetariano, aunque yo no lo soy, pues creo que en este mundo moderno ser vegetariano es pasarse demasiado, ya que todas las cosas conscientes comen lo que pueden. Y además, era un hombre solitario capaz de hacérselo solo y vivir con pureza y auténticamente para sí mismo.

—Eso también suena a ti.

—Y también a ti, Ray; no se me ha olvidado lo que me contaste de lo que hacías meditando en los bosques de Carolina del Norte y todo lo demás.

Japhy estaba muy triste, hundido. Nunca le había visto tan apagado, melancólico, pensativo. Su voz era tierna como la de una madre; parecía hablar desde muy lejos a una pobre criatura anhelante (yo) que necesitaba oír su mensaje. No se centraba en nada, era como si estuviera en trance.

—¿Has meditado hoy?

—Sí, lo primero que hago por la mañana es meditar antes del desayuno, y siempre medito un buen rato por la tarde, a menos que me interrumpan.

—¿Y quién te interrumpe?

–Bueno, la gente. A veces Coughlin, y Alvah vino ayer, y Rol Sturlason, y tengo a esa chica que viene a jugar al yabyum.

–¿Al yabyum? ¿Y eso qué es?

–¿No conoces el yabyum, Smith? Ya te hablaré de él en otra ocasión.

Parecía demasiado triste para hablar del yabyum, del que supe un par de noches más tarde. Hablamos un rato más de Han Shan y los poemas de las rocas, y cuando ya me iba, Rol Sturlason, un tipo alto, rubio y guapo, llegó para discutir su viaje a Japón con él. A este Rol Sturlason le interesaba mucho el famoso jardín de piedras del monasterio de Shokoku-ji, de Kioto, que no es más que viejos cantos rodados situados de tal modo, al parecer de un modo estético y místico, que hace que todos los años vayan allí miles de turistas y monjes a contemplar las piedras en la arena y obtener la paz de espíritu. Jamás había conocido a personas tan serias y al tiempo inquietas. No volví a ver a Rol Sturlason; se fue a Japón poco después, pero no olvidé lo que dijo de las piedras a mi pregunta: «¿Y quién las colocó de ese modo tan maravilloso?»

–No lo sabe nadie. Quizá un monje o unos monjes hace mucho. Pero hay una forma definida, aunque misteriosa, en la disposición de las piedras. Sólo a través de la forma podremos comprender el vacío.

Me enseñó una foto de los cantos rodados en la arena bien rastrillada que parecían islas en un mar que tenía ojos (los declives) y estaban rodeadas por el claustro del patio de un monasterio. Después me enseñó un diagrama de la disposición de las piedras con una proyección en silueta y me enseñó la lógica geométrica y todo lo demás, y mencionó la frase «individualidad solitaria» y llamó a las piedras «choques contra el espacio», todo haciendo referencia a algo relacionado con un koan que me interesaba menos que él y especialmente que el bueno de Japhy que preparaba más té en el ruidoso hornillo de petróleo y nos ofreció unas tazas con una reverencia silenciosa casi oriental. Fue algo completamente diferente a la noche de la lectura de poemas.

4

Sin embargo, a la noche siguiente, hacia las doce, Coughlin y Alvah y yo nos reunimos y decidimos comprar un garrafón de cuatro litros de Borgoña e irrumpir en la cabaña de Japhy.

—¿Qué estará haciendo esta noche? —pregunté.

—Bueno —respondió Coughlin—, seguramente estudiando, vamos a verlo.

Compramos el garrafón en Shattuck Avenue y bajamos todavía más y volví a ver su pobre bicicleta en el césped.

—Japhy se pasa el día entero Berkeley arriba y Berkeley abajo en bicicleta con la mochila a la espalda —dijo Coughlin—. También solía hacer lo mismo en el Reed College de Oregón. Allí era toda una institución. Luego montábamos fiestas tremendas y bebíamos vino y venían chicas y terminábamos saltando por la ventana y gastando bromas a todo el mundo.

—¡Extraño! ¡Muy extraño! —dijo Alvah, poniendo cara de asombro y mordiéndose el labio.

El propio Alvah estudiaba con mucho cuidado a nuestro amigo, alborotador y, al tiempo, tranquilo. Llegamos a la puertecita. Japhy levantó la vista del libro que estudiaba, en esta ocasión poesía americana, con las piernas cruzadas y las gafas puestas, y no dijo nada excepto «¡ah!» con un tono curiosamente civilizado.

Nos quitamos los zapatos y caminamos por los dos metros de estera hasta ponernos junto a él. Fui el último en descalzarme y tenía el garrafón en la mano y se lo enseñé desde el otro extremo del cuarto, y Japhy sin abandonar su postura, soltó:

—¡Bieeeen! —Y saltó directamente hacia mí aterrizando a mis pies en postura de luchador que tuviera un puñal en la mano. Y de pronto lo tenía y tocó el garrafón con él y el cristal hizo «¡clic!».

Era el salto más extraño que había visto en mi vida, exceptuados los de los acróbatas, algo así como el de una cabra montesa. También me recordó a un samurái, un guerrero japonés: el grito, el salto, la postura y aquella expresión de cómico enfado en los ojos saltones mientras hacía una mueca divertida. Me dio la impresión de que, de hecho, se trataba de una queja porque habíamos interrumpido su estudio, y también contra el propio vino que lo emborracharía y haría que echara a perder una noche de lectura. Pero sin más alborotos descorchó el garrafón y bebió un trago larguísimo y todos nos sentamos con las piernas cruzadas y pasamos cuatro horas gritándonos cosas unos a otros, y fue una de las noches más divertidas. Algunas de las cosas que dijimos eran de este tipo:

JAPHY. Bueno, Coughlin, viejo asqueroso, ¿qué has estado haciendo últimamente?

COUGHLIN. Nada.

ALVAH. ¿Qué son todos esos libros de ahí? ¡Hombre, Pound! ¿Te gusta Pound?

JAPHY. Si no fuera porque confundió el nombre de Li Po y le llamó por su nombre japonés y armó todo aquel lío, está muy bien... de hecho, es mi poeta favorito.

RAY. ¿Pound? ¿Quién puede tener como poeta favorito a ese loco pretencioso?

JAPHY. Bebe un poco más de vino, Smith, estás diciendo tonterías. ¿Cuál es tu poeta favorito, Alvah?

RAY. ¿Por qué no me pregunta nadie a *mí* cuál es mi poeta favorito? Sé más de poesía que todos vosotros juntos.

JAPHY. ¿De verdad?

ALVAH. Posiblemente. ¿No habéis leído el nuevo libro de poemas de Ray que acaba de escribir en México: «la rueda de la temblorosa idea carnal gira en el vacío despidiendo contracciones, puercoespines, elefantes, personas, polvo de estrellas, locos, insensatez...».

RAY. ¡No es así!

JAPHY. Hablando de carne, ¿habéis leído el nuevo poema de...?

Etc., etc. Luego, todo terminó desintegrándose en un follón de conversaciones y gritos y con nosotros revolcándonos de risa por el suelo y finalmente con Alvah y Coughlin y yo subiendo por la silenciosa calle de la facultad cogidos del brazo cantando «Eli Eli» a voz en grito y dejando caer el garrafón vacío que se hizo añicos a nuestros pies. Pero le habíamos hecho perder su noche de estudio y me sentí molesto por ello hasta la noche siguiente, cuando Japhy apareció en nuestra casa con una chica bastante guapa y entró y le dijo que se desvistiera; cosa que ella hizo de inmediato.

5

Era algo que estaba de acuerdo con las teorías de Japhy acerca de las mujeres y el joder. Se me olvidó mencionar que el día en que el artista de las piedras le había visitado a última hora de la tarde, apareció por allí poco después una rubia con botas de goma y una túnica tibetana con botones de madera, y durante la conversación general preguntó cosas de nuestro plan de escalar el monte Matterhorn y dijo:

–¿No podría ir con vosotros? –Pues a ella también le gustaba la montaña.

–Pues claro –respondió Japhy, con aquella voz tan divertida que usaba para bromear; una voz enérgica y profunda, imitación de la de un maderero del Noroeste que conocía, de hecho un guardabosques, el viejo Burnie Byers–; pues claro, ven con nosotros y te la meteremos todos a tres mil metros de altura. –Y lo dijo de un modo tan divertido e informal y, de hecho, serio, que la chica no se molestó, más bien pareció complacida. Y con ese mismo espíritu traía ahora a esa chica, Princess, a nuestra casa. Era alrededor de las ocho de la tarde y había oscurecido. Alvah y yo estábamos tomando tranquilamente el té y leyendo poemas o pasándolos a máquina, y dos bicicletas se detuvieron a la entrada: Japhy en la suya, Princess en otra. Princess tenía los ojos grises y el pelo muy rubio y era muy guapa y sólo tenía veinte años. Debo decir una cosa acerca de ella: Princess estaba loca por el sexo y loca por los hombres, así que no hubo demasiados problemas para convencerla de que jugara al yabyum.

—¿No sabes lo que es el yabyum, Smith? —dijo Japhy, con su potente vozarrón, moviéndose agitado mientras cogía a Princess de la mano—. Princess y yo te vamos a enseñar lo que es.

—Me parece bien —dije—, sea lo que sea.

Yo también conocía a Princess de antes y había estado loco por ella, en la ciudad, aproximadamente un año atrás. Era otra extraña coincidencia que Princess hubiera conocido a Japhy y se enamorara de él, también locamente; y hacía lo que él le mandase. Siempre que venía gente a visitarnos yo ponía un pañuelo rojo sobre la lamparita de la pared y apagaba la luz del techo para que el ambiente fuera fresco y rojizo y adecuado para sentarse y beber vino y charlar. Hice eso, y cuando volví de la cocina con una botella en la mano no podía creer lo que decían mis ojos al ver a Japhy y a Alvah que se estaban desnudando y tirando la ropa en cualquier lado y a Princess que ya estaba completamente desnuda, con su piel, blanca como la nieve cuando es alcanzada por el rojo sol del atardecer, a la luz roja de la pared.

—¿Qué coño pasa? —dije.

—Aquí tienes el yabyum, Smith —dijo Japhy, y se sentó con las piernas cruzadas en un almohadón del suelo e hizo un gesto a Princess que se sentó encima de él, dándole la cara, con los brazos alrededor del cuello, y se quedaron sentados así sin decir nada durante un rato. Japhy no estaba nada nervioso y seguía sentado allí de la forma adecuada, pues así tenía que ser—. Esto es lo que hacen en los templos del Tíbet. Es una ceremonia sagrada y se lleva a cabo delante de monjes que cantan. La gente reza y recita Om Mani

Pahdme Hum, que significa Así Sea el Rayo en el Oscuro Vacío. Yo soy el rayo y Princess el oscuro vacío, ¿entiendes?

–Pero ¿qué piensa ella de esto? –grité casi desesperado. ¡Había pensado tantas cosas idealistas de aquella chica el año anterior! Y había dado muchísimas vueltas al asunto de si estaba bien que me la tirara, porque era tan joven y todo lo demás.

–¡Oh, es delicioso! –dijo Princess–. Ven y haz la prueba.

–Pero yo no puedo sentarme así. –Japhy estaba sentado en la posición del loto, que es como se llama, con los tobillos encima de los muslos. Alvah estaba sentado sobre el colchón y trataba de hacer lo mismo. Finalmente, las piernas de Japhy empezaron a dolerle y se extendió sobre el colchón donde ambos, él y Alvah, empezaron a explorar el territorio. Todavía no podía creerlo.

–Quítate la ropa y ven aquí con nosotros, Smith.

Pero aparte de todos mis sentimientos hacia Princess, estaba el año de celibato que había pasado creyendo que la lujuria era la causa directa del nacimiento, que era la causa directa del sufrimiento y la muerte y no miento si digo que había llegado a un punto en el que consideraba los impulsos sexuales ofensivos y hasta crueles.

«Las mujeres guapas cavan las sepulturas», me decía siempre que volvía la cabeza involuntariamente para observar a las incomparables bellezas indias de México. Y la ausencia de impulsos sexuales activos también me había proporcionado una nueva vida pacífica con la que disfrutaba muchísimo. Pero aquello era demasiado. Todavía me asustaba tener que desnudarme; además, nunca me había gustado hacerlo ante más de una persona, especialmente con hombres alrededor. Pero a Japhy todo esto se la traía floja y enseguida estaba haciéndoselo pasar a Princess a base de bien y pronto. Le llegó el turno a Alvah (con sus enormes ojos fijos en la luz roja, y tan serio leyendo poemas un minuto antes). Así que dije:

–¿Qué os parece si me dedico a trabajarle el brazo?

–¡Adelante, muy bien! –Y lo hice, tumbándome en el suelo completamente vestido y besándole la mano, luego la muñeca, luego seguí subiendo por el brazo, y ella se reía y casi lloraba de gusto con todas las partes de su cuerpo trabajadas a fondo. Todo el pacífico celibato de mi budismo se estaba yendo por el desagüe.

–Smith, desconfío de cualquier tipo de budismo o de cualquier filosofía o sistema social que rechace el sexo –dijo Japhy, muy serio y consciente ahora que estaba satisfecho y se sentaba desnudo y con las piernas cruzadas en el colchón y se liaba un pitillo de Bull Durham (lo cual constituía parte de su vida «sencilla»).

La cosa terminó con todos desnudos y haciendo alegremente café en la cocina y Princess sentada en el suelo con las rodillas cogidas con los brazos sin ningún motivo, sólo por hacerlo; después terminamos bañándonos los dos juntos y oíamos a Alvah y a Japhy en la otra habitación discutiendo de orgías lunáticas de amor libre zen.

–Oye, Princess, deberíamos hacerlo todos los jueves por la noche –gritó Japhy–. Será una función regular.

–¡Sí, sí! –gritó a su vez Princess desde la bañera. Decía que le gustaba mucho hacerlo y añadió–: ¿Sabes? Me siento como la madre de todas las cosas y tengo que cuidar de mis hijitos.

–También eres una cosa muy preciosa.

–Pero soy la vieja madre de la tierra, soy una bodhisattva. –Estaba un poco chiflada, pero cuando la oí decir «bodhisattva» comprendí que también ella quería ser una gran budista como Japhy, y al ser una mujer no tenía otro modo de expresarlo que así, con aquel acto tradicionalmente enraizado en la ceremonia yabyum del budismo tibetano. Así que todo estaba bien.

Alvah lo había pasado muy bien y estaba a favor de la idea de «todos los jueves por la noche», y yo lo mismo.

–Alvah, Princess dice que es una bodhisattva.

–Claro que lo es.

—Dice que es la madre de todos nosotros.

—Las mujeres bodhisattvas del Tíbet y ciertas zonas de la antigua India —dijo Japhy—, eran llevadas y utilizadas como concubinas sagradas de los templos y a veces de cuevas rituales y hacían méritos y meditaban. Todos ellos, hombres y mujeres, meditaban, ayunaban, jodían así, volvían a comer, bebían, hablaban, peregrinaban, vivían en viharas durante la estación de las lluvias y al aire libre en la seca, y no se preguntaban qué hacer con el sexo, que es algo que siempre me ha gustado de las religiones orientales. Y lo que siempre he intentado saber de los indios de nuestro país... Sabéis, cuando era niño en Oregón no me sentía americano en absoluto, con todos esos ideales de casa en las afueras y represión sexual y esa tremenda censura gris de la prensa de cuanto son valores humanos, y cuando descubrí el budismo de repente sentí que había vivido otra vida anterior hacía innumerables años y ahora debido a faltas y pecados de esa vida se me había degradado a un tipo de existencia más penoso y mi karma era nacer en Estados Unidos, donde nadie se divierte ni cree en nada, y menos que nada en la libertad. Por eso me gustan siempre los movimientos libertarios, como el anarquismo del Noroeste, los viejos héroes de la masacre de Everett y todos...

La cosa siguió con apasionadas discusiones acerca de todos estos temas y finalmente Princess se vistió y se fue a casa en bicicleta con Japhy, y Alvah y yo nos quedamos sentados uno frente al otro bajo la tenue luz roja.

—Ya te habrás dado cuenta, Ray, de que Japhy es realmente agudo... De hecho es el tío más agudo y rebelde y loco que he conocido nunca. Y lo que más me gusta de él es que es el gran héroe de la Costa Oeste; sabes que llevo aquí dos años y nunca había conocido a nadie con una inteligencia auténticamente iluminada. Casi había perdido las esperanzas en la Costa Oeste. Y además, está su formación oriental, su Pound; toma peyote y tiene visiones, sube montañas y es un bhikkhu... ¡Claro! Japhy Ryder es un grande y nuevo héroe de la cultura americana.

–¡Está loco! –asentí–. Y otra de las cosas que me gustan de él son esos momentos tranquilos y melancólicos en los que no habla casi nada...

–Sí, me pregunto qué será de él al final.

–Creo que terminará como Han Shan viviendo solo en la montaña y escribiendo poemas en las paredes de los riscos o recitándoselos a multitudes reunidas a la entrada de su cueva.

–O quizá vaya a Hollywood y sea una estrella de cine. ¿Sabes lo que me dijo el otro día? «Alvah, ya sabes que jamás he pensado en hacer películas y convertirme en una estrella. Puedo hacer de todo, pero eso no lo he intentado todavía.» Y yo creo que *puede* hacer de todo. ¿Te has fijado en el modo en que tiene enrollada a Princess?

–Naturalmente.

Y esa misma noche más tarde, mientras Alvah dormía, me senté bajo el árbol de la entrada y miré las estrellas y luego cerré los ojos para meditar tratando de tranquilizarme y volver a mi ser habitual.

Alvah no podía dormir y salió y se tumbó en la hierba mirando el cielo, y dijo:

–Grandes nubes de vapor cruzan la oscuridad, lo que me hace comprender que vivimos en un auténtico planeta.

–Cierra los ojos y verás mucho más que eso.

–¡Vaya, hombre! No consigo saber lo que quieres decir con todas esas cosas –añadió, enfadado.

Siempre le molestaban mis conferencias sobre el éxtasis Samadhi, que es el estado que se alcanza cuando uno lo detiene todo y detiene la mente y con los ojos cerrados ve una especie de eterna trama de energía eléctrica ululante en lugar de las tristes imágenes y formas de los objetos, que son, después de todo, imaginarios. Y quien no lo crea que vuelva dentro de un billón de años y lo niegue.

–No te parece –siguió Alvah– que resulta mucho más interesante ser como Japhy y andar con chicas y estudiar y pasarlo bien y hacer algo de verdad, en lugar de estar sentado tontamente debajo de los árboles.

—Para nada —dije, y estaba seguro de ello y sabía que Japhy estaría de acuerdo conmigo—. Lo único que hace Japhy es divertirse en el vacío.

—No lo creo.

—Te apuesto lo que quieras a que es así. La semana que viene le acompañaré a la montaña y lo averiguaré y te lo contaré.

—Muy bien —suspiró—, en cuanto a mí, me limitaré a seguir siendo Alvah Goldbook y al diablo con toda esa mierda budista.

—Algún día lo lamentarás. No entiendo por qué no consigues comprender lo que te estoy explicando: son tus seis sentidos los que te engañan y te hacen creer, no sólo que tienes seis sentidos, sino además que entras en contacto con el mundo exterior por medio de ellos. Si no fuera por tus ojos no me verías. Si no fuera por tus oídos no oirías ese avión. Si no fuera por tu nariz no olerías esta menta a medianoche. Si no fuera por tu lengua no apreciarías la diferencia de sabor entre A y B. Si no fuera por tu cuerpo, no sentirías a Princess. No hay yo, ni avión, ni mente, ni Princess, ni nada. ¡Por el amor de Dios! ¿Es que quieres vivir engañado todos y cada uno de los malditos minutos de tu vida?

—Sí, eso es lo que quiero, y doy gracias a Dios porque haya surgido algo de la nada.

—Bueno, hay algo más que quiero decirte: se trata del otro aspecto, de que la nada ha surgido de algo, y de que ese algo es Dharmakaya, el cuerpo del verdadero Significado, y que esa nada es esto, y que todo es confusión y charla. Me voy a la cama.

—Bueno, a veces veo un relámpago de iluminación en lo que intentas exponer, pero créeme, tengo más satoris con Princess que con las palabras.

—Son satoris de tu insensata carne, de tu lujuria.

—Sé que mi redentor vive.

—¿Qué redentor y qué vive?

—Mira, dejemos esto y limitémonos a vivir.

–¡Y un cojón! Cuando pensaba como tú, Alvah, era tan miserable y avaro como lo eres tú ahora. Lo único que quieres es escapar y ponerte feo y que te peguen y te jodan y te volverás viejo y enfermo y te zarandeará el samsara porque estás aferrado a la jodida carne eterna del retorno, y lo tendrás merecido, te lo aseguro.

–No resulta muy agradable. Todos se angustian y tratan de vivir con lo que tienen. Tu budismo te ha vuelto miserable, Ray, y hace que tengas miedo a quitarte la ropa para celebrar una sencilla y sana orgía.

–Bien, pero ¿al final no lo hice?

–Sí, pero después de muchos melindres... Bueno, dejémoslo.

Alvah se fue a la cama, y yo, sentado y cerrados los ojos, pensé: «Este pensar se ha detenido», pero como tenía que pensar en no pensar no se detenía, pero me invadió una oleada de alegría al comprender que toda aquella perturbación era simplemente un sueño que ya había terminado y que no tenía que preocuparme, puesto que yo no era «Yo» y rogué a Dios, o Tathagata, para que me concediera tiempo y sensatez y fuerzas suficientes para ser capaz de decirle a la gente lo que sabía (aunque no puedo hacerlo ni siquiera ahora) y así todos se enterarían de lo que sabía y no se desesperarían tanto. El viejo árbol rumiaba sobre mí, silencioso como una cosa viva. Oí a un ratón moverse entre la hierba del jardín. Los tejados de Berkeley parecían como lastimosa carne viva estremeciéndose que protegiera a dolientes fantasmas de la eternidad de los cielos a los que temían mirar. Cuando por fin me fui a la cama no me sentía engañado por ninguna Princess ni por el deseo de ninguna no Princess y nadie estaba en desacuerdo conmigo y me sentí alegre y dormí bien.

6

Y llegó el momento de nuestra gran expedición a la montaña. Japhy vino a recogerme al caer la tarde en bicicleta. Cogimos la mochila de Alvah y la pusimos en la cesta de la bici. Saqué calcetines y jerséis. Pero no tenía calzado adecuado para el monte y lo único que podía servirme eran las deportivas de Japhy, viejas pero resistentes. Mis zapatos eran demasiado flexibles y estaban gastados.

—Así será mejor, Ray, con zapatillas deportivas tendrás los pies ligeros y podrás trepar de roca en roca sin problemas. Claro que nos cambiaremos de calzado de vez en cuando y tal.

—¿Qué pasa con la comida? ¿Qué es lo que llevas?

—Bien, pero antes de hablar de comida, R-a-a-y —a veces me llamaba por mi nombre de pila y cuando lo hacía siempre arrastraba mucho, melancólicamente, la única sílaba, «R-a-a-a-y», como si se preocupara de mi bienestar—, te diré que tengo tu saco de dormir, no es de plumas de pato como el mío, y por supuesto es más pesado, pero vestido y con una buena hoguera te sentirás cómodo allá arriba.

—Con la ropa puesta, bien, pero ¿por qué un buen fuego? Es sólo octubre.

—Sí, pero allá arriba se está bajo cero, R-a-a-y, incluso en octubre —me dijo tristemente.

—¿De noche?

—Sí, de noche, y de día hace un calor agradable. Verás, el viejo John Muir solía ir a aquellas montañas sólo con su viejo capote militar y una bolsa de papel llena de pan duro y dormía envuelto en el capote y mojaba el pan seco en agua cuando quería comer, erraba por allí durante meses enteros antes de volver a la ciudad.

—¡Dios mío! ¡Debía ser un tipo duro!

—En cuanto a la comida, he bajado hasta Market Street y en el Crystal Palace compré mi cereal favorito, bulgur, que es una especie de trigo búlgaro sin refinar, y lo mezclaré con taquitos de tocino y así tendremos una rica sopa para los tres, Morley y nosotros. Y también llevo té; uno siempre agradece una buena taza de té bien caliente bajo esas frías estrellas. Y llevo un auténtico pudin de chocolate, no ese pudin instantáneo falsificado sino un auténtico pudin de chocolate que calentaremos y agitaremos bien en el fuego y luego lo dejaremos enfriar encima de la nieve.

—¡Estupendo, chico!

—Así que en vez del arroz que llevo siempre, en esta ocasión haremos ese pudin en tu honor, R-a-a-y, y en el bulgur voy a poner todo tipo de vegetales secos, los compré en la Ski Shop. Comeremos y desayunaremos eso, y en cuanto a alimentos que nos den fuerza llevo esta gran bolsa de cacahuetes y uvas pasas, y otra bolsa con orejones y ciruelas pasas. —Y me enseñó el diminuto paquete que contenía toda esta importante comida para tres hombres hechos y derechos que iban a pasar veinticuatro horas o más subiendo a las montañas—. Lo más importante cuando se va a la montaña es llevar el menor peso posible, los paquetes te impiden moverte con comodidad.

—Pero yo creo que en ese paquete no hay bastante comida.

—Sí la hay, el agua la hincha.

—¿Llevamos vino?

—No, allá arriba no va bien, en cuanto estás a gran altura no sientes necesidad de alcohol.

No le creí, pero no dije nada. Pusimos mis cosas en la bicicleta y atravesamos el campus hasta casa de Japhy empujando la bici por la acera. Era un claro y frío atardecer de las mil y una noches y la torre del reloj de la Universidad de California era una limpia sombra oscura destacándose sobre un fondo de cipreses y eucaliptos y todo tipo de árboles; sonaban campanas en algún sitio, y el aire era fresco.

—Va a hacer frío allá arriba —dijo Japhy, pero aquella noche se sentía muy bien y rió cuando le pregunté sobre el jueves siguiente con Princess—. Mira, ya hemos practicado el yabyum un par de veces más desde la otra noche; Princess viene a mi casa en cualquier momento del día o de la noche y, tío, no acepta el no como respuesta. Así que proporciono entera satisfacción a la bodhisattva. –Y Japhy quería hablar de todo, de su infancia en Oregón–. Verás, mi madre y mi padre y mi hermana llevaban una vida realmente primitiva en aquella cabaña de troncos, y en las mañanas de invierno tan frías todos nos desvestíamos y vestíamos delante del fuego, teníamos que hacerlo, y por eso no soy como tú en eso del desnudarse, quiero decir que no me da vergüenza ni nada hacerlo.

–¿Y qué solías hacer cuando fuiste a la universidad?

–En verano siempre trabajaba para el gobierno como vigilante contra incendios... Deberías hacer eso el verano que viene, Smith... y en invierno esquiaba mucho y solía andar por el campus muy orgulloso con mis bastones. También subí a unas cuantas montañas, incluyendo una larga caminata Rainier arriba, casi hasta la cima, donde se firma. Por fin, un año llegué hasta arriba del todo. Hay muy pocas firmas, sabes. Y subí cumbres de la zona de las Cascadas durante la temporada y fuera de ella, y trabajé de maderero. Smith, tengo que hablarte de las aventuras de los leñadores del Noroeste, me gusta hacerlo, lo mismo que a ti te gusta hablar de los ferrocarriles; tenías que haber visto aquellos trenes de vía estrecha de por allí arriba y aquellas frías mañanas de invierno con nieve y la panza llena de tortitas y sirope y café; chico, levantas el hacha ante el primer tronco de la mañana y no hay nada como eso.

–Es igual que mi sueño de Gran Noroeste. Los indios kwatiutl, la policía montada...

–Bueno, ésos son del Canadá, de la Columbia Británica; solía encontrarme con ellos en los senderos de la montaña.

Pasamos empujando la bici por delante de varios edificios y cafeterías de la universidad y miramos dentro del Robbie para ver si había algún conocido. Estaba Alvah trabajando en su turno de camarero. Japhy y yo teníamos un

41

aspecto curioso en el campus con nuestra ropa, y de hecho Japhy era considerado un excéntrico en el campus, cosa bastante habitual en esos sitios donde se considera raro al hombre auténtico; las universidades no son más que lugares donde está una clase media sin ninguna personalidad, que normalmente encuentra su expresión más perfecta en los alrededores del campus con sus hileras de casas de gente acomodada con césped y aparatos de televisión en todas las habitaciones y todos mirando las mismas cosas y pensando lo mismo al mismo tiempo mientras los Japhys del mundo merodean por la espesura para oír la voz de esa espesura, para encontrar el éxtasis de las estrellas, para encontrar el oscuro misterio secreto del origen de esta miserable civilización sin expresión.

—Toda esta gente —decía Japhy— tiene cuartos de baño alicatados de blanco y se llenan de mierda como los osos en el monte, pero toda esa mierda se va por los desagües y nadie piensa en ella y en que su propio origen está en esa mierda y en el almizcle y la espuma de la mar. Se pasan el día entero lavándose las manos con jabón perfumado, y desearían comérselo escondidos en el cuarto de baño.

Japhy tenía montones de ideas, las tenía todas.

Llegamos a su casa cuando anochecía y se podía oler a leña ardiendo y a hojas quemadas, y lo empaquetamos todo y fuimos calle abajo para reunirnos con Henry Morley que tenía coche. Henry Morley era un tipo de gafas muy informado, aunque también excéntrico; en el campus resultaba más excéntrico y raro que Japhy. Era bibliotecario, tenía pocos amigos y era montañero. Su casita de una sola habitación en una apartada calle de Berkeley estaba llena de libros y fotos de montañismo y había bastantes mochilas, botas de montaña y esquíes. Me asombró oírle hablar, pues hablaba exactamente igual que Rheinhold Cacoethes, el crítico, y resultó que habían sido muy amigos tiempo atrás y habían subido montañas juntos y no podría decir si Morley había influido en Cacoethes o a la inversa. Me parecía que el que había influido era Morley. Tenían el mismo modo de hablar bajo, sarcástico, ingenioso y bien formulado, con miles de imágenes. Cuando Japhy y yo entramos había unos cuantos amigos de Morley reunidos allí (un grupo extraño que incluía a un chino, un alemán y algunos otros estudiantes de una u otra cosa), y Morley dijo:

–Llevaré mi colchón neumático. Vosotros, muchachos, podéis dormir, si queréis, en el duro y frío suelo, pero yo no voy a prescindir de este colchón neumático, gasté dieciséis dólares en él, lo compré en los almacenes del ejército, en Oakland, y anduve por allí el día entero preguntando si con patines podría considerarse técnicamente un vehículo. –Y siguió así con bromas que me resultaban incomprensibles (y lo mismo a los otros) aunque casi nadie le escuchaba, y siguió hablando y hablando como para sí mismo, pero me gustó desde el principio. Suspiramos cuando vimos los enormes montones de cosas que quería llevarse al monte: comida enlatada, y, además de su colchón neumático, insistió en llevar un zapapico y un equipo variadísimo que no necesitábamos.

–Puedes llevar esa hacha, Morley, aunque no creo que la necesites, pero la comida en lata no es más que agua que tienes que echarte a la espalda, ¿no te das cuenta de que hay todo el agua que queramos esperándonos allá arriba?

–Bueno, yo pensaba que una lata de este chop suey chino iría bien.

–Llevo bastante comida para todos. Vámonos.

Morley pasó mucho rato hablando y yendo de un lado para otro y empaquetando sus inverosímiles cosas, y por fin dijimos adiós a sus amigos y subimos al pequeño coche inglés de Morley y nos pusimos en marcha, hacia las diez, en dirección a Tracy; luego subiríamos a Bridgeport, desde donde conduciríamos otros doce kilómetros hasta el comienzo del sendero del lago.

Me senté en el asiento de atrás y ellos hablaban en el de delante. Morley era un auténtico loco que aparecería (más tarde) con un litro de batido esperando que me lo bebiera, pero hice que me llevara a una tienda de bebidas, aunque el plan consistía en hacer que le acompañara a ver a una chica con la que yo debería actuar como pacificador o algo así: llegamos a la puerta de la chica, la abrió y, cuando vio quién era, cerró de un portazo y nos fuimos.

–Pero ¿qué es lo que pasa?

–Es una historia bastante larga –dijo Morley vagamente, y nunca llegué a enterarme de lo que pasaba.

Otra vez, y viendo que Alvah no tenía somier en la cama, apareció por casa como un fantasma cuando nos acabábamos de levantar y hacíamos café con un enorme somier de cama de matrimonio que, en cuanto se fue, nos apresuramos a esconder en el cobertizo. También nos trajo tablas y de todo, incluidas unas inutilizables estanterías para libros; todo tipo de cosas, como digo, y años después tuve otras disparatadas aventuras con él cuando fuimos los dos a su casa de Contra Costa (de la que era propietario y alquilaba) y nos pasamos tardes increíbles mientras me pagaba dos dólares a la hora por sacar cubos de barro de su sótano inundado, y él sacaba el barro a mano y estaba negro y cubierto de barro como Tartarilouak, el rey de los tipos de barro de Paratioalaouakak, y con una extraña mueca de placer en la cara; y después, cuando pasábamos por un pueblo y quisimos comprar helados y caminábamos por la calle principal (habíamos hecho autostop con nuestros cubos y escobas) con los helados en la mano y golpeando a todo el mundo por las estrechas aceras, como una pareja de cómicos de una vieja película muda de Hollywood. En todo caso, era una persona muy extraña desde todos los puntos de vista. Ahora conducía el coche en dirección a Tracy por aquella abarrotada autopista de cuatro carriles y hablaba sin parar, y por cada cosa que decía Japhy, él tenía que decir doce y la cosa iba más o menos así:

–Por Dios, últimamente me siento muy estudioso, creo que la semana que viene leeré algo sobre ornitología –decía Japhy, por ejemplo.

–¿Quién no se siente estudioso –respondía Morley– cuando no tiene al lado a una chica tostada por el sol de la Riviera?

Siempre que Japhy decía algo se volvía hacia él y le miraba y soltaba una de esas tonterías brillantes totalmente serio; no conseguía entender qué tipo de extraño erudito y secreto payaso lingüístico era bajo estos cielos de California. Si Japhy mencionaba los sacos de dormir, Morley replicaba con cosas como ésta:

–Soy poseedor de un saco de dormir francés azul pálido, de poco peso, pluma de ganso, una buena compra, me parece, lo encontré en Vancouver, muy adecuado para Daisy Mae. Un tipo totalmente inadecuado para Canadá. Todo el mundo quiere saber si su abuelo era el explorador que conoció a un esquimal. Yo mismo soy del Polo Norte.

–¿De qué estás hablando? –preguntaba yo desde el asiento de atrás.

Y Japhy decía:

–Sólo es una cinta magnetofónica interesante.

Les dije que tenía un comienzo de tromboflebitis, coágulos de sangre en las venas de los pies, y que tenía miedo a la ascensión del día siguiente, no porque me pareciera difícil, sino porque podría encontrarme peor al regreso. Morley dijo:

–¿La tromboflebitis es un ritmo especial al mear?

Y cuando dije algo de los tipos del Oeste, me respondió:

–Soy un tipo del Oeste bastante idiota... Fíjate en los prejuicios que hemos llevado a Inglaterra.

–Morley, tú estás loco.

–No lo sé, quizá lo esté, pero si lo estoy de todas maneras dejaré un testamento maravilloso. –Y luego añadió sin venir a cuento–: Bueno, no sabéis lo mucho que me gusta subir montañas con dos poetas. Yo también voy a escribir un libro, será sobre Ragusa, una ciudad república marítima de finales de la Edad Media, ofrecieron la secretaría a Maquiavelo y resolvieron los problemas de clase y durante una generación contaron con un lenguaje que se impuso para las relaciones diplomáticas de Levante. Esto fue debido a la influencia de los turcos, naturalmente.

–Naturalmente –dijimos.

Así que levantó la voz y nos hizo esta pregunta:

–¿Podéis aseguraros una Navidad con una aproximación de sólo dieciocho millones de segundos a la izquierda de la chimenea roja original?

–Naturalmente –dijo Japhy, riendo.

–Muy bien –dijo Morley, conduciendo el coche por curvas cada vez más frecuentes–. Están preparando autobuses especiales para los renos que van a la Conferencia de la Felicidad que se celebra de corazón-a-corazón, antes de iniciarse la temporada, en lo más profundo de la sierra a exactamente diez mil quinientos sesenta metros del motel primitivo. Será algo más nuevo que un análisis, y mucho más sencillo. Si uno pierde el billete se convierte en gnomo, el equipo es agradable y hay rumores de que las convenciones del Tribunal de Actores se están hinchando y se derramarán rebotadas de la Legión. De todos modos, Smith –se volvió hacia mí–, cuando busques el camino de regreso a la selva emocional recibirás un regalo de... alguien. ¿No crees que el sirope de arce te ayudaría a sentirte mejor?

–Claro que sí, Henry.

Y así era Morley. Entretanto el coche había empezado a subir por las estribaciones y pasamos por diversos pueblos de aspecto siniestro donde nos detuvimos a poner gasolina y no vimos a nadie, excepto a diversos Elvis Presley en pantalones vaqueros en la carretera, esperando que alguien los animara, pero ya llegaba hasta nosotros un rumor de arroyos y sentimos que las montañas más altas no estaban lejos. Una noche agradable y pura, y por fin llegamos a un camino asfaltado muy estrecho y enfilamos en dirección a las propias montañas. Pinos muy altos empezaron a aparecer a los lados de la carretera y también riscos ocasionales. El aire era penetrante y maravilloso. Además, era la víspera de la apertura de la temporada de caza y en el bar donde nos detuvimos a tomar un trago había muchos cazadores con gorros rojos y camisas de lana algo borrachos y tontos con todas sus armas y cartuchos en los coches y preguntándonos inquietos si habíamos visto a algún venado o no. Desde luego, habíamos visto a un venado, justo antes de llegar al bar. Morley conducía y hablaba y decía:

–Bueno, Ryder, a lo mejor eres el Lord Tennyson de nuestro pequeño equipo de tenis de la Costa, te llaman el Nuevo Bohemio y te comparan a los Caballeros de la Tabla Redonda menos Amadís el Grande y los esplendores extraordinarios del pequeño reino moro que fue vendido en bloque a Etiopía por diecisiete mil camellos y mil seiscientos soldados de a pie cuando César todavía no había sido destetado. –Y en esto, el venado estaba en la carretera, deslumbrado por nuestros faros, petrificado antes de saltar a los matorrales de un lado de la carretera y desaparecer en el repentino y vasto silencio de diamantes del bosque (que percibimos claramente porque Morley había parado el motor), y oímos cada vez más lejos el ruido de sus pezuñas corriendo hacia su refugio de las nieblas de las alturas. Estábamos de verdad en pleno monte; Morley dijo que a una altura de unos mil metros. Oíamos los arroyos corriendo monte abajo saltando entre rocas iluminadas por las estrellas, pero no los veíamos.

–¡Eh, venadito! –grité al animal–. No te preocupes que no te vamos a disparar.

Luego ya estábamos en el bar donde nos detuvimos ante mi insistencia («En estas cumbres tan frías del norte a medianoche no hay nada mejor para el alma del hombre que un buen vaso de oporto espeso como los jarabes de sir Arthur»)...

–De acuerdo, Smith –dijo Japhy–, pero me parece que no deberíamos beber en una excursión como ésta.

–Pero ¿qué coño importa?

–Bueno, bueno, pero piensa en todo el dinero que hemos ahorrado comprando los alimentos secos más baratos para este fin de semana y cómo nos lo vamos a beber ahora mismo.

–Ésa es la historia de mi vida, rico o pobre, y por lo general pobre y requetepobre.

Entramos en el bar, que era un parador de estilo alpino junto a la carretera, como un chalet suizo, con cabezas de alce y grabados de venados en las paredes y la propia gente que estaba en el bar parecía de un anuncio de la temporada de caza, aunque todos estaban bebidos; era una masa confusa de sombras en el bar en penumbra mientras entrábamos y nos sentábamos en tres taburetes y pedíamos el oporto. El oporto resultaba extraño en el país del whisky de los cazadores, pero el barman sacó una vieja botella de oporto Christian Brothers y nos sirvió un par de tragos en anchos vasos de vino (Morley era abstemio) y Japhy y yo bebimos y nos sentimos muy bien.

–¡Ah! –dijo Japhy, reconfortado por el vino y la medianoche–. Pronto volveré al Norte a visitar los húmedos bosques de mi infancia y las montañas brumosas y a mis viejos y mordaces amigos intelectuales y a mis viejos amigos leñadores tan borrachos; por Dios, Ray, no habrás vivido nada hasta que hayas estado allá conmigo o sin mí. Y después me iré a Japón y andaré por aquellas montañas en busca de antiguos templos escondidos y olvidados y de viejos sabios de ciento nueve años rezando a Kwannon en cabañas y meditando tanto que cuando salen de la meditación se ríen de todo lo que se mueve. Pero eso no quiere decir que no me guste América, por Dios que no, aunque odie a estos malditos cazadores cuyo único afán es coger un arma y apuntar a seres indefensos y matarlos, por cada ser consciente o criatura viva que maten tendrán que renacer mil veces y sufrir los horrores del samsara y se lo tendrán bien merecido.

–¿Oyes eso, Morley? ¿Tú qué piensas?

–Mi budismo no es más que un débil y doliente interés por alguno de los dibujos que han hecho, aunque debo decir que a veces Cacoethes alcanza una entusiasta nota de budismo en sus poemas de la montaña, aunque de hecho nunca me haya interesado el budismo como creencia. –En realidad, se la traía floja cualquier tipo de diferencia–. Soy neutral –añadió riéndose feliz con una especie de vehemente mirada de reojo, y Japhy gritó:

–¡Neutral es lo que es el budismo!

–Bueno, ese oporto va a hacerte devolver hasta la primera papilla. Sabes que estoy decepcionado *a fortiori* porque no hay licor benedictino ni tampoco trapense, sólo agua bendita y licor Christian Brothers. No es que me sienta muy expansivo por estar aquí, en este curioso bar que parece la sede social de los escritores pancistas, almacenistas armenios todos ellos, y protestantes bien intencionados y torpes que van de excursión en grupo y quieren, aunque no sepan cómo, evitar la concepción. Estos tipos son tontos del culo –añadió con una súbita revelación–. La leche de por aquí debe ser buena, pues hay más vacas que personas. Ahí arriba tiene que haber una raza diferente de anglos, pero no me gusta especialmente su aspecto. Los tipos más rápidos de por aquí deben ir a cincuenta y cinco kilómetros. Bueno, Japhy –dijo como conclusión–, si algún día consigues un cargo público, espero que te compres un traje en Brooks Brothers. Espero que no te enrolles en fiestas de artistas donde quizá... digamos –vio que entraban unas cuantas chicas– jóvenes cazadoras... Por eso deberían estar abiertos los jardines de infancia todo el año.

Pero a los cazadores no les gustó que estuviésemos allí aparte hablando en voz baja de nuestros diversos asuntos personales y se nos unieron y enseguida había por todo aquel bar oval brillantes arengas sobre los venados de la localidad, sobre los montes que había que subir, sobre qué hacer, y cuando oyeron que habíamos venido hasta aquí, no a matar animales sino sólo a escalar montañas, nos consideraron unos excéntricos sin remedio y nos dejaron solos. Japhy y yo habíamos bebido un par de copas y nos sentíamos muy bien y volvimos al coche con Morley y reanudamos la marcha. Subimos y subimos y cada vez los árboles eran más altos y hacía más frío, hasta que por fin eran casi las dos de la madrugada y dijeron que todavía faltaba mucho para llegar a Bridgeport y al comienzo del sendero, así que lo mejor era que durmiéramos en aquel bosque metidos en nuestros sacos y termináramos la jornada.

–Nos levantaremos al amanecer y nos pondremos en marcha. Tenemos este pan moreno y este queso –dijo Japhy, sacando el pan moreno y el queso que había metido en la mochila en el último momento– y tendremos un buen desayuno y guardaremos el bulgur y las demás cosas para nuestro desayuno de mañana por la mañana a más de tres mil metros de altura.

De acuerdo. Sin dejar de hablar, Morley condujo el coche a un sitio alfombrado de pinocha bastante dura bajo un amplio parque natural de pinos y abetos, algunos de treinta metros de altura. Era un lugar tranquilo iluminado por las estrellas con escarcha en el suelo y un silencio de muerte, si se exceptuaban los ocasionales y leves rumores en la maleza donde acaso algún conejo nos oía petrificado. Saqué mi saco de dormir y lo extendí y me quité los zapatos suspirando de felicidad; metí los pies con los calcetines puestos en el saco y miraba alegremente alrededor a los árboles enormes y pensaba: «¡Qué noche de sueño delicioso voy a tener, y qué bien meditaré en este intenso silencio de ninguna parte!»

–Oye, al parecer el señor Morley ha olvidado su saco de dormir –me gritó Japhy desde el coche.

–¿Cómo? Bien, ¿y ahora qué?

Discutieron el asunto un rato mientras paseaban los haces de luz de sus linternas sobre la escarcha, y luego Japhy vino y me dijo:

–Tienes que salir de ahí, Smith; sólo tenemos dos sacos de dormir, así que los abriremos por la cremallera y los extenderemos para hacer una manta para los tres. ¡Maldita sea! Vaya frío que vamos a pasar.

–¿Cómo? ¡El frío se nos meterá por debajo!

–Sí, pero Henry no puede dormir en el coche, se congelaría; no tiene calefacción.

–¡Me cago en la puta! ¡Y yo que estaba dispuesto a disfrutar tanto de esto! –gemí saliendo del saco y poniéndome los zapatos y Japhy enseguida unió los dos sacos y los puso encima de los ponchos y ya se disponía a dormir y echamos a suertes y me tocó dormir en el centro y tenía frío y las estrellas eran carámbanos burlones.

Me tumbé y Morley soplaba como un maníaco hinchando su ridículo colchón neumático para tumbarse a mi lado, pero en cuanto lo hinchó y se tendió encima de él, empezó a agitarse y levantarse y suspirar y se volvía a un lado y a otro bajo las gélidas estrellas mientras Japhy roncaba, Japhy que no se enteraba de toda esta agitación. Por fin, Morley vio que no podía dormir y se levantó y fue al coche probablemente a decirse esas locuras que solía soltar sin parar y casi me había dormido cuando a los pocos minutos estaba de vuelta, congelado, y se metió bajo la manta, pero seguía dando vueltas y revueltas y soltando maldiciones de vez en cuando, también suspiraba y la cosa siguió así durante lo que me pareció una eternidad y luego vi que Aurora estaba empalideciendo el borde oriental de Amida y ya estábamos todos de pie. ¡Aquel loco de Morley!

Y eso fue sólo el comienzo de las desventuras de este curioso tipo (como enseguida se verá), este hombre curiosísimo que probablemente era el único montañero en la historia del mundo que olvidó su saco de dormir.

«¡Cielos! –pensé–. ¿Por qué no se le habrá olvidado el colchón neumático en lugar del saco?»

7

Desde el mismísimo momento en que nos reunimos con Morley, éste emitía sin parar repentinos grititos para estar a tono con nuestra aventura. Eran simples «¡Alaiu!» que intentaban sonar a tiroleses, y los soltaba en las situaciones más extrañas, como cuando todavía estaba con sus amigos chinos y alemanes, y cuando después entramos en el coche «¡Alaiu!», y luego, cuando nos bajamos y entramos en el bar, «¡Alaiu!».

Ahora, cuando Japhy se despertó y vio que había amanecido y se levantó y corrió a reunir leña y tiritaba ante un tímido fuego, Morley se despertó de su inquieto sueño, bostezó y soltó un «¡Alaiu!» que el eco multiplicó a lo lejos. Yo me levanté también, y todo lo que podíamos hacer para calentarnos era dar saltitos y mover rápidamente los brazos lo mismo que habíamos hecho el viejo vagabundo y yo en el furgón, en la costa meridional. Pero Japhy enseguida consiguió más leña y pronto chisporroteaba una espléndida hoguera y de espaldas a ella gritábamos y hablábamos.

Era una hermosa mañana. Los rayos del sol, de un rojo primigenio, aparecieron sobre las cumbres y atravesaban la espesura del bosque como si pasaran a través de los vitrales de una catedral, y la neblina subía al encuentro del sol y por todas partes llegaba hasta nosotros el rugido secreto de los torrentes que probablemente llevarían películas de hielo arrancadas de sus remansos. Un sitio extraordinario para pescar. Enseguida estaba gritando «¡Alaiu!» yo mismo, pero cuando Japhy fue a coger más leña y no lo vimos durante un rato y Morley gritó «¡Alaiu!», Japhy respondió con un simple «¡Jau!» que, según dijo, era el modo en que los indios se llamaban en la montaña y resultaba mucho más bonito; así que empecé a gritar también «¡Jau!».

Luego subimos al coche y partimos. Comimos el pan y el queso. No había diferencia entre el Morley de esa mañana y el de la noche pasada, excepto que su voz, con aquel tono divertido y culto, sonaba quizá más de acuerdo con la frescura de aquella mañana, un sonido que recordaba al de los que se levantan muy pronto, ese deje un tanto ronco y anhelante, como el del que se lanza al nuevo día. El sol calentó enseguida. El pan negro estaba bueno, había sido preparado por la mujer de Sean Monahan; Sean que tenía una casa en Corte Madera, donde todos podíamos ir sin pagar ningún alquiler. El queso era un cheddar curado. Pero no me gustó demasiado, y en cuanto estuvimos en pleno campo sin ver casas ni gente empecé a echar de menos un buen desayuno caliente y de pronto, después de haber cruzado un puentecillo sobre un torrente, vimos un pequeño albergue junto a la carretera bajo impresionantes enebros y salía humo por la chimenea y tenía un anuncio de neón en la puerta y un cartel en la ventana donde decía que servían tortitas y café.

–¡Vamos a entrar ahí, necesitamos un desayuno de adultos si vamos a estar escalando montes el día entero!

Nadie se opuso a mi iniciativa y entramos y nos sentamos y una mujer amable nos atendió con esa alegre locuacidad de la gente que vive en sitios apartados.

–¡Qué, chicos! De caza, ¿eh?

–No –respondió Japhy–. Sólo vamos a subir el Matterhorn.

–¡*El Matterhorn!* Yo no lo haría aunque me pagaran mil dólares.

Entretanto fui al servicio que había en la parte trasera y me lavé con agua del grifo deliciosamente fría y me hormigueó la cara, luego bebí unos tragos y fue como si me entrara hielo líquido en el estómago y me senté allí realmente contento y bebí más. Unos perros de lanas ladraban a la dorada luz del sol que llegaba a través de las ramas de abetos y pinos de más de treinta metros de altura. Distinguí unas cumbres coronadas de nieve en la distancia. Una de ellas era el Matterhorn.

Volví a entrar y las tortitas estaban listas, calientes y humeantes, y eché sirope sobre las mantecosas tortitas y las corté y tomé y tomé café caliente y comí. Henry y Japhy hicieron lo mismo, y por una vez no hablábamos. Luego bebimos aquella incomparable agua fría mientras entraban cazadores con botas de montaña y camisas de lana. Pero no cazadores borrachos como los de la noche anterior, sino cazadores muy serios dispuestos a ponerse en marcha en cuanto desayunaran. Nadie pensaba en beber alcohol aquella mañana.

Subimos al coche, cruzamos otro puente sobre un torrente, cruzamos un prado donde había unas cuantas vacas y cabañas de troncos, y salimos a un llano desde el que se distinguía claramente el Matterhorn alzándose por encima de todas las demás cumbres. Era el más impresionante de todos los dentados picos de la parte sur.

–¡Ahí lo tenéis! –dijo Morley auténticamente orgulloso–. ¿No es hermoso? ¿No os recuerda a los Alpes? Tengo una colección de fotos de montañas cubiertas de nieve que os enseñaré en alguna ocasión.

–Me gustan las cosas reales –dijo Japhy, mirando con seriedad hacia las montañas, y en aquella mirada distante, aquel suspiro íntimo, vi que se encontraba de nuevo en casa.

Bridgeport es un pequeño pueblo dormido que recuerda curiosamente a Nueva Inglaterra y se encuentra en el llano. Dos restaurantes, dos estaciones de servicio, una escuela, todo bordeando la carretera 395 que pasa por allí bajando desde Bishop y luego subiendo todo el rato hasta Carson City, Nevada.

8

Entonces tuvo lugar otro increíble retraso, cuando Morley decidió ver si encontraba alguna tienda abierta en Bridgeport donde comprar un saco de dormir o, por lo menos, una lona o tela encerada de alguna clase para dormir a casi tres mil metros de altura aquella noche que, a juzgar por la noche anterior a unos mil metros, iba a ser bastante fría. Mientras, Japhy y yo esperábamos sentados bajo el ahora caliente sol de las diez de la mañana sobre la hierba de la escuela, observando el ocasional tráfico que pasaba por la cercana y poco concurrida carretera y contemplando a un joven indio que hacía autostop en dirección norte. Hablamos de él con interés:

—Eso es lo que me gustaría hacer; andar haciendo autostop por ahí y sentirme libre, imaginando que soy indio y haciendo todo eso. Maldita sea, Smith, vamos a hablar con él y desearle buena suerte.

El indio no era muy comunicativo, pero tampoco se mostró esquivo y nos contó que iba demasiado despacio por la 395. Le deseamos suerte. Entretanto seguíamos sin ver a Morley que se había perdido en aquel pequeño poblado.

—¿Qué estará haciendo? ¿Despertando al dueño de alguna tienda y sacándole de la cama?

Por fin, Morley volvió y dijo que no había encontrado nada adecuado y que la única cosa que se podía hacer era alquilar un par de mantas en el albergue del lago. Subimos al coche, retrocedimos unos cuantos cientos de metros por la carretera y nos dirigimos al sur hacia las resplandecientes nieves sin huella alguna arriba en el aire azul. Pasamos junto a Twin Lakes y llegamos al albergue, que era una enorme casa blanca. Morley entró y entregó cinco dólares de depósito por el uso de un par de mantas durante aquella noche. Una mujer estaba de pie a la entrada con los brazos en jarras, los perros ladraban. La carretera estaba llena de polvo, una carretera sucia, pero el lago tenía una pureza de cera. En él, los reflejos de los riscos y montañas aparecían con claridad. Pero estaban arreglando la carretera y podíamos ver una nube de polvo amarillo delante por donde teníamos que caminar un rato mientras bordeábamos el lago a lo largo de un arroyo para luego subir por el monte hasta el comienzo del sendero.

Aparcamos el coche y sacamos nuestras cosas y nos las repartimos bajo el caliente sol. Japhy metió algunas cosas en mi mochila y me dijo que tenía que llevarlas o acabaría cayendo de cabeza al lago. Lo decía muy serio, en plan líder, y eso me gustó más que nada. Después, con idéntica seriedad infantil, se inclinó sobre el polvo del camino y con el zapapico empezó a dibujar un gran círculo dentro del que representó varias cosas.

—¿Qué es eso?

—Estoy haciendo un mandala mágico que no sólo nos ayudará durante el ascenso, sino que además, y después de unas cuantas acciones y cánticos, me permitirá predecir el futuro.

—¿Qué es un mandala?

—Son los dibujos budistas y siempre son círculos llenos de cosas, el círculo representa el vacío y las cosas la ilusión, ¿entiendes? A veces hay mandalas pintados en la cabeza de ciertos bodhisattvas y estudiándolos puedes saber su historia. Son de origen tibetano.

Llevaba mis deportivas y ahora me encasqueté el gorro que Japhy me había entregado, y que era una boina francesa negra que me puse ladeada y me eché la mochila a la espalda y estaba en condiciones de ponerme en marcha. Con las zapatillas y la boina me sentía más como un pintor bohemio que como un montañero. Sin embargo, Japhy llevaba sus preciosas botas y su pequeño sombrero suizo con una pluma y parecía un elfo algo rudo. Me lo imagino ahora en la montaña, aquella mañana. Ésta es la visión: es una mañana muy pura en la alta y seca sierra, a lo lejos los abetos dan sombra a las laderas nevadas, algo más cerca, las formas de los pinos, y allí el propio Japhy con su sombrerito y una enorme mochila a la espalda y una flor en la mano izquierda que tiene enganchada a la correa de la mochila que le cruza el pecho; la hierba crece entre los montones de rocas y piedras; distantes jirones de niebla acuchillan los costados de la mañana, y sus ojos brillan alegres. Está en camino, sus héroes son John

Muir, Han Shan, Shin-te y Li Po, John Burroughs, Paul Bunyan y Kropotkin; es bajo y tiene un divertido modo de sacar el vientre cuando camina, pero no porque tenga el vientre grande, sino porque su espina dorsal se curva un poco; compensa esto con sus largas zancadas tan vigorosas como las de un hombre alto (como comprobé siguiéndole sendero arriba), y su pecho es amplio y sus hombros anchos.

–Me siento muy bien esta mañana, Japhy –le dije mientras cerrábamos el coche y nos echábamos a andar por el camino del lago con nuestros bultos, ocupando todo el ancho de lado a lado como soldados de infantería un tanto dispersos–. ¿No es esto infinitamente mejor que The Place? Estarán emborrachándose allí en una deliciosa mañana de sábado como ésta, y nosotros aquí junto al purísimo lago caminando a través del aire fresco y limpio. ¡De verdad que esto es un haiku!

–Las comparaciones son odiosas, Smith –dijo Japhy poniéndose a mi altura y citando a Cervantes y haciendo una observación de budista zen–. No encuentro que sea diferente estar en The Place a subir al Matterhorn, se trata del mismo vacío, joven.

Pensé en esto y comprendí que tenía razón, que las comparaciones *son odiosas,* que todo es lo mismo, aunque estaba seguro de sentirme bien y, de repente, me di cuenta de que esto (a pesar de las hinchadas venas de mi pie) me sentaría muy bien y me apartaría de la bebida y quizá me hiciera apreciar un modo de vida totalmente nuevo.

–Japhy, me alegra haberte conocido. Voy a aprender a llenar las mochilas y a vivir escondido en estas montañas cuando me canse de la civilización. De hecho, doy gracias por haberte conocido.

–Bueno, Smith, también yo doy gracias por haberte conocido y por aprender a escribir espontáneamente y todo eso.

–Eso no es nada.

–Para mí es mucho. Vamos, muchachos, un poco más deprisa, no tenemos tiempo que perder.

Poco a poco nos fuimos acercando al polvo amarillo donde había máquinas trabajando y obreros enormes y sudorosos que ni siquiera nos miraron mientras trabajaban y juraban. Para ellos, escalar el monte hubiera supuesto paga doble o cuádruple en un día como hoy: un sábado.

Japhy y yo reímos pensando en eso. Me sentí un poco incómodo con mi ridícula boina, pero los obreros no nos miraron y pronto los dejamos atrás y nos acercamos a la última tienda de troncos al pie del sendero. Era, pues, una cabaña de troncos levantada al final del lago y estaba dentro de una V de poderosos riscos. Nos detuvimos y descansamos un rato en los escalones de la entrada. Habíamos caminado unos seis kilómetros, pero por un camino llano y en buenas condiciones. Entramos y compramos azúcar y galletas y Coca-Colas y cosas así. Entonces, y de repente, Morley, que no había callado durante los seis kilómetros que habíamos caminado y que tenía un aspecto divertido con la enorme mochila donde llevaba el colchón hinchable (ahora deshinchado) y sin sombrero ni nada en la cabeza, así que parecía exactamente lo que parece en la biblioteca, y eso a pesar de aquellos anchos pantalones que llevaba, recordó que se había olvidado de vaciar el cárter.

–Conque te has olvidado de vaciar el cárter –dije yo al notar su consternación y sin saber mucho de coches–. Conque se te ha olvidado carteriar el vacier.

–No, no. Eso significa que si la temperatura baja de cero esta noche, el jodido radiador reventará y no podremos volver a casa y tendremos que caminar veinte kilómetros hasta Bridgeport y nos quedaremos colgados.

–Bueno, a lo mejor no hace tanto frío esta noche.

–No podemos correr ese riesgo –dijo Morley, y por entonces yo estaba indignado contra él porque siempre encontraba manera de olvidar cosas, liarlo todo, retrasarnos y hacer que el itinerario fuera un círculo vicioso en lugar de una excursión relativamente sencilla.

–¿Y qué vas a hacer? ¿Qué vamos a hacer? ¿Retroceder los seis kilómetros?

–Sólo podemos hacer una cosa. Vuelvo yo solo, vacío el cárter, regreso, y sigo el sendero y me reúno con vosotros esta noche.

–Encenderé un buen fuego –dijo Japhy–, y lo verás desde lejos y podrás alcanzarnos.

–Es fácil.

–Pero tendrás que darte prisa y llegar junto a nosotros a la caída de la tarde.

–Lo haré, me pondré en marcha ahora mismo.

Pero entonces me dio pena el pobre Henry y le dije:

–¡Qué coño! ¿Quieres decir que vas a andar detrás de nosotros el día entero? ¡A la mierda con ese cárter! Vente con nosotros.

–Costará demasiado dinero arreglarlo si se congela, Smith, es mejor que vuelva. Puedo pensar un montón de cosas agradables y enterarme aproximadamente de lo que habléis a lo largo del día si me pongo en marcha ahora mismo. No lancéis rugidos a las abejas y no hagáis daño al perro, y si se juega un partido de tenis y nadie lleva camisa no abráis mucho los ojos ante el reflector o el sol os echará encima el culo de una chica, y también gatos y cajas de fruta y naranjas dentro... –Y tras decir esto, sin más rodeos ni ceremonias, se fue carretera abajo diciendo adiós con la mano y farfullando algo más, hablando consigo mismo, así que le chillamos:

–Hasta pronto, Henry, date prisa. –Y no respondió y siguió caminando encogiéndose de hombros.

–Mira –dije–, me parece que no le importa nada. Le basta con andar por ahí y olvidarse las cosas.

–Y darse palmadas en la tripa y ver las cosas como son, igual que Chuang Tse. –Y Japhy y yo soltamos una carcajada viendo a Henry alejarse vacilante, solo y loco, bajando por la carretera que acabábamos de subir.

–Bien, continuemos –dijo Japhy–. Cuando me pese demasiado esta mochila tan grande cambiaremos de carga.

–Estoy preparado. Tío, dámela ahora, tengo ganas de

llevar algo pesado. No sabes lo bien que me siento, tío, vamos. –Cambiamos, pues, de cargas y seguimos.

Los dos nos sentíamos muy bien y hablamos un largo trecho, de todo tipo de cosas; literatura, las montañas, chicas, Princess, los poetas japoneses, nuestras anteriores aventuras, y de pronto me di cuenta que era una auténtica bendición que Morley se hubiera olvidado de vaciar el cárter, pues en el caso contrario Japhy no habría podido meter baza en todo el santo día y en cambio ahora yo tenía la oportunidad de oírle exponer sus ideas. El modo que tenía de hacer las cosas y de caminar me recordaba a Mike, el amigo de mi infancia al que también le gustaba abrir camino, a Buck Jones, tan serio, con los ojos dirigidos a lejanos horizontes, a Natty Bumppo, haciéndome frecuentes indicaciones: «Por aquí es demasiado profundo, bordearemos el arroyo hasta que podamos vadearlo», o, «hay barro blando al fondo, será mejor rodear este sitio», y todo lo decía muy en serio. Y me lo imaginaba en su infancia en aquellos bosques del este de Oregón. Caminaba igual que hablaba, desde detrás podía ver que metía un poco los pies hacia dentro, exactamente como yo; pero cuando llegaba el momento de subir los ponía hacia fuera, como Chaplin, para que su paso fuera más fácil y firme.

Cruzamos una especie de cauce embarrado con densos matorrales y sauces y salimos al otro lado un poco mojados y seguimos sendero arriba. Estaba claramente señalado y había sido reparado recientemente por peones camineros, pero llegamos a una zona donde una roca que había caído cerraba el paso. Japhy tomó grandes precauciones para apartar la roca diciendo:

–Yo trabajaba de peón caminero, no soporto ver un camino cegado como está éste, Smith.

Según íbamos subiendo el lago aparecía debajo de nosotros y, de pronto, en aquella superficie azul claro vimos los profundos agujeros donde el lago tenía sus manantiales, igual que pozos negros, y también vimos cardúmenes de peces.

–¡Esto es como un mañana en China y he cumplido los

cinco años en el tiempo sin principio! –exclamé, y sentí ganas de sentarme en el sendero y sacar mi cuaderno y escribir mis impresiones sobre todo aquello.

–Mira allí –dijo Japhy, entusiasmado también–, chopos amarillos. Esto me recuerda un haiku...: «Al hablar de la vida literaria, los chopos amarillos.»

Al caminar por esos parajes se pueden entender las perfectas gemas de los haikus que han escrito los poetas orientales, no se embriagaban nunca en las montañas, no se excitaban, simplemente registraban con alegría infantil lo que veían, sin artificios literarios ni expresiones delicadas. Hicimos haikus mientras subíamos serpenteando por laderas cubiertas de matorrales.

–Rocas en el borde del precipicio –dije–, ¿por qué no se caen?

–Eso podría ser un haiku y no serlo –dijo Japhy–, quizá resulte demasiado complicado. Un auténtico haiku tiene que ser tan simple como el pan y, sin embargo, hacerte ver las cosas reales. Tal vez el haiku más grande de todos es el que dice: «El gorrión salta por la galería, con las patas mojadas.» Es de Shiki. Ves claramente las huellas mojadas como una visión en tu mente, y en esas pocas palabras también ves toda la lluvia que ha estado cayendo ese día y casi hueles la pinocha mojada.

–¡Dime otro!

–Trataré de que sea uno mío, vamos a ver: «El lago debajo... los negros agujeros forman manantiales.» ¡No, esto no es un haiku! ¡Maldita sea! ¡Uno nunca tiene suficiente cuidado con los haikus!

–¿Qué te parece si los hacemos al subir y de un modo espontáneo?

–¡Mira, mira! –gritó feliz–. Flores de la montaña, fíjate qué delicado color azul tienen. Y allí arriba, claro, hay amapolas californianas. Todo el prado está tachonado de color. Por cierto, allá arriba veo un auténtico pino blanco de California, ya no se ven muchos.

—Sabes mucho de pájaros y árboles y todo eso, ¿verdad?

—Lo he estudiado toda mi vida.

Luego seguimos subiendo y la conversación se hizo más esporádica, superficial y risueña. Pronto llegamos a un recodo del sendero donde de pronto éste se hizo oscuro y estábamos en la sombra de un arroyo que discurría con gran fragor entre rocas. Un tronco caído formaba un puente perfecto sobre las agitadas y espumosas aguas, nos tendimos encima de él y bajamos la cabeza y nos mojamos el pelo y bebimos mientras el agua nos salpicaba la cara; era como tener la cabeza bajo la corriente de un dique. Me quedé un largo minuto allí disfrutando del súbito frescor.

—¡Esto es como un anuncio de la cerveza Rainer! —gritó Japhy.

—Vamos a sentarnos un rato para disfrutar de este sitio.

—Chico, ¡no sabes lo mucho que nos queda todavía!

—Es igual, no estoy cansado.

—Ya lo estarás, fiera.

9

Seguimos y yo me sentía inmensamente bien ante el aspecto en cierto modo inmortal que tenía el sendero, ahora en las primeras horas de la tarde, con las laderas cubiertas de hierba que parecían envueltas en nubes de polvo de oro viejo, y los insectos revoloteando sobre las piedras y el viento suspirando en temblorosas danzas por encima de las piedras calientes, y el modo en que de pronto el sendero desembocaba en una zona sombría y fresca con grandes árboles por encima de nuestras cabezas y luz mucho más profunda. Y también el lago allá abajo convertido en un lago de juguete con aquellos agujeros negros perfectamente visibles todavía y las sombras de la nube gigante sobre el lago, y el trágico caminito que se alejaba serpenteante por el que el pobre Morley regresaba.

—¿Puedes ver a Morley allá abajo?

Japhy miró largamente.

—Veo una pequeña nube de polvo, a lo mejor es él que ya está de vuelta.

Me parecía que ya había visto antes el antiguo atardecer del sendero; los prados, las rocas y las amapolas de pronto me hacían revivir la rugiente corriente con el tronco que servía de puente y el verdor del fondo, y había algo indescriptible en mi corazón que me hacía pensar que había vivido antes y que en esa vida ya había recorrido el sendero en circunstancias semejantes acompañado por otro bodhisattva, aunque quizá se tratara de un viaje más importante, y tenía ganas de tenderme a la orilla del sendero y recordar todo eso. Los bosques producen eso, siempre parecen familiares, perdidos hace tiempo, como el rostro de un pariente muerto hace mucho, como un viejo sueño, como un fragmento de una canción olvidada que se desliza por encima del agua, y más que nada como la dorada eternidad de la infancia pasada o de la madurez pasada con todo el vivir y el morir y la tristeza de hace un millón de años, y las nubes que pasan por arriba parecen testificar (con su solitaria familiaridad) este sentimiento, casi un éxtasis, con destellos de recuerdos súbitos, y sintiéndome sudoroso y soñoliento me decía que sería muy agradable dormir y soñar en la hierba. A medida que subíamos nos sentíamos más cansados, y ahora, como dos auténticos escaladores, ya no hablábamos ni teníamos que hablar y estábamos alegres y, de hecho, Japhy lo mencionó volviéndose hacia mí tras media hora de silencio:

—Así es como más me gusta, cuando no se tienen ganas ni de hablar, como si fuéramos animales que se comunican por una silenciosa telepatía.

Y así, entregados a nuestros propios pensamientos, seguimos subiendo; Japhy usando ese paso que ya he mencionado, y yo con mi propio paso, que era corto, lento y paciente, y me permitía subir montaña arriba kilómetro y medio a la hora; así que siempre iba unos treinta metros detrás de él y cuando se nos ocurría algún haiku ahora teníamos que gritárnoslo hacia atrás o hacia adelante. Enseguida llegamos a la parte más alta del sendero donde dejaba de haberlo, al incomparable prado de ensueño que tenía una laguna en el centro y después del cual había piedras y nada más que piedras.

—La única señal que tenemos ahora para saber el camino que debemos seguir son los hitos.

—¿Qué hitos?

—¿Ves esas piedras de ahí?

—¿Esas piedras de ahí, dices? ¡Pero, hombre, si sólo veo kilómetros de piedras que llevan a la cima!

—¿Ves ese montoncito de piedras de ahí, junto al pino? Se trata de un hito puesto por otros escaladores. Hasta podría ser uno que puse yo mismo en el cincuenta y cuatro, pero no estoy seguro. Ahora iremos de piedra en piedra atentos a los hitos y así sabremos más o menos por dónde ir. Aunque claro está que sabemos por dónde ir; esa ladera de ahí delante, ¿la ves?, es la meseta que debemos alcanzar.

—¿Meseta? ¡Dios mío! ¡Yo creía que eso era la cima de la montaña!

—Pues no lo es, después de eso hay una meseta y después un pedregal y después más rocas y luego llegaremos a un lago alpino no mayor que esta laguna y después todavía viene la ascensión final, unos trescientos metros casi en vertical hasta la cima del mundo desde donde se ve toda California y parte de Nevada y donde el viento sopla que te levanta.

—¡Guau!... ¿Y cuánto nos llevará?

—Lo más que podemos esperar es establecer nuestro campamento en la meseta esta noche. La llamo meseta y de hecho no lo es, es sólo una plataforma entre riscos.

Pero en el extremo final más elevado del sendero había un lugar bellísimo y dije:

—Tío, mira eso... —Un prado de ensueño, pinos en un

extremo, y la laguna, el aire limpio y fresco, las nubes de la tarde corriendo doradas–. ¿Por qué no nos quedamos a dormir aquí? Creo que nunca había visto un sitio tan hermoso.

–Esto no es nada. Es hermoso, claro, pero podríamos despertarnos mañana por la mañana y encontrarnos con tres docenas de maestros que subieron a caballo y están friendo tocino a nuestro lado. En el sitio adonde vamos no verás a nadie, y si hay alguien será un montañero, o dos, pero no lo creo en esta época del año. Puede nevar en cualquier momento. Si lo hace esta noche, tú y yo podemos decir adiós a la vida.

–Bueno, pues adiós, Japhy. En cualquier caso podemos descansar un rato aquí y beber un poco de agua y admirar el prado.

Nos sentíamos cansados y bien. Nos tumbamos en la hierba y descansamos e intercambiamos las mochilas y nos las sujetamos y reanudamos la marcha. Casi al tiempo la hierba se terminó y empezaron las piedras; subimos a la primera, y desde entonces todo consistió en saltar de piedra en piedra, ascendiendo de modo gradual, subiendo por un valle de piedras de unos ocho kilómetros que se hacía más y más escarpado con inmensos despeñaderos a ambos lados que formaban las paredes del valle, hasta cerca del risco donde avanzamos casi gateando.

–¿Y qué hay detrás de ese risco?

–Hay hierba alta, matorrales, piedras dispersas, bellos arroyos con meandros que tienen hielo en los remansos incluso a mediodía, manchas de nieve, árboles tremendos y una roca tan grande como dos casas de Alvah una encima de la otra que se inclina hacia adelante y forma una especie de concavidad donde podemos acampar y encender un buen fuego que caliente la pared de piedra. Después de eso se termina la hierba y el bosque. Eso será a unos tres mil metros de altura, más o menos.

Con las zapatillas me resultaba facilísimo bailar ágilmente de piedra en piedra, pero al cabo de un rato noté que Japhy hacía lo mismo con mucha más gracia y que se movía sin esfuerzo de piedra en piedra, a veces bailando deliberadamente y cruzando las piernas de izquierda a derecha y de derecha a izquierda, y yo traté de seguir sus pasos durante unos momentos, pero enseguida comprendí que era mejor que eligiera mis propias piedras y me dedicara a mi propia danza.

–El secreto de este modo de escalar –dijo Japhy– es como el zen. No hay que pensar. Hay que limitarse a bailar. Es la cosa más fácil del mundo. De hecho más fácil todavía que caminar por terreno llano, que resulta tan monótono. Se presentan pequeños problemas a cada paso y, sin embargo, nunca dudas y te encuentras de repente encima de otra piedra que has elegido sin ningún motivo especial, justo como en el zen. –Y así era.

Ya casi no hablábamos. Los músculos de las piernas se cansaban. Pasamos horas, quizá tres, subiendo por aquel valle tan largo. Por entonces llegó el atardecer y la luz se iba poniendo color ámbar y las sombras caían siniestras sobre el valle de piedras y eso, en lugar de asustarte, te proporcionaba una nueva sensación de inmortalidad. Los hitos estaban dispuestos de forma que se veían con facilidad: te subías a una roca y mirabas hacia adelante y localizabas un hito (normalmente eran dos piedras planas, una encima de otra, y a veces otra más redonda encima como adorno) y te dirigías en su dirección. El objetivo de estos hitos, dispuestos así por escaladores previos, era ahorrar un par de kilómetros o más andando de un lado a otro del inmenso valle. Entretanto, nuestro torrente rugía por allí cerca, aunque ahora era más fino y tranquilo, procedente de la propia cara del risco, en aquel momento distante un kilómetro y medio valle arriba, brotando de una mancha negra que distinguí en la roca gris.

Saltar de piedra en piedra y sin caer nunca, con una mochila a la espalda, es más fácil de lo que parece; es imposible caerse cuando se sigue el ritmo de la danza. Miré valle abajo varias veces y me sorprendió comprobar lo altos que estábamos y ver más lejos aún horizontes de nuevas montañas.

Nuestro hermoso valle en lo alto del sendero era como un pequeño calvero en el bosque de Arden. Luego la ruta se hizo más empinada, el sol se puso más rojo, y muy pronto empecé a ver manchas de nieve en la sombra de algunas rocas. Llegamos a un lugar donde el risco de enfrente parecía echársenos encima. En ese momento vi que Japhy dejaba a un lado su mochila y me acerqué a él.

—Bien, dejaremos nuestra carga aquí y subiremos esos pocos metros por la ladera de este paredón, por aquel sitio que parece más accesible. Encontraremos el sitio donde acampar. Lo recuerdo bien. En realidad, puedes quedarte por aquí y descansar o meneártela mientras doy una vuelta. Me gusta andar solo.

De acuerdo. Me senté y me cambié los calcetines mojados y la camiseta empapada por prendas secas y crucé las piernas y descansé y silbé durante una media hora; una ocupación realmente agradable, y Japhy volvió y dijo que había encontrado el sitio. Yo creía que sólo quedaba un breve paseo hasta el lugar donde descansaríamos, pero casi nos llevó otra hora trepar unas piedras y saltar por encima de otras hasta llegar al plano de la plataforma, y allí, sobre una zona de hierba más o menos llana, caminar unos doscientos metros hasta donde había una gran roca gris rodeada de pinos. El lugar era esplendoroso: nieve en el suelo, manchas blancas en la hierba, y murmurantes arroyos y las enormes y silenciosas montañas de piedra a ambos lados, y el viento soplando y el olor a brezos. Vadeamos un adorable arroyuelo de un palmo de profundidad, agua transparente con pureza de perla, y llegamos a la enorme roca. Había troncos carbonizados de otros montañeros que habían acampado allí.

—¿Dónde está el Matterhorn?

—Desde aquí no se puede ver, aunque... —señaló una gran plataforma lejana y una cañada con maleza que doblaba a la derecha—... dando la vuelta por allí, un par de kilómetros o así más allá, nos encontraremos al pie del Matterhorn.

—¡Coño, tío! ¡Eso nos va a llevar otro día entero!

—No cuando se viaja conmigo, Smith.

—Bien, Ryderito, me parece bien.

—De acuerdo, Smithito, y ahora vamos a descansar y disfrutar de todo esto y prepararemos la cena y esperaremos al viejo Morleyto.

Así que abrimos las mochilas y sacamos las cosas y fumamos y lo pasamos bien. Ahora las montañas tenían un matiz rosado. Quiero decir las rocas, porque sólo había rocas sólidas cubiertas por los átomos de polvo acumulados desde el tiempo sin principio. De hecho me asustaban aquellas dentadas monstruosidades que teníamos alrededor y por encima.

—¡Qué silencio!

—Sí, tío, ¿sabes?, para mí una montaña es un Buda. Piensa en su paciencia; cientos de miles de años inmóvil aquí en un perfecto silencio y como rezando por todos los seres vivos esperando que se terminen nuestras agitaciones y locuras.

Japhy sacó el té, un té chino, y echó un poco en un bote de hojalata, y el fuego se había avivado entretanto, aunque todavía era pequeño porque no se había puesto el sol, y clavó un largo palo entre unas rocas y colgó de él la tetera y el agua hirvió enseguida y la vertió en el bote de hojalata y tomamos nuestro té en vasos de estaño. Yo mismo había traído el agua de un arroyo, y era un agua fría y pura como la nieve y como los ojos con párpados de cristal del cielo. Y nuestro té era con gran diferencia el más puro y tonificante que había tomado en toda mi vida y daba ganas de tomar más y más y nos quitó la sed, y, desde luego, nos proporcionó un delicioso calor en el estómago.

—Ahora entenderás la pasión oriental por el té —dijo Japhy—. Recuerda ese libro del que te hablé sobre el primer sorbo que es alegría, el segundo goce, el tercero serenidad, el cuarto locura, el quinto éxtasis.

—Sí, es un buen compañero.

La roca junto a la que habíamos acampado era una maravilla. Tenía unos diez metros de alto por otros diez de base, un cuadrado casi perfecto, y unos árboles retorcidos inclinándose sobre ella y como mirándonos desde arriba. Desde la base avanzaba hacia adelante formando una concavidad, así que si llovía estaríamos parcialmente cubiertos.

–¿Cómo llegaría esta inmensa hija de puta hasta aquí?

–Probablemente fue dejada por el glaciar en retirada. ¿Ves aquel campo de nieve de allí?

–Sí.

–Es lo que queda del glaciar. No se puede comprender si cayó hasta aquí desde montañas prehistóricas inconcebibles, o si aterrizó aquí cuando la tierra estalló durante el levantamiento del jurásico. Ray, estar aquí no es como estar sentado en un salón de té de Berkeley. Esto es el comienzo y el fin del mundo. Fíjate en estos pacientes budas mirándonos sin decir nada.

–Y viniste aquí totalmente solo...

–Anduve por aquí semanas interminables, justo como John Muir, iba de un lado para otro siguiendo las vetas de cuarcita o recogiendo amapolas, o simplemente caminando sin parar, cantando, desnudo y preparando la comida y riendo.

–Japhy, tengo que decírtelo; me pareces el tipo más feliz del mundo y eres grande, te lo aseguro. Me alegra tanto aprender tantas cosas... Este sitio, además, hace que sienta una profunda devoción. ¿Sabes que hice una oración?

–¿Cuál?

–Me siento y digo... bueno, paso revista a todos mis amigos y parientes y enemigos uno a uno, sin alimentar odio o agradecimiento alguno, y digo algo como: «Japhy Ryder, igualmente vacío, igualmente digno de ser amado, igualmente un próximo Buda», luego sigo y digo: «David O. Selznick, igualmente vacío, igualmente digno de ser amado, igualmente un próximo Buda», aunque la verdad es que no utilizo nombres como David O. Selznick, sólo los de la gente que conozco porque cuando digo las palabras: «Igualmente un próximo Buda», quiero pensar en los ojos, como en los de Morley, esos ojos azules tras las gafas, y cuando uno piensa «igualmente un próximo Buda», piensa en esos ojos y de hecho de pronto ve el auténtico secreto de la serenidad y la verdad de su próxima budeidad. Luego, uno piensa en los ojos del enemigo.

–Eso es estupendo, Ray. –Y Japhy sacó su cuaderno de notas y escribió la oración y movió la cabeza admirado–. Es realmente estupendo, voy a enseñarles esta oración a todos los monjes que conozca en el Japón. Todo te va bien, Ray, el único problema que tienes es que nunca aprendiste a venir a sitios como éste y dejas que el mundo te ahogue en su mierda y has sido ultrajado..., aunque como digo las comparaciones *son* odiosas, lo que ahora decimos es cierto.

Sacó el bulgur, trigo sin refinar desmenuzado, y lo mezcló con un par de paquetes de legumbres y vegetales secos y lo puso todo en la cacerola para que estuviera bien cocido al caer la tarde. Empezamos a escuchar tratando de oír los gritos de Morley, que no llegaban. Comenzamos a preocuparnos por él.

–El problema es que, joder, si se ha caído de una piedra y se ha roto una pierna, nadie podrá ayudarle. Es peligroso... Yo he hecho este camino solo, pero soy muy bueno escalando, soy como una cabra montesa.

–Tengo hambre.

–Yo también, joder, quisiera que llegara enseguida. Vamos a pasear un poco por ahí, comeremos bolas de nieve y beberemos agua y esperaremos.

Hicimos eso, explorando el extremo superior de la lisa plataforma, y volvimos. Por entonces el sol ya se había puesto detrás de la pared occidental de nuestro valle, y oscurecía, y todo se volvía más rojo, más frío, y surgían haces púrpura detrás de las dentadas cumbres. El cielo era profundo. Incluso empezamos a ver unas pálidas estrellas, por lo menos una o dos. De repente oímos un distante «¡Alaiu!» y Japhy se puso en pie de un salto y subió a una piedra y gritó: «¡Jau! ¡Jau! ¡Jau!»

Llegó otro «¡Alaiu!».

–¿Está muy lejos?

–¡Dios mío! Por el sonido se diría que ni siquiera ha empezado. No está ni al comienzo del valle de piedras. No puede pasar por allí de noche.

–¿Qué podemos hacer?

–Vamos hasta el borde del risco y nos sentaremos allí y le llamaremos durante una hora. Llevaremos los cacahuetes y las pasas y comeremos eso mientras esperamos. Quizá no esté tan lejos como pienso.

Subimos al promontorio desde donde podíamos ver el valle entero y Japhy se sentó en la postura del loto con las piernas cruzadas encima de una roca y sacó su rosario de madera y rezó. Es decir, simplemente mantuvo las cuentas en las manos puestas hacia abajo y los pulgares juntos. Y se quedó mirando hacia adelante sin mover ni un solo músculo. Me senté lo mejor que pude encima de una roca y estuvimos así sin decir nada y meditando. Sólo que yo meditaba con los ojos cerrados. El silencio era un inmenso ruido. Desde donde estábamos, el rumor del arroyo, el gorgoteo y parloteo del arroyo, llegaba bloqueado por las rocas. Oímos algunos «Alaius» melancólicos más, pero parecía que se alejaban más y más cada vez. Cuando abrí los ojos el rosa era mucho más púrpura. Las estrellas empezaron a brillar. Caí en una profunda meditación, sintiendo que las montañas eran realmente budas y amigas nuestras y tuve la extraña sensación de que había algo raro en que sólo hubiera tres hombres en todo aquel inmenso valle: el místico número tres. Nirmanakaya, Sambhogakaya y Dharmakaya. Pedí la salvación y la felicidad eterna para el pobre Morley. En una ocasión abrí los ojos y vi a Japhy sentado allí rígido como una piedra y sentí ganas de reír porque me pareció muy divertido. Pero las montañas eran poderosas y solemnes, y lo mismo Japhy, y debido a eso, de hecho, la risa tendría que ser solemne.

Era algo hermoso. Los tintes rosados se desvanecieron y entonces todo era una oscuridad púrpura y el rumor del silencio era como un torrente de olas de diamante que atravesaran los pórticos líquidos de nuestros oídos y fueran capaces de tranquilizar a un hombre durante mil años. Pedí por Japhy, por su futura salvación y felicidad y eventual budeidad. Todo era completamente serio, completamente alucinante, completamente feliz.

«Las rocas son espacio –pensé–, y el espacio es ilusión.» Tuve un millón de pensamientos. Japhy hacía lo mismo. Me extrañaba el modo en que meditaba con los ojos abiertos. Y ante todo estaba humanamente asombrado de que ese muchacho que estudiaba con tanta intensidad poesía oriental y antropología y ornitología y todas las demás cosas y que era un recio aventurero en senderos y montañas también sacara de repente su enternecedor y hermoso rosario de madera y se pusiera a rezar allí con solemnidad, como un viejo santo del desierto, aunque resulta tan curioso en América, con los altos hornos y los aeropuertos. El mundo no debía de ser tan malo cuando producía tipos como Japhy, pensé, y me sentí contento. El dolor de todos mis músculos y el hambre eran bastante desagradables, y las oscuras rocas que nos rodeaban, el hecho de que no hubiera nadie que te calmara con besos y palabras suaves, de que estuviera allí sentado meditando y pidiendo por el mundo con otro joven vehemente..., era algo bueno haber nacido para morir, aunque sólo fuera para eso, como nos ocurría a nosotros. Algo saldrá de todo esto, amigos míos, en las Vías Lácteas de la eternidad desplegándose ante nuestros mágicos ojos sin envidia. Tuve ganas de contarle a Japhy todo lo que pensaba, pero comprendí que no importaba y además, en cualquier caso, él ya lo sabía, y el silencio es la montaña de oro.

–¡Alaiu! –gritaba Morley, y ahora era de noche, y Japhy dijo:

–Bueno, parece que todo indica que todavía está lejos. Creo que tendrá la suficiente cordura como para instalar su propio campamento por ahí abajo, así que regresemos al nuestro y preparemos la cena.

–De acuerdo. –Y gritamos «¡Jau!» un par de veces para

tranquilizar a Morley. Sabíamos que tendría la cordura precisa.

Y así fue, como luego supimos. Acampó y se envolvió en las dos mantas que había alquilado, encima de su cama neumática, y durmió la noche entera en aquel incomparable prado con la laguna y los pinos, según nos contaría al reunirse con nosotros al día siguiente.

10

Anduve por allí cerca y cogí pequeños palos que sirvieran de astillas para la hoguera y después fui a reunir trozos mayores y, por fin, cogí troncos bastante grandes: resultaban fáciles de encontrar por allí. Teníamos una hoguera que Morley habría visto a ocho kilómetros de distancia si no hubiera estado escondida detrás del risco, fuera de su vista. La hoguera enviaba contra la pared de piedra el calor, y la pared lo absorbía y lo devolvía, así que estábamos en una habitación caliente exceptuadas las puntas de nuestras narices que se enfriaban cuando dejábamos el lugar para traer leña y agua. Japhy puso el bulgur en la olla con agua y empezó a hervirlo y lo revolvió con un palo mientras estaba ocupado preparando el pudin de chocolate y lo ponía a calentar en otra olla que sacó de mi mochila. También preparó más té. Luego sacó un juego doble de palillos y enseguida teníamos la cena lista y nos reímos. Fue la cena más deliciosa de toda mi vida. Arriba, más allá del resplandor anaranjado de nuestra hoguera, se veían inmensos sistemas de incontables estrellas, como resplandores individuales o como guirnaldas de Venus o enormes Vías Lácteas inconmensurables para el entendimiento humano, todo frío, azul, plata, aunque nuestra hoguera y nuestra comida eran rosas y apetitosas. Y tal y como había predicho Japhy, no tuve las menores ganas de beber alcohol, me había olvidado de él, la altura era excesiva, el ejercicio duro, el aire demasiado vivo y bastaba con él para ponerte borracho como una cuba. Fue una cena estupenda; siempre se come mejor cuando se toman pequeños trozos con los palillos, sin tragar demasiada cantidad, por este motivo la ley de la supervivencia de Darwin tiene mejor aplicación en China: si uno no sabe manejar los palillos y conseguir igualar a los más hábiles en la olla familiar, se muere de hambre. En cualquier caso, terminé ayudándome con el dedo índice.

Terminada la cena, Japhy restregó cuidadosamente los cacharros con un estropajo metálico y me hizo traer agua. La cogí en una lata vacía que habían dejado otros montañeros, y tras llenarla en un estanque de estrellas, volví con ella y una bola de nieve, y Japhy lavó los platos con agua previamente hervida.

—Normalmente no lavo los platos, sólo los ato con mi pañuelo azul, porque esas cosas realmente no importan..., aunque seguro que este tipo de conocimientos no los apreciarían esos del edificio de Madison Avenue, ¿cómo se llaman?..., esa empresa inglesa, ¿cómo se llama? Creo que Urber and Urber, ¡a la mierda! Y ahora voy a sacar mi mapa del firmamento y ver cómo andan las cosas esta noche. Las estrellas son mucho más numerosas que todos tus famosos sutras Surangamy. —Así que desplegó su mapa del firmamento y lo hizo girar un poco, y lo ajustó y miró y dijo—: Son exactamente las ocho cuarenta y ocho.

—¿Cómo lo sabes?

—Sirio no estaría donde está si no fueran las ocho cuarenta y ocho... ¿Sabes lo que me gusta de ti, Ray? Evocas en mí el auténtico lenguaje de este país que es el lenguaje de los obreros, de los ferroviarios, de los leñadores. ¿Les has oído hablar alguna vez?

—Pues claro. Conocí a un tipo, un conductor de un camión cisterna lleno de petróleo, que me recogió en Houston, Texas, una medianoche después de que un marica dueño de un motel, que se llamaba muy adecuadamente el Albergue del Dandy, me echara y me dijera que si no conseguía que me recogiera alguien dormiría al sereno; así que esperé como una hora en la carretera totalmente desierta y de pronto llegó un camión conducido por un cherokee que me dijo que lo era, aunque se llamaba Johnson o Ally Reynolds o algo parecido, y empezó a hablar más o menos así: «Mira, chaval, yo salí de debajo de las faldas de mamá antes de que tú llegaras a oler el río y vine al Oeste para conducir como un loco por los campos petrolíferos de Texas...», y siguió con una especie de charla rítmica y se ocupaba de todo tipo de cosas siguiendo el ritmo de los acelerones y frenazos y cambios de velocidad del camión y éste rodaba a más de cien por hora y su relato iba igual de rápido, algo magnífico, eso es lo que yo llamo poesía.

–Eso quería decir. Deberías oír al viejo Burnie Byers hablar de esa misma manera en la zona del Skagit. Ray, tienes que ir allí.

–De acuerdo, iré.

Japhy, arrodillado sobre el mapa, estudiaba el firmamento, inclinado un poco hacia adelante para mirar a través de las ramas de los árboles, que enmarcaban nuestras piedras, con su perilla y todo, y con aquella poderosa roca grisácea detrás de él, igual, exactamente igual que la visión que yo había tenido de los viejos maestros zen de China en la inmensidad. Estaba doblado un poco hacia adelante, de rodillas, como si tuviera un sutra sagrado en la mano. Pero enseguida se dirigió a la mancha de nieve y volvió con el pudin de chocolate que ahora estaba helado y delicioso a más no poder. Nos echamos encima de él.

–Quizá deberíamos dejar un poco para Morley.

–No se conservará, el sol de la mañana lo desharía.

La hoguera dejó de crepitar y sólo quedaron enormes brasas, pero enormes de verdad, de dos metros de largo. La noche imponía cada vez más su sensación de gélido cristal, y el olor de los humeantes leños era tan delicioso como el del pudin de chocolate. Fui un rato a dar un paseo junto al arroyo casi helado y me senté a meditar junto a un tronco caído y las enormes paredes de las montañas a ambos lados de nuestro valle eran masas silenciosas. Hacía demasiado frío para quedarse allí más de un minuto. Cuando regresé nuestra hoguera color naranja reflejaba su resplandor en la enorme roca y Japhy, arrodillado y contemplando el firmamento a más de tres mil metros por encima del rechinante mundo, era la imagen misma de la paz y el buen sentido. Había otro aspecto de Japhy que me asombraba: su poderoso y tierno sentido de la caridad. Siempre estaba regalando cosas, siempre practicando lo que los budistas llaman el Paramita de Dana, la perfección de la caridad.

Cuando volví y me senté junto al fuego, dijo:

–Bueno, Smith, ya es hora de que tengas un rosario de cuentas de juju, así que quédate con éste. –Y me entregó las cuentas de madera oscura unidas por una cuerda negra y brillante con un bello lazo en el extremo.

–No puedes regalarme una cosa así. Procede de Japón, ¿no?

–Tengo otro juego de cuentas negras. Smith, la oración que me enseñaste antes merece un rosario de cuentas de juju como éste. En cualquier caso, es tuyo.

Minutos después liquidamos el resto del pudin de chocolate, aunque Japhy consiguió que yo tomara la parte mayor. Luego, cuando extendió ramas sobre la piedra y encima del poncho, se aseguró de que su saco de dormir estuviera más alejado del fuego que el mío para que yo estuviera bien caliente. Siempre estaba practicando la caridad. De hecho me la enseñó cuando una semana más tarde le regalé unas agradables camisetas que había encontrado en los almacenes de la Beneficencia. Correspondió a este regalo dándome un recipiente de plástico para guardar alimentos. En broma, le regalé una flor muy grande del jardín de Alvah. Un día más tarde me trajo solemnemente un pequeño ramo de flores recogidas en los jardines públicos de Berkeley.

–Y puedes quedarte con las zapatillas, además –dijo–. Tengo otro par más viejo que ése, pero igual de buenas.

–Mira, no puedo aceptar todo esto.

–Smith, ¿no te das cuenta de que es un privilegio regalar cosas a los demás? –Y lo hacía de un modo muy agradable. No había nada de navideño ni de ostentoso, sino algo casi triste, y en ocasiones sus regalos eran cosas viejas que tenían el encanto de lo útil y lo melancólico.

Nos metimos en los sacos de dormir, ya hacía un frío gélido, era alrededor de las once, y hablamos un rato más antes de que uno de los dos dejara de responder y enseguida nos dormimos. Mientras Japhy roncaba me desperté y seguí tumbado mirando a las estrellas y dando gracias a Dios por haber subido a esta montaña. Mis piernas estaban mejor, todo el cuerpo revigorizado. Los crujidos de los troncos apagándose eran como Japhy haciendo comentarios sobre mi felicidad. Le miré, su cabeza estaba metida en el saco de plumas de pato. Su forma acurrucada era la única cosa que se podía ver en muchos kilómetros de oscuridad saturada y concentrada de deseos de ser buena. Pensé: «¡Qué cosa más extraña es el hombre! Como dice la Biblia: "¿Quién conoce el espíritu del hombre que mira a lo alto?" Este pobre muchacho diez años más joven que yo haciéndome parecer un idiota que olvida todos los ideales y la alegría que tenía antes, en mis recientes años de bebedor decepcionado. ¿Y qué le importa no tener dinero? No necesita el dinero, lo único que necesita es su mochila con esas bolsitas de comida seca y un buen par de zapatos, y allá se va a disfrutar de los privilegios de un millonario en sitios como éste. ¿Y qué millonario con gota podría llegar hasta esta roca? Nos ha llevado un día entero llegar hasta aquí.» Y me prometí que iniciaría una nueva vida. «Por todo el Oeste y por las montañas del Este, y también por el desierto, vagabundearé con una mochila, seguiré el camino puro.» Y me dormí tras hundir la nariz dentro del saco de dormir y me desperté hacia el alba temblando; el suelo húmedo había atravesado el impermeable y el saco, y mis costillas estaban sobre un suelo más húmedo que el de una cama mojada. El aliento me humeaba. Me volví sobre el otro lado y volví a dormirme: mis sueños fueron puros sueños fríos como agua helada, pero sueños felices, no pesadillas.

Cuando me desperté de nuevo y la luz del sol era de un primigenio color naranja que llegaba a través de los riscos del este y bajaba por entre nuestras fragantes ramas de pino, me sentí como cuando era niño y había llegado el momento de jugar el día entero porque era sábado. Japhy ya estaba levantado y cantaba y haciendo aire con las manos avivaba un pequeño rescoldo. El suelo tenía escarcha blanca. Se alejó corriendo y gritó: «¡Alaiu!», y, ¡Dios mío!, de pronto oímos que Morley contestaba mucho más cerca que la noche anterior.

—Ya se ha puesto en camino. Despierta, Smith, y toma una taza de té, te sentará bien, ya verás.

Me levanté y pesqué las zapatillas dentro del saco de dormir donde las había tenido toda la noche para que se calentaran y me las puse, y también me puse la boina y di un salto y corrí unos cuantos metros por la hierba. El arroyo estaba helado, excepto por el centro, donde las burbujas se alejaban tintineando. Me tumbé boca abajo y tomé un profundo trago, mojándome la cara. No hay sensación mejor en el mundo que lavarse la cara en el agua fría una mañana en la montaña. Después volví y Japhy estaba calentando los restos de la cena de la noche anterior que estaba todavía bastante rica. Luego me acerqué al borde del risco y gritamos hacia Morley, y de repente lo vimos a lo lejos. Una delgada figura dos o tres kilómetros valle abajo moviéndose como un ser enano animado en el inmenso vacío.

—Esa pequeña mancha de allí abajo es nuestro ocurrente amigo Morley —dijo Japhy, con su curiosa voz potente de leñador.

Unas dos horas después, Morley estaba a una distancia desde la que podía hablar mientras saltaba las piedras finales en dirección a nosotros que lo esperábamos sentados en una roca al sol, que ya calentaba.

–La Asociación Femenina de Ayuda dice que debo presentarme aquí para ver si a vosotros, muchachos, os gusta llevar cintas azules cosidas a la camisa, dicen que queda mucha limonada rosa y que lord Mountbatten se está impacientando. Me parece que están estudiando el origen de ese reciente conflicto en el Oriente Medio, o preferirán tomar café. En mi opinión deberían tener más cuidado con un par de literatos como vosotros... –Y siguió así, sin parar y sin razón alguna, parloteando bajo el feliz cielo azul de la mañana con su apagada sonrisa, sudando un poco debido al prolongado esfuerzo matutino.

–Bueno, Morley, ¿estás preparado para subir al Matterhorn?

–Lo estaré en cuanto me cambie estos calcetines mojados.

11

Hacia mediodía nos pusimos en marcha dejando nuestras mochilas en el campamento al que probablemente nadie llegaría hasta por lo menos el año próximo, y seguimos valle arriba con sólo un poco de comida y un equipo de primeros auxilios. El valle era más largo de lo que parecía. Casi inmediatamente eran las dos de la tarde y el sol se estaba poniendo más dorado y se levantó viento y empecé a pensar: «¡Dios mío, vamos a tener que subir a esa montaña de noche!»

–Tienes razón, tenemos que darnos prisa –dijo Japhy, después de que le comunicara mis temores.

–¿Por qué no lo dejamos y volvemos a casa?

–Vamos, vamos, fiera, subiremos corriendo a esa montaña y luego volveremos a casa.

El valle era largo, largo, largo. En su extremo superior se

hizo muy escarpado y empecé a tener miedo de caerme; las piedras eran pequeñas y resbaladizas y me dolían los tobillos debido al esfuerzo muscular del día anterior. Pero Morley seguía caminando y hablando y me di cuenta de que tenía una gran resistencia. Japhy se quitó los pantalones y parecía un indio; quiero decir que se quedó en pelotas si se exceptúa un taparrabos, y avanzaba casi quinientos metros por delante de nosotros; a veces nos esperaba un poco para darnos tiempo a que le alcanzáramos, y luego seguía, moviéndose más deprisa, esperando escalar la montaña ese mismo día. Morley iba el segundo, todo el tiempo, unos cincuenta metros por delante de mí. Yo no tenía prisa. Luego, cuando la tarde avanzó, decidí adelantar a Morley y reunirme con Japhy. Ahora estábamos a unos tres mil quinientos metros de altura y hacía frío y había mucha nieve y hacia el este veíamos inmensas montañas coronadas de nieve y vastas extensiones de valle a sus pies y prácticamente nos encontrábamos en la cima de California. En un determinado momento tuve que gatear, lo mismo que los otros, por un estrecho lecho de roca, alrededor de una piedra saliente, y me asusté de verdad: la caída era de unos treinta metros, lo bastante como para romperme la crisma, encima de otro pequeño lecho de roca donde rebotaría como preparación para una segunda caída, la definitiva, de unos trescientos metros. Ahora el viento arreciaba. Sin embargo, toda esa tarde, en un grado incluso mayor que la anterior, estuvo llena de premoniciones o recuerdos, como si hubiera estado allí antes, trepando por aquellas rocas, con objetivos más antiguos, más serios, más sencillos. Por fin llegamos al pie del Matterhorn donde había una bellísima laguna desconocida para la mayoría de los hombres de este mundo, contemplada sólo por un puñado de montañeros, una laguna a más de tres mil quinientos metros de altura con nieve en las orillas y bellas flores y bella hierba, un prado alpino, llano y de ensueño, sobre el que me tumbé enseguida quitándome los zapatos. Japhy, que ya llevaba allí media hora, se había vestido otra vez porque hacía frío. Morley subía detrás de nosotros sonriendo. Nos sentamos allí observando la inminente escarpadura tan empinada que constituía el tramo final del Matterhorn.

–No parece excesivamente difícil –dije, animado–, llegaremos enseguida.

–No, Ray, es mucho más de lo que parece. ¿No te das cuenta de que son unos trescientos metros más?

–¿Tanto?

–A menos que nos demos prisa y marchemos dos veces más rápido que hasta ahora, no conseguiremos regresar a nuestro campamento antes de que caiga la noche y no llegaremos al coche, allí, al lado de la cabaña de troncos, antes de mañana por la mañana.

–¡Vaya!

–Estoy cansado –dijo Morley–, no pienso intentar el ascenso.

–Me parece muy bien –respondí–. La finalidad del montañero no es demostrar que puede llegar a la cima de una montaña, sino encontrarse en un lugar salvaje.

–Bueno, pues yo subiré –dijo Japhy.

–Pues si tú subes, yo iré contigo.

–¿Y tú, Morley?

–No creo que lo consiguiera. Esperaré aquí.

El viento era muy fuerte, y pensaba que en cuanto subiéramos unos cuantos metros por la ladera estorbaría nuestra ascensión.

Japhy cogió un pequeño paquete de cacahuetes y uvas pasas y dijo:

–Ésta será nuestra gasolina, chico. Ray, ¿estás dispuesto a ir el doble de deprisa?

–Lo estoy. ¿Qué dirían los de The Place si supieran que he hecho todo este camino para rajarme en el último minuto?

–Es tarde, démonos prisa. –Y Japhy empezó a caminar muy deprisa y hasta corría a veces cuando había que ir hacia la derecha o la izquierda por aristas de pedregales. Un pedregal es un derrumbe de piedras y arena y es muy difícil de escalar, pues siempre se producen pequeños aludes. Bastaban unos pocos pasos para que nos pareciera que subíamos más y más como en un terrorífico ascensor, y tuve que tragar saliva cuando me volví a mirar hacia abajo y vi todo el estado de California, o así parecía, extendiéndose en tres direcciones bajo los amplios cielos azules con impresionantes nubes del espacio planetario e inmensas perspectivas de valles distantes y hasta mesetas, y si no me equivocaba todo el estado de Nevada estaba también allí, ante mi vista. Era aterrador mirar hacia abajo y ver a Morley, un punto soñador que nos estaba esperando junto al lago. «¿Por qué no me habré quedado con el viejo Henry?», pensé. Y ahora empecé a tener miedo a subir más, miedo a estar demasiado arriba. También empecé a temer que el viento me barriera. Todas las pesadillas que había tenido sobre caídas de una montaña, por un precipicio o desde un piso alto me pasaron por la cabeza con perfecta claridad. Y, encima, cada doce pasos que dábamos, nos sentíamos exhaustos.

—Eso es por la altura, Ray —dijo Japhy, sentándose a mi lado, jadeante—. Tomaremos unas pasas y unos cacahuetes y ya verás la fuerza que te dan.

Y cada vez que tomábamos aquel tremendo vigorizante, ambos trepábamos sin decir nada otros veinte o treinta pasos. Entonces nos sentábamos de nuevo, sudando en el viento frío, jadeando, en el techo del mundo, sorbiéndonos los mocos como chavales jugando a última hora de la tarde un sábado de invierno. Ahora el viento empezó a aullar como en las películas de la Mortaja del Tíbet. La pendiente era demasiado para mí; ahora tenía miedo a mirar hacia abajo; lo hice: ni siquiera conseguí distinguir a Morley junto a la laguna.

—¡Date prisa! —gritó Japhy, desde unos treinta metros más arriba—. Se está haciendo tardísimo.

Miré hacia la cumbre. Estaba allí mismo. Llegaría a ella en cinco minutos.

—Sólo nos queda media hora —gritó Japhy. No podía

creerlo. Tras cinco minutos de rabiosa ascensión, me dejé caer y miré hacia arriba y la cumbre seguía donde antes. Lo que menos me gustaba de aquella cumbre era que todas las nubes del mundo pasaban a través de ella como si fueran niebla.

—En realidad yo no tengo nada que hacer allí arriba —murmuré—. ¿Por qué me dejaría enrollar en esto?

Japhy iba ahora mucho más adelante, me había dejado las pasas y los cacahuetes y, con una especie de solemnidad solitaria, había decidido llegar a la cumbre, aunque muriera en el empeño. No volvió a sentarse. Pronto estaba todo un campo de fútbol, unos cien metros, por delante de mí; cada vez era más pequeño. Volví la cabeza como la mujer de Loth.

—¡Está demasiado alto! —aullé en dirección a Japhy, dominado por el pánico.

No me oyó. Avancé unos cuantos pasos más y caí exhausto panza abajo, resbalando un poco.

—¡Está demasiado alto! —volví a gritar auténticamente asustado.

¿Qué pasaría si no podía evitar el seguir deslizándome hacia abajo por el pedregal? Esa maldita cabra montesa de Japhy seguía saltando por entre la hierba, allí delante, de roca en roca, cada vez más arriba. Sólo distinguía el brillo de sus suelas.

—¿Cómo voy a seguir a un loco como ése?

Pero como un demente, como un desesperado, le seguí. Por fin llegué a una especie de saliente donde pude sentarme en un plano horizontal en lugar de tener que agarrarme a algo para no caer hacia abajo, y me acurruqué allí para que el viento no me arrastrara y miré hacia abajo y alrededor y tomé una decisión.

—¡Me quedo aquí! —le grité a Japhy.

—Vamos, Smith, sólo quedan otros cinco minutos. ¡Estoy a treinta metros de la cumbre!

—¡Me quedo aquí! ¡Está demasiado alto!

No dijo nada y siguió. Vi que se caía y resoplaba y volvía a ponerse en pie y reanudaba la marcha.

Me acurruqué todavía más en el saliente y cerré los ojos y pensé: «¡Maldita vida esta! ¿Por qué tenemos que nacer y sólo por eso nuestra pobre carne queda sometida a unos horrores tan terribles como las enormes montañas y las rocas y los espacios abiertos?», y recordé aterrorizado el famoso dicho zen: «Cuando llegues a la cumbre de una montaña, sigue subiendo.» Y se me pusieron los pelos de punta.

¡Y me había parecido un poema maravilloso sentado en las esteras de Alvah! Ahora me hacía latir más deprisa el corazón y desear no haber nacido.

«De hecho, cuando Japhy llegue a la cima de esa cumbre, *seguirá* subiendo, lo mismo que el viento que sopla. Pero este viejo filósofo se quedará aquí. –Y cerré los ojos–. Además –pensé–, descansa y no te inquietes, no tienes que demostrar nada a nadie.»

Y de repente, oí en el viento un hermoso grito entrecortado de una extraña musicalidad y mística intensidad, y miré hacia arriba, y allí estaba Japhy de pie encima de la cumbre del Matterhorn lanzando su grito alegre de conquistador de las cumbres y de Buda azote de la montaña. Era algo hermoso. Y también era cómico, allí arriba, en aquella no tan cómica cima de California, entre toda aquella niebla veloz. Pero tenía que reconocerle su valor, el esfuerzo, el sudor y aquel grito humano de triunfo: nata en lo alto de un helado. No tuve fuerza suficiente para responder a su grito. Anduvo de un lado para otro investigando fuera de mi vista el pequeño terreno llano (según dijo) que se extendía unos cuantos metros hacia el oeste y que después caía quizá hasta los propios suelos cubiertos de aserrín de Virginia City. Era una locura. Le oía gritarme, pero me acurruqué todavía más en mi rincón protector. Miré abajo hacia el pequeño lago donde Morley estaba tumbado con una hierba en la boca y dije en voz alta:

–Aquí tenemos el karma de estos tres hombres: Japhy Ryder se lanza triunfante hacia la cumbre y llega a ella; yo casi llego, pero me rajo y quedo acurrucado en este maldito agujero. Sin embargo, el más listo de los tres, el poeta de poetas, se queda ahí tumbado con una rodilla sobre otra, mirando el cielo y mordisqueando una flor en una deliciosa ensoñación junto a la deliciosa *plage.* ¡Maldita sea! No volverán a traerme aquí arriba.

12

Ahora estaba realmente asombrado ante la sabiduría de Morley: «¡Y con todas aquellas jodidas fotografías de los Alpes suizos!», pensé.

Entonces, de repente, todo era justo igual que en el jazz: sucedió en un loco segundo o así: miré hacia arriba y vi a Japhy *corriendo montaña abajo;* daba saltos tremendos de cinco metros, corría, brincaba, aterrizaba con gran habilidad sobre los tacones de sus botas, lanzaba entonces otro largo y enloquecido alarido mientras bajaba por las laderas del mundo, y en ese súbito relámpago comprendí que *es imposible caerse de una montaña, idiota de mí,* y lanzando un alarido me puse en pie de repente y empecé a correr montaña abajo detrás de él dando también unos pasos enormes, saltando y corriendo fantásticamente como él, y en cinco minutos más o menos, Japhy Ryder y yo (con mis deportivas, clavando los tacones de las zapatillas en la arena, en las piedras, en las rocas, sin preocuparme dado lo ansioso que me sentía por bajar de allí) bajamos y gritamos como cabras montesas o, como yo digo, igual que lunáticos chinos de hace mil años, de tal manera que pusimos los pelos de punta al meditabundo Morley, que seguía junto al lago y que dijo que levantó la vista y nos vio volando montaña abajo y no podía creer lo que le decían sus ojos. De hecho, en uno de mis mayores saltos y más feroces alaridos de alegría, llegué volando justo hasta la orilla del lago y clavé los tacones de mis zapatillas en el barro y me quedé sentado allí, encantado de la vida. Japhy ya se estaba quitando las botas y sacando de su interior arena y guijarros. Era maravilloso. Me quité las deportivas y saqué de ellas un par de cubos de polvo de lava, y dije:

—¡Ah, Japhy, me has enseñado la última lección de todas: uno no puede caerse de una montaña!

—Eso es lo que quiere decir el dicho: «Cuando llegues a la cima de una montaña, sigue subiendo, Smith.»

—¡Joder, tío! Aquel grito de triunfo que lanzaste fue la cosa más bella que he oído en toda mi vida. Me habría gustado tener un magnetófono para grabarlo.

—Esas cosas no son para que las oiga la gente de por ahí abajo —dijo Japhy, mortalmente serio.

—Sí, tienes toda la razón. Esos vagabundos sedentarios sentados en almohadones no merecen oír el grito del triunfante azote de la montaña. Pero cuando miré y te vi corriendo por esa montaña abajo de repente, lo entendí todo.

—Vaya, Smith, así que hoy has tenido un pequeño satori, ¿no es así? —dijo Morley.

—¿Y tú qué has hecho por aquí abajo?

—Dormir casi todo el tiempo.

—Bien, maldita sea, no llegué a la cumbre. Ahora me avergüenzo de mí mismo porque al saber cómo se *baja* de una montaña sé cómo se *sube* a ella y que es imposible caerse, pero ya es demasiado tarde.

—Volveremos el verano que viene, Ray, y subiremos. ¿Es que no te das cuenta de que ésta es la primera vez que has subido a la montaña y que dejaste al veterano Morley aquí abajo, muy por detrás de ti?

—Claro —dijo Morley—. ¿No crees que deberían concederle a Smith el título de fiera por lo que ha hecho hoy?

—Claro que sí —dijo Japhy, y me sentí orgulloso de verdad. Era un fiera.

—Bien, joder, la próxima vez que vengamos seré un auténtico león.

–Vámonos de aquí, tíos, ahora nos queda un largo trecho, todavía tenemos que bajar por el valle de piedras y después tomar ese sendero del lago. Dudo que podamos hacer todo ese camino antes de que sea noche cerrada.

–Vamos. –Nos pusimos de pie e iniciamos el regreso. Esta vez, cuando llegué a aquel lecho de piedra que me había asustado, actué con gran soltura y salté y bailé a lo largo de él, pues había aprendido de verdad que uno no puede caerse de una montaña. Si uno *puede* caerse o no de una montaña, eso no lo sé, pero yo había aprendido que no se puede. Y así lo acepté.

Me alegró, con todo, encontrarme en el valle y perder de vista todo aquel espacio de cielo abierto y, por fin, hacia las cinco, cuando ya atardecía, iba unos cientos de metros detrás de los otros dos y caminaba solo, siguiendo el camino que me señalaban las negras cagarrutas de los venados; cantaba y pensaba, nada me esperaba ni tenía nada de qué preocuparme, sólo seguir las cagarrutas de los venados con los ojos clavados en el suelo y disfrutar de la vida. En un determinado momento miré y vi al loco de Japhy que había trepado para divertirse a la cima de una ladera nevada y se dejaba resbalar, unos cuantos cientos de metros, tumbado de espaldas, gritando encantado. Y no sólo eso: se había vuelto a quitar los pantalones y los llevaba enrollados alrededor del cuello. Hacía esto sólo por comodidad, lo que es cierto, y porque nadie podía verlo entonces, aunque me imagino perfectamente que si fuera a la montaña con chicas haría lo mismo. Podía oír que Morley le hablaba en el grande y solitario valle: incluso tapado por las rocas sabía que era su voz. Terminé por seguir el sendero de los venados de un modo tan constante que me encontré bajando senderos y subiendo riscos totalmente fuera de la vista de los otros, aunque seguía oyéndolos; pero confiaba tanto en el instinto del dulce y milenario venado que, justamente cuando se hacía de noche, su antiguo sendero me llevó directamente a la orilla del arroyo familiar (donde los venados llevaban bebiendo los últimos cinco mil años) y vi desde allí el resplandor de la hoguera de Japhy que daba tonos anaranjados y vivos a la enorme roca. La luna brillaba muy alta en el cielo.

–Bueno, esa luna será nuestra salvación, todavía tenemos que andar unos doce kilómetros cuesta abajo.

Comimos un poco y tomamos mucho té y preparamos las mochilas con todas nuestras cosas. Nunca había pasado momentos más felices en mi vida que aquellos solitarios instantes en los que bajaba por el sendero de venados, y cuando cargamos las mochilas, me volví y lancé una última mirada en aquella dirección. Ya había oscurecido y tuve la esperanza de ver alguno de los venados, pero no había nada a la vista y sentí una gran gratitud por todo aquello. Había sido como cuando uno es niño y ha pasado el día entero correteando por bosques y prados y vuelve a casa al atardecer con los ojos clavados en el suelo, arrastrando los pies, pensando y silbando, tal y como debían de sentirse los niños indios cuando seguían a sus padres desde el río Russian al Shasta doscientos años atrás, y como los niños árabes que siguen a sus padres, las huellas de sus padres; era un sonsonete de gozosa soledad, sorbiéndome los mocos como una niña llevando a casa a su hermanito en el trineo y los dos van cantando aires imaginarios y hacen muecas al suelo y son ellos mismos antes de entrar en la cocina y poner la cara seria del mundo de los mayores. Pero ¿puede haber algo más serio que seguir el rastro de unos venados hasta encontrar el agua?

Llegamos a la escarpadura y bajamos por el valle de piedras durante unos ocho kilómetros a la clara luz de la luna, lo que hacía fácil saltar de piedra en piedra, unas piedras ahora blancas, con manchas de negra sombra. Todo era limpio y claro y bello a la luz de la luna. A veces se veía el relámpago de plata de un arroyo. Más abajo estaban los pinos y el prado y la laguna.

En esto, mis pies se negaron a seguir. Llamé a Japhy y pedí disculpas. No podía seguir saltando. Tenía ampollas, no sólo en las plantas, sino a los lados de los pies que carecían de protección. Así que hizo un cambio conmigo y me dejó sus botas.

Con aquellas botas fuertes, ligeras y protectoras, sabía que podría caminar bien. Fue una magnífica sensación nueva ser capaz de saltar de roca en roca sin sentir el dolor a través de las finas zapatillas. Por otra parte, también fue un alivio para Japhy sentir de repente su ligereza y disfrutó de ella. Nos apresuramos valle abajo. Pero según íbamos avanzando nos inclinábamos más y más: estábamos realmente cansados. Con las pesadas mochilas resultaba difícil controlar los músculos necesarios para seguir montaña abajo, lo que en ocasiones es más difícil que subirla. Y había todas aquellas rocas a las que teníamos que subir y saltar de una a otra; y a veces, tras haber caminado por arena, debíamos escalar o bordear algún risco. También nos encontrábamos a veces bloqueados por malezas infranqueables y era preciso rodearlas o abrirnos paso aplastándolas y en ocasiones se me enganchaba la mochila en esas malezas y me quedaba desenredándola mientras maldecía y soltaba tacos bajo la luz de la luna. Ninguno de nosotros hablaba. Yo también estaba enfadado porque Japhy y Morley temían detenerse a descansar, decían que resultaba peligroso.

—Pero ¿por qué? Hay luna, hasta podríamos dormir por aquí.

—No, tenemos que llegar al coche esta misma noche.

—Bueno, pero paremos aquí un minuto. Las piernas ya no me sostienen.

—De acuerdo, pero sólo un minuto.

Pero nunca descansaban lo suficiente y me pareció que iba a ponerme histérico. Incluso empecé a maldecirles y, en un determinado momento, le grité a Japhy:

—¿Qué sentido tiene matarse de este modo? ¿Llamas divertirse a esto? —(Tus ideas son estupideces, añadí para mis adentros).

Un poco de cansancio cambia muchas cosas. Eternidades de rocas iluminadas por la luna y matorrales y rocas e hitos y aquel terrorífico valle con las dos murallas de monte y finalmente parecía que todo había terminado, pero nada, todavía quedaba... Y mis piernas pedían a gritos un alto, y yo maldecía y daba patadas a las ramas y acabé tirándome al suelo para descansar un minuto.

—Vamos, Ray, que todo termina. —De hecho comprendí que lo que me faltaba eran ánimos, y que lo sabía desde hacía tiempo. Pero estaba gozoso. Y cuando llegamos al prado alpino me tumbé boca abajo y bebí agua y disfruté pacíficamente en silencio mientras Japhy y Morley hablaban y se preocupaban por recorrer el resto del camino a tiempo.

—No os preocupéis de eso, es una noche hermosísima y hemos caminado mucho. Bebed un poco de agua y tumbaos por aquí unos cinco o diez minutos, y todo se arreglará por sí mismo.

Ahora el filósofo era yo. Y de hecho, Japhy se mostró de acuerdo conmigo y descansamos pacíficamente. Aquel largo y maravilloso descanso proporcionó a mis huesos la seguridad de que me llevarían perfectamente hasta el lago. Era maravilloso bajar por el sendero. La luz de la luna se filtraba a través del follaje y moteaba las espaldas de Japhy y Morley que caminaban delante de mí. Adoptamos con nuestras mochilas una buena marcha rítmica y disfrutábamos mientras bajábamos en zigzag por el sendero, siempre con una marcha rítmica. Y aquel rumoroso arroyo era bellísimo a la luz de la luna, aquellos destellos de luna en el agua, aquella espuma blanca como la nieve, aquellos árboles negrísimos, propios de un paraíso mágico de sombra y luna. El aire empezó a ser más cálido y agradable y de hecho pensé que ya podía oler de nuevo a seres humanos. Sentíamos ya el agradable y rancio olor de las aguas del lago, y de las flores, y del polvo blando del llano. Allí arriba sólo olía a nieve y a hielo y a roca muerta. Aquí, en cambio, estaba el olor a madera calentada por el sol, a polvo soleado que descansaba a la luz de la luna, a barro del lago, a flores, a paja, a todas esas cosas buenas de la tierra. Era agradable bajar por el sendero. Hubo un momento en que me sentí más cansado que nunca, mucho más que en aquel interminable valle de piedra, pero ya se podía ver allí abajo el refugio del lago, una agradable luz, y por lo tanto ya no me importaba nada. Morley y Japhy hablaban sin parar y sólo nos quedaba llegar hasta el coche. De pronto, como en un sueño agradable, despertando súbitamente de una pesadilla interminable que se acabó, estábamos caminando por la carretera y había casas y había automóviles aparcados bajo los árboles y el coche de Morley estaba también allí.

–Por la tibieza del aire –dijo Morley, inclinándose sobre el coche una vez que dejamos las mochilas en el suelo–, deduzco que la noche pasada no ha helado. Volví a vaciar el cárter para nada.

–Bueno, a lo mejor heló...

Morley entró en el albergue a comprar aceite y le dijeron que no había helado nada, que había sido una de las noches más calientes del año.

–Tanta molestia para nada –dije. Pero ya no nos preocupaba nada. Estábamos hambrientos y añadí–: Vayamos hasta Bridgeport y tomemos una buena hamburguesa con patatas fritas y café muy caliente en cualquier sitio.

Seguimos la polvorienta carretera que bordeaba el lago bajo la luz de la luna, nos paramos en el albergue y Morley devolvió las mantas, y llegamos a un pueblecito y aparcamos. ¡Pobre Japhy! Fue entonces cuando descubrí su talón de Aquiles. Este hombre duro y pequeño que no se asustaba de nada y podía andar solo por el monte durante semanas enteras y dominar montañas, tenía miedo a entrar en un restaurante porque la gente que había dentro iba demasiado bien vestida. Morley y yo nos reímos y dijimos:

–¿Qué importa eso? Vamos a entrar y comeremos ahí.

Pero Japhy pensaba que el sitio que habíamos elegido parecía demasiado burgués e insistió en que fuéramos a un restaurante con pinta proletaria que había al otro lado de la carretera. Entramos allí y resultó ser un lugar improvisado con camareras perezosas que tardaron más de cinco minutos en venir a atendernos. Me enfadé y dije:

–Vamos al otro sitio. ¿De qué tienes miedo, Japhy? ¿Qué más te da? Quizá sepas muchas cosas de las montañas, pero de comer no tienes ni idea.

De hecho nos sentimos mutuamente un tanto molestos y me sentí mal. Pero entramos en el otro sitio, que era el mejor restaurante de los dos, con una barra a un lado y muchos cazadores bebiendo a la tenue luz del salón, y había muchas mesas con familias enteras alrededor comiendo tras haber elegido de entre una gran variedad de platos. El menú era amplio y apetitoso: había trucha de río y todo. A Japhy, me di cuenta, le asustaba además gastar diez centavos de más en una buena comida. Fui a la barra y pedí una copa de oporto y la traje hasta donde nos habíamos sentado (y Japhy: «Ray, ¿estás seguro de que puedes permitirte este lujo?») y yo me burlé un poco de él. Ahora se sentía mejor.

–¿Qué pasa contigo, Japhy? A lo mejor es que eres un viejo anarquista al que le asusta la sociedad. ¿Qué puede importarte todo esto? Las comparaciones son odiosas.

–Bien, Smith, sólo me pareció que este sitio estaba lleno de asquerosos ricachos de mierda y que los precios serían demasiado altos. Te lo reconozco, me asusta todo este bienestar americano. Sólo soy un viejo bhikkhu y no tengo nada que ver con este nivel de vida tan elevado, ¡maldita sea!, toda mi vida he sido pobre y no consigo acostumbrarme a ciertas cosas.

–Estupendo, tus debilidades son admirables. Te las compro.

Y cenamos muy bien con patatas al horno y chuletas de cerdo y ensalada y bollos y pastel de frambuesa y guarnición. Teníamos un hambre tan honrada que aquello no fue una diversión, sino una necesidad. Después de cenar fuimos a una tienda de bebidas y compramos una botella de moscatel y el viejo propietario y un amigo suyo que estaba allí nos miraron y dijeron:

–¿Dónde habéis estado, muchachos?

–Hemos subido al Matterhorn, hasta arriba del todo –dije orgullosamente. Se limitaron a observarnos atentamente, boquiabiertos. Me sentía muy orgulloso y compré un puro y añadí–: A más de tres mil quinientos metros, sí, señor, y hemos vuelto con tanta hambre y sintiéndonos tan bien que este vino nos va a venir de perlas.

Seguían boquiabiertos. Los tres estábamos quemados por el sol y sucios y con pinta montaraz. No dijeron nada pensando que estábamos locos.

Subimos al coche y nos dirigimos a San Francisco bebiendo y riéndonos y contando largas historias y Morley conducía realmente bien aquella noche y rodábamos en silencio y atravesamos las calles de Berkeley grises al amanecer mientras Japhy y yo dormíamos como troncos en el asiento de atrás. En un determinado momento me desperté como un niño y me dijeron que estaba en casa y me apeé del coche tambaleante y crucé la hierba de la entrada y abrí mis mantas y me acurruqué y quedé dormido hasta muy avanzada la tarde con sueños muy bellos. Cuando me desperté al día siguiente, las venas de los pies estaban totalmente deshinchadas. Había eliminado los coágulos de sangre. Me sentí muy feliz.

13

Cuando me levanté al día siguiente no pude evitar el sonreír pensando en Japhy encogido delante de aquel llamativo restaurante preguntándose si nos dejarían entrar o no. Era la primera vez que lo había visto asustado de algo. Pensé hablarle de esas cosas aquella misma noche. Pero aquella noche pasó de todo. En primer lugar, Alvah había salido por unas horas y yo estaba solo leyendo cuando de repente oí una bicicleta delante de la casa y miré y vi que era Princess.

–¿Dónde están los demás? –preguntó.

–¿Cuánto puedes quedarte?

–Tengo que irme ahora mismo, a no ser que telefonee a mi madre.

–Vamos a llamarla.

–Muy bien.

Fuimos al teléfono público de la estación de servicio de la esquina y dijo a su madre que volvería dentro de un par de horas, y cuando caminábamos por la acera le pasé el brazo por la cintura, pero apretándole con la mano el vientre, y ella exclamó:

–¡Oohh! No puedo resistirlo. –Y casi nos caemos de la acera y me mordió la camisa justo cuando pasaba junto a nosotros una vieja que nos riñó enfadada y después de que se alejase nos dimos un larguísimo y loco beso apasionado bajo los árboles del atardecer. Corrimos a casa donde ella se pasó una hora literalmente retorciéndose entre mis brazos y Alvah entró en medio de nuestros ritos finales de bodhisattvas. Tomamos el habitual baño juntos. Era estupendo estar sentados en la bañera llena de agua caliente charlando y enjabonándonos mutuamente. ¡Pobre Princess! Era sincera en todo lo que decía. Me gustaba de verdad y me enternecía y hasta llegué a advertirle:

–No seas tan lanzada y evita las orgías con quince tipos en la cima de una montaña.

Japhy llegó después de que se fuera ella, y también vino Coughlin y, de repente (teníamos vino), se inició una fiesta enloquecida. Las cosas empezaron cuando Coughlin y yo, que ya estábamos borrachos, paseamos por una concurrida calle cogidos del brazo llevando enormes flores que habíamos encontrado en un jardín, y con una nueva garrafa de vino, soltando haikus y saludos y satoris a todo el que veíamos por la calle y todo el mundo nos sonreía.

–Caminamos diez kilómetros llevando una flor enorme –gritaba Coughlin.

Yo iba encantado con él. Parecía una rata de biblioteca o

un gordo a reventar, pero era un hombre de verdad. Fuimos a visitar a un profesor del Departamento de Inglés de la Universidad de California al que conocíamos y Coughlin dejó los zapatos en la puerta y entró bailando en casa del atónito profesor, asustándolo un poco, aunque de hecho por entonces Coughlin ya era un poeta bastante conocido. Después, descalzos y con nuestras enormes flores y nuestro garrafón, volvimos a casa hacia las diez de la noche. Yo acababa de recibir un giro postal aquel mismo día, una beca de trescientos dólares, y le dije a Japhy:

–Bueno, ahora ya lo he aprendido todo, estoy preparado. ¿Por qué no me acompañas mañana a Oakland y me ayudas a comprar una mochila y útiles y equipo para que pueda irme al desierto?

–Muy bien, conseguiré el coche de Morley y vendré por ti a primera hora de la mañana; pero ahora, ¿qué tal seguir con este vino?

Puse el pañuelo rojo en la bombilla y bebimos vino y estuvimos allí sentados charlando. Fue una gran noche de conversaciones muy interesantes. Primero, Japhy contó sus últimas aventuras, cuando había sido marino mercante en el puerto de Nueva York, en 1948, y andaba con una navaja en el bolsillo, cosa que nos sorprendió mucho a Alvah y a mí, y después habló de una chica de la que estuvo enamorado y con la que había vivido en California.

–Me tenía salido a todas horas, joder.

Entonces, Coughlin dijo:

–Cuéntales lo del Gran Ciruelo, Japhy.

Y al instante, Japhy dijo:

–Gran Ciruelo, el maestro zen, fue interrogado. Se le preguntó cuál era el gran significado del budismo, y él dijo que flores de junco, tallos de sauce, agujas de bambú, hilos de lino, en otras palabras, agárrate, muchacho, el éxtasis es general, eso es lo que significa, el éxtasis de la mente, el mundo no es sino mente, y ¿qué es la mente? La mente no es sino el mundo, joder. Entonces el antepasado Caballo dijo: «Esa mente es Buda.» También dijo: «Ninguna mente es Buda.» Luego, hablando de Gran Ciruelo, añadió: «La ciruela está madura.»

—Bueno, todo eso es muy interesante —observó Alvah—. Pero «*Où sont les neiges d'antan?*».

—Bueno, en parte estoy de acuerdo contigo porque el problema es que esa gente veía las flores como si estuvieran soñando, aunque, joder, el mundo es *real*. Smith y Gooldbook y todos viven como si fuera un sueño, mierda, como si ellos mismos fueran sueños o puntos. El dolor o el amor o el peligro te hacen real de nuevo. ¿No es así, Ray, como lo sentiste cuando estabas tan asustado en aquel saliente?

—Todo era real, es cierto.

—Por eso los hombres de la frontera son siempre héroes y siempre fueron mis héroes y siempre lo serán. Están constantemente alerta ante la realidad de las cosas que puede ser real y también irreal, no les importa. El Sutra del Diamante dice: «No tengas ideas preconcebidas sobre la realidad de la existencia ni sobre la irrealidad de la existencia», o algo así. Los grilletes se ablandarán y las porras caerán al suelo. Seamos libres en cualquier caso.

—El presidente de Estados Unidos de pronto está bizco y se va volando —grito.

—¡Y las anchoas serán polvo! —grita Coughlin.

—El Golden Gate cruje con el óxido del poniente —dice Alvah.

—¡Y las anchoas serán polvo! —insiste Coughlin.

—Dame otro trago de la garrafa. ¡Jo! ¡Jo! ¡Jo! —Japhy se pone en pie de un salto—. He estado leyendo a Whitman, oíd lo que dice: *Alzaos, esclavos, y haced temblar al déspota extranjero*. Señala así la actitud del Bardo, del bardo lunático zen de los viejos senderos del desierto que ve que el mundo entero es una cosa llena de gente que anda de un lado para otro cargada con mochilas, Vagabundos del Dharma negándose a seguir la demanda general de la producción de que consuman y, por tanto, de que trabajen para tener el privilegio de consumir toda esa mierda que en realidad no necesitan, como refrigeradores, aparatos de televisión, coches, coches nuevos y llamativos, brillantina para el pelo de una determinada marca y desodorantes y porquería en general que siempre termina en el cubo de la basura una semana después; todos ellos presos en un sistema de trabajo, producción, consumo, trabajo, producción, consumo... Tengo la visión de una gran revolución de mochilas, de miles y hasta de millones de jóvenes americanos con mochilas y subiendo a las montañas a rezar, haciendo que los niños rían y que se alegren los ancianos, haciendo que las chicas sean felices y también las señoras mayores, que serán más felices todavía, todos ellos lunáticos zen que andan escribiendo poemas que surgen de sus cabezas sin motivo y siendo amables y realizando actos extraños que proporcionan visiones de libertad eterna a todo el mundo y a todas las criaturas vivas; eso es lo que me gusta de vosotros dos, Goldbook y Smith, que sois dos tipos de la Costa Este a la que creía muerta.

–¡Y nosotros que pensábamos que la muerta era la Costa Oeste!

–Habéis traído hasta aquí un viento refrescante. Pensad en el granito puro del jurásico de Sierra Nevada con las dispersas y altas coníferas de la última era glacial y los lagos que acabamos de ver y que son una de las más grandes expresiones de esta tierra; pensad en lo auténticamente grande y lo sabia que será esta América, con toda esa energía y exuberancia y espacio centrado en el Dharma.

–¡Vaya! –dice Alvah–. ¡Joder con ese viejo y cansado Dharma!

–¡Sí! Lo que necesitamos es un zendo flotante donde un viejo bodhisattva pueda ir de un sitio a otro y estar siempre seguro de encontrar sitio donde dormir y amigos y comida.

–«Los jóvenes estaban alegres y esperaban algo más y Jack preparó la comida, en honor de la muerta» –recité.

–¿Qué es eso?

–Es un poema que he escrito. «Los jóvenes estaban sentados en una arboleda escuchando al Amigo que les hablaba de las llaves. Muchachos, dijo éste, el Dharma es una puerta... Veamos... Chicos, os hablo de las llaves porque hay montones de llaves, pero sólo una puerta, una colmena para las abejas. Así que escuchadme y trataré de contároslo todo tal y como lo oí hace tiempo en la Casa de la Tierra Pura. A vosotros, muchachos con dientes empapados de vino que no entendéis estas palabras, os lo explicaré de un modo más sencillo, como una botella de vino y un buen fuego, bajo las divinas estrellas. Y ahora escuchadme, y cuando hayáis comprendido el Dharma de los antiguos budas y deseado sentaros con la verdad bajo un árbol solitario, en Yuma, Arizona, o dondequiera que estéis, no me deis las gracias por haberos contado lo que a mí me han contado. Así es la rueda que hago girar, ésa es la razón de que yo exista: la Mente es el Hacedor, sin motivo alguno, porque todo lo creado ha sido creado para desaparecer.»

–Eso es demasiado pesimista y como un mal sueño –dijo Alvah–, aunque el sentido es puro, como el de Melville.

–Tendremos un zendo flotante para los jóvenes del Amigo empapados en vino. Vendrán a él y se instalarán y aprenderán a tomar el té lo mismo que aprendió Ray, y también a meditar como debería hacerlo Alvah, y yo seré el monje que está al frente del zendo con una gran tinaja llena de grillos.

–¿Grillos?

–Eso es, una serie de monasterios para que vayan los amigos y se recluyan y mediten dentro de ellos, podemos instalar grupos de cabañas en la Sierra o en las Altas Cascadas o como dice Ray allá en México y tener enormes grupos de hombres santos y puros que se reúnen para beber y hablar y rezar y pensar en que las ondas de la salvación fluyen en noches como ésta, y además tener mujeres, pequeñas chozas con familias religiosas, como en los viejos tiempos de los puritanos. ¿Quién dice que la policía americana y los republicanos y los demócratas tienen que decirnos lo que tenemos que hacer?

—¿Y qué pasa con los grillos?

—Una gran tinaja llena de grillos, dame otro trago, Coughlin, grillos de un par de milímetros de largo con grandes antenas blancas a los que criaré yo mismo; pequeños seres sensibles dentro de una botella que cantarán realmente bien en cuanto crezcan. Quiero nadar en los ríos y beber leche de cabra y hablar con monjes y leer únicamente libros chinos y deambular por los valles hablando con los campesinos y sus hijos. Tenemos que organizar semanas de recogimiento colectivo en nuestros zendos donde nuestras mentes traten de volar y salir despedidas como resortes y entonces como buenos soldados volveremos a reunirlo todo con los ojos cerrados, exceptuando, claro, lo que está equivocado. ¿Has oído mi último poema, Goldbook?

—No, ¿cómo es?

—«Madre de hijos, hermana, hija del anciano enfermo, virgen, tu blusa está rota, y tienes hambre y estás desnuda, yo también tengo hambre, toma estos poemas.»

—Bonito, bonito...

—Quiero ir en bicicleta bajo el calor de la tarde, llevar sandalias de cuero del Pakistán, hablar en voz alta a monjes zen amigos envueltos en delgadas túnicas de verano y con la cabeza rapada. Quiero vivir en templos de oro, beber cerveza, decir adiós, ir a Yokohama, al tumultuoso puerto de Asia lleno de siervos y bajeles, esperar, trabajar, regresar, ir, ir a Japón, volver a los Estados Unidos, leer a Hakuin, limpiarme los dientes con arena y disciplinarme todo el tiempo mientras sigo sin llegar a ningún sitio, y aprender así... aprender que mi cuerpo y todo se cansa y enferma y desaparece y así averiguar todas las cosas de Hakuyu.

—¿Quién es Hakuyu?

—Su nombre significa Blanca Oscuridad, su nombre significa el que vive en las montañas de regreso del Agua Blanca del Norte adonde iré caminando, ¡por Dios! tiene que estar lleno de empinadas gargantas cubiertas de pinos y valles de bambú y riscos.

–¡Iré contigo! –(Era yo).

–Quiero leer cosas sobre Hakuin que fue a ver al anciano que vivía en una cueva, dormía con ciervos y comía castañas, y el viejo le dijo que dejase de meditar y dejase de pensar en los koans, como Ray dice, y que en lugar de eso aprendiera a dormir y despertar, le dijo, y cuando te acuestes debes doblar las piernas y respirar profundamente y después concentrar la mente en un punto que esté cinco centímetros por debajo del ombligo hasta que te sientas como una bola de energía y entonces empiezas a respirar desde los talones y te concentras diciéndote que el centro está justo aquí, y es La Tierra Pura de Amida, el centro de la mente, y cuando despiertas debes empezar a respirar conscientemente y estirarte un poco y pensar en lo mismo el resto del tiempo.

–Mira, eso me gusta –dice Alvah–, esas señales indicadoras que llevan a alguna parte. ¿Y qué más?

–El resto del tiempo, le dijo, no debes esforzarte por pensar en nada, simplemente come bien, no demasiado, y duerme bien, y el viejo Hakuyu dijo que entonces tenía trescientos años y que imaginaba que viviría otros quinientos más. ¡Oye! Eso me hace pensar que a lo mejor anda todavía por allí, si es que queda alguien.

–¡O el pastor le dio una patada a su perro! –cortó Coughlin.

–Espero encontrar esa cueva en Japón.

–No se puede vivir en este mundo, pero no hay otro sitio adonde ir –dijo riendo Coughlin.

–¿Qué significa eso? –pregunté.

–Significa que la silla donde estoy sentado es el trono de un león y que el león se mueve, ruge.

–¿Y qué dice?

–Dice: «¡Rajula! ¡Rajula! ¡Cara de la Gloria! ¡Universo masticado y tragado!»

–¡Valiente chorrada! –protesté yo.

–Me voy a Marin County dentro de unas semanas –dijo Japhy–. Pasaré cientos de veces alrededor del Tamalpais y contribuiré a purificar la atmósfera y a que los espíritus locales se acostumbren al sonido de un sutra. ¿Qué piensas de eso, Alvah?

–Pienso que es una alucinación maravillosa y que me gustan esas cosas.

–El problema contigo, Alvah, es que no haces bastante zazen por la noche, en especial cuando hace frío afuera, que es cuando sienta mejor, además deberías casarte y tener hijos mestizos, manuscritos, mantas hechas en casa y leche materna sobre el suelo feliz de una casa como ésta. Consíguete una cabaña que no esté excesivamente lejos de la ciudad, vive modestamente, vete a ligar a los bares de vez en cuando, escribe y piensa encima de las colinas y aprende a cortar leña y a hablar con las abuelas, tonto del culo, coge cargas de leña y dáselas, bate palmas, consigue favores sobrenaturales, aprende el arte de las flores y cultiva crisantemos junto a la puerta, y cásate, por el amor de Dios, consíguete una chica sensible y lista que mande a la mierda los martinis y todas esas estupideces de la cocina.

–¡Hombre! –dice Alvah, sentándose muy derecho y alegre–, ¿y qué más?

–Piensa en las golondrinas y en las chotacabras que llenan los campos. ¿Sabes, Ray? Ayer traduje otra estrofa de Han Shan, escucha: «Montaña Fría es una casa, carece de vigas y paredes, a derecha e izquierda están abiertas las seis puertas, el vestíbulo es el cielo azul, las habitaciones están desocupadas y vacías, la pared del este choca contra la del oeste, en el centro no hay nada. Nadie me inquieta, cuando hace frío enciendo una pequeña hoguera, cuando tengo hambre preparo unas verduras, nada tengo que ver con el kulak, con su granero y sus pastizales... levanta una prisión para sí mismo y una vez dentro de ella, no puede salir, piensa en ello, podría sucederte a ti.»

Después, Japhy cogió su guitarra y se puso a cantar, finalmente también yo cogí la guitarra y compuse una canción a partir de las notas que obtenía pulsando las cuerdas con los dedos, rasgueándolas, dram, dram, dram, y canté la canción del Fantasma de Medianoche, el tren de mercancías.

–Cuando hablas del Fantasma de Medianoche de California, ¿sabes en qué pienso, Smith? En calor, mucho calor, y en bambú creciendo más de diez metros y balanceándose en la brisa y más calor y un montón de monjes alborotando con sus flautas en algún sitio y cuando recitan sutras con redobles de tambor y ruido de campanillas y ruido de bastones es como oír a un enorme coyote prehistórico cantando... Las cosas que residen en vosotros, locos, se remontan a los días en que los hombres se casaban con osos y hablaban al búfalo ante Dios. Pásame otro trago. Tened siempre los calcetines remendados y las botas engrasadas.

Pero como si eso no fuera bastante, Coughlin dice con toda tranquilidad:

–Sacad punta a vuestros lápices, arreglaos la corbata, sacad brillo a los zapatos y cerraos la bragueta, limpiaos los dientes, peinaos, fregad el suelo, comed pasteles de fresa, abrid los ojos...

–Peinad el suelo y comed los ojos, eso está bien –dice Alvah, pellizcándose muy serio el labio de abajo.

–Recordando todo el tiempo en que he hecho cuanto he podido, pero el rododendro sólo está iluminado a medias, y las hormigas y las abejas son comunistas y los tranvías están aburridos.

–Y japonesitos en el tren F cantando Inky Dinky Parly Vu –grité yo.

–Y las montañas viven en la ignorancia total así que por eso abandono; por tanto, quitaos los zapatos y metéoslos en el bolsillo. Acabo de contestar a todas vuestras preguntas, venga un trago, *mauvais sujet*.

–No pises al tonto del culo –grité borracho.

–Trata de hacerlo sin pisar al armadillo –dice Coughlin–. No seas mamón toda la vida, estúpido de mierda. ¿No ves lo que quiero decir? Mi león ha comido bastante y yo duermo al lado de él.

–¡Oh! –dice Alvah–. Me gustaría entender todo eso.

Y yo estaba asombrado, muy asombrado, por el rápido y maravilloso golpeteo en mi cerebro dormido. Todos estábamos superpasados y borrachos. Fue una noche loca. Terminó con Coughlin y yo peleándonos y haciendo agujeros en las paredes y a punto de derribar la casa: Alvah estaba muy enfadado al día siguiente. Durante la lucha casi le rompo la pierna al pobre Coughlin; incluso yo mismo terminé con una astilla clavada varios centímetros en la piel que sólo saldría casi un año después. Entretanto, en determinado momento, Morley apareció en la puerta como un espectro llevando un par de litros de yogur y preguntando si queríamos un poco. Japhy se fue a las dos de la madrugada diciendo que vendría a recogerme por la mañana para iniciar el gran día destinado a la compra de mi equipo. Todo anduvo muy bien con los lunáticos zen; el furgón del manicomio estaba demasiado lejos para oírnos. Pero hay una enseñanza en todo esto, como se comprueba al pasear de noche por una calle de los alrededores y hay una casa y otra a ambos lados de la calle, todas ellas con la lámpara del cuarto de estar encendida y dentro el cuadrado azulado de la televisión, cada familia concentrando su atención en el mismo espectáculo y nadie habla; silencio también en los alrededores; perros que te ladran porque pasas sobre pies humanos y no sobre ruedas. Se comprende lo que quiero decir: uno empieza a parecerse a todo el mundo y piensa también como todos, y los lunáticos zen hace tiempo que han vuelto al polvo, con la risa en el polvo de sus labios. Sólo se puede decir una cosa de la gente que mira la televisión, de los millones y millones clavados en el Ojo Único: no hacen daño a nadie mientras están ahí sentados delante del Ojo. Pero tampoco hace daño Japhy... lo veo en los años venideros caminando sigilosamente con la mochila a la espalda, por calles de las afueras, pasando junto a las azules ventanas de la televisión, solo, dueño de los únicos pensamientos no electrificados por el Amo de la Conexión. En lo que a mí respecta, quizá la respuesta esté en mi poema del Amigo que dice:

«¿Quién gastó esta broma cruel a uno tras otro, escapándose como una rata al desierto tan llano? –preguntó Montana Slim, gesticulando hacia él, el amigo de los hombres, en su cubil de león–. ¿Se volvió loco Dios, como aquel indio que era un dador con más vueltas que el mismo río? ¿Por qué nos dio aquel jardín, un paraíso, para inundárnoslo luego todo vengativo? Dinos, buen amigo, lo que sepas; Harry y Dick quieren saber ese truco y por qué es tan bajo y tan mezquino el Eterno Escenario. ¿Dónde está el sentido de tanta comedia?»

Y pensé que quizá pudiera saberlo con estos Vagabundos del Dharma.

14

Pero yo tenía mis propios planes y éstos no tenían nada que ver con el aspecto «lunático» de todo esto. Quería hacerme con un equipo completo, con todo lo necesario para dormir, abrigarme, cocinar, comer, es decir, con una cocina y un dormitorio portátiles, y largarme a alguna parte y encontrar la soledad perfecta y contemplar el vacío perfecto de mi mente y ser completamente neutral con respecto a todas y cada una de mis ideas. También quería rezar, dedicarme sólo a eso; rezar por todas las criaturas vivas; consideraba que ésa era la única actividad decente que quedaba en el mundo. Estar en alguna apartada orilla, o en el desierto, o en la montaña, o en una cabaña de México o de Adirondack, y descansar y estar tranquilo y no hacer nada más; practicar lo que los chinos llaman «hacer nada». De hecho, no quería tener nada que ver ni con las ideas de Japhy acerca de la sociedad (a mi juicio era mejor evitarla, rodearla), ni con ninguna de las ideas de Alvah sobre sacarle a la vida todo lo que se pueda porque su tristeza es muy dulce y uno morirá algún día.

Cuando Japhy vino a recogerme a la mañana siguiente,

yo estaba pensando en todo esto. Él, Alvah y yo fuimos a Oakland en el coche de Morley y estuvimos en los almacenes de la Beneficencia y del Ejército de Salvación comprando camisas de franela (a cincuenta centavos cada una) y camisetas. Todos habíamos elegido camisetas de color, y sólo un minuto después, cuando cruzábamos la calle bajo el limpio sol de la mañana, Japhy dijo:

–Fijaos, la tierra es un planeta fresco y lozano, ¿por qué preocuparse de nada? –(lo cual es cierto).

Luego, en las tiendas de ropa de segunda mano, revolvimos todo tipo de cajones y estantes polvorientos llenos de camisas lavadas y remendadas de todos los vagabundos del universo. Compré calcetines, un par de medias de lana escocesas muy largas que me llegaban por encima de la rodilla y me resultarían muy útiles en las noches frías cuando meditara bajo la helada. Y compré una bonita chaqueta de lona con cremallera por noventa centavos.

Luego fuimos al enorme almacén del ejército de Oakland y al fondo había colgados sacos de dormir y toda clase de equipamiento, incluidos colchones neumáticos como el de Morley, cantimploras, linternas, tiendas de campaña, rifles, botas de agua, y los más inverosímiles objetos para cazadores y pescadores. De todo aquello, Japhy y yo elegimos un montón de cosas útiles para los bhikkhus. Él compró una especie de parrilla de aluminio y me la regaló; como es de aluminio nunca se estropea y permite calentar cualquier tipo de cacharro encima de una hoguera. Eligió un excelente saco de dormir usado de pluma de pato; antes abrió la cremallera y examinó el interior. Luego una mochila completamente nueva, de la que me sentí muy orgulloso.

–Te regalaré mi funda para la bolsa de dormir –dijo Japhy.

Luego decidí comprar unos vasos de plástico blanco, y unos guantes de ferroviario nuevos. Consideré que tenía unas botas bastante nuevas en el Este, adonde iría por Navidades, aunque también pensé en comprarme un par de botas de montaña italianas como las de Japhy.

Volvimos a Berkeley y fuimos al Ski Shop, y cuando entramos y el empleado vino a atendernos, Japhy dijo con su voz de leñador:

—Aquí equipando a unos amigos para el Apocalipsis.

Y me llevó a la parte trasera de la tienda y cogió una especie de impermeable de nailon con capucha, que se puede poner por encima cubriendo incluso la mochila (dando el aspecto de un monje jorobado) y que te protege por completo de la lluvia. También puede hacerse con él una pequeña tienda de campaña y usarlo como aislante del suelo colocado debajo del saco de dormir. Compré un bote de plástico blando con tapa de rosca que podía utilizarse (me dije) para llevar miel al monte. Pero posteriormente lo usé para llevar vino más que para otra cosa, y más tarde aún, cuando hice algún dinero, para llevar whisky. También compré una batidora de plástico que me resultó muy útil, pues con sólo una cucharada de leche en polvo y un poco de agua de un arroyo permitía preparar un vaso de leche. Compré un juego de bolsas para comida como el de Japhy. Quedé verdaderamente equipado para el Apocalipsis, y no estoy bromeando; si cayera una bomba atómica sobre San Francisco aquella misma noche todo lo que tenía que hacer era largarme de allí, lo más lejos posible, con mi comida empaquetada y mi dormitorio y mi cocina encima, sin ningún problema en el mundo. La gran adquisición final fue una batería de cocina: dos cacharros grandes metidos uno dentro de otro, con una tapadera que era también sartén, y vasos de estaño y unos pequeños cubiertos de aluminio que encajaban unos en otros. Japhy me regaló otra cosa de su propio equipo: una cuchara normal y corriente. Pero sacó unos alicates y la dobló por el mango, y dijo:

—¿Ves? Cuando tengas que sacar un cacharro de una hoguera demasiado grande, no tienes más que usar esto.

Y me sentí un hombre nuevo.

15

Me puse la camisa de franela nueva y los calcetines y una camiseta de las recién adquiridas, y unos pantalones vaqueros, preparé la mochila con todas las cosas muy bien guardadas dentro de ella, me la eché a la espalda y me fui aquella misma noche a San Francisco sólo con objeto de callejear por la ciudad con todo el equipo encima. Bajé por Mission Street cantando alegremente. Fui a la calle Tercera de los arrabales para degustar mis donuts favoritos y café, y los vagabundos de por allí se quedaron fascinados y querían saber si andaba buscando uranio. No quería ponerme a soltar discursos sobre lo que me proponía encontrar y que era infinitamente más valioso para la humanidad que cualquier mineral, y dejé que dijeran:

–Chico, lo único que tienes que hacer es ir a Colorado y andar por allí con uno de esos pequeños contadores Geiger y te harás millonario.

En las chabolas todo el mundo quiere ser millonario.

–Gracias, muchachos –respondí–, a lo mejor lo hago.

–También hay montones de uranio en la región del Yukón.

–Y en Chihuahua –dijo un viejo–. Apostaría lo que fuera a que en Chihuahua hay uranio.

Me alejé y paseé por San Francisco con mi enorme mochila, feliz. Fui hasta casa de Rosie para verla a ella y a Cody. Quedé muy asombrado cuando la vi. Había cambiado de repente. Estaba delgadísima, era puro hueso, y tenía los ojos dilatados de miedo y saliéndosele de las órbitas.

–¿Qué es lo que le pasa?

Cody me llevó a la otra habitación y me dijo que no hablara con ella.

–Se ha puesto así en las últimas cuarenta y ocho horas.

–Pero ¿qué le pasa?

–Dice que escribió una lista con todos nuestros nombres

y todos nuestros pecados, o eso dice, y luego trató de tirarla por el retrete del sitio donde trabaja, y la lista era tan grande que atascó el retrete y tuvieron que llamar a alguien de sanidad para que lo desatascara y asegura que el tipo llevaba uniforme y que era de la bofia y que se llevó la lista a la comisaría y que nos van a detener a todos. Ha flipado, eso es todo.
—Cody era un viejo amigo mío que había vivido conmigo en aquella buhardilla de San Francisco años atrás. Un buen amigo de verdad—. ¿Y no te has fijado en las señales que tiene en los brazos?

—Sí. —Había visto sus brazos, que estaban todos llenos de cortes.

—Intentó cortarse las venas con un viejo cuchillo que no cortaba bien. Estoy muy preocupado por ella. ¿Podrías quedarte a hacerle compañía mientras voy a trabajar?

—Verás, tío...

—Hombre, no seas así. Ya sabes lo que dice la Biblia: «Hasta el más pequeño de estos...»

—Sí, muy bien, pero planeaba divertirme un poco esta noche.

—No todo es diversión en la vida. A veces uno tiene ciertas responsabilidades, ¿no te parece?

No iba a tener ocasión de lucir mi nuevo equipo en The Place. Cody me llevó en coche hasta la cafetería de Van Ness, donde con el dinero que me dio, le compré un par de bocadillos a Rosie y volví solo y traté de que comiera. Estaba sentada en la cocina y me miraba fijamente.

—Pero ¿es que no te das cuenta de lo que significa? —repetía—. Ahora lo saben *todo* de ti.

—¿De quién?

—De ti.

—¿De mí?

—De ti, y de Alvah y de Cody, y de ese Japhy Ryder, de todos vosotros, y de mí. De todos los que andan por The Place. Nos van a detener a todos mañana, si no es antes. —Y miraba a la puerta aterrorizada.

–¿Por qué intentaste cortarte las venas? ¿No es lo peor que uno puede hacerse a sí mismo?

–Porque ya no quiero vivir. Te estoy diciendo que va a haber una gran redada de la policía.

–No, lo que va a haber es una gran revolución de mochilas –dije riendo sin darme cuenta de lo grave que era la situación; de hecho, Cody y yo ni nos habíamos enterado, aunque debiéramos habernos dado cuenta viendo los cortes que se había hecho de lo lejos que quería ir–. Escúchame –empecé, pero no me escuchaba.

–¿Es que no te *das cuenta* de lo que está pasando? –gritaba ella, mirándome con ojos desorbitados y sinceros, tratando de que, por una loca telepatía, creyera que todo lo que decía era *verdad*. De pie, en la cocina del pequeño apartamento, con los esqueléticos brazos levantados suplicando y tratando de explicarse, las piernas rígidas, el rojo cabello encrespado, temblaba y se estremecía y se llevaba las manos a la cabeza de vez en cuando.

–¡Todo eso es un disparate! –le grité, y de pronto sentí lo que siempre siento cuando trato de explicar el Dharma a la gente, a Alvah, a mi madre, a mis parientes, a mis novias, a todo el mundo: nunca escuchan, siempre quieren que yo les escuche a ellos, porque *ellos* saben y yo no sé nada, sólo soy un inútil y un idiota que no entiende el auténtico significado y la gran importancia de este mundo tan real.

–La policía va a hacer una redada y nos detendrán a todos, y no sólo eso, sino que nos van a interrogar semanas y semanas y quizá hasta años para que confesemos *todos* los delitos y pecados que hemos cometido, es una red, se extiende en todas direcciones, terminarán por detener a todos los de North Beach y hasta a todos los de Greenwich Village, y llegarán a París y al final *el mundo entero* estará en la cárcel, ¿no te das cuenta de que esto es sólo el comienzo? –Saltaba ante cualquier ruido pensando que era la pasma que venía a detenernos.

–¿Por qué no me escuchas? –repetía yo, pero cada vez

que lo decía ella me hipnotizaba con sus ojos desorbitados, y estuvo a punto de hacerme creer en lo que ella creía a fuerza de entregarse por completo a las locas lucubraciones de su mente–. Rosie, estás creando todas esas ideas a partir de nada, ¿acaso no te das cuenta de que esta vida es sólo un sueño? ¿Por qué no te calmas y disfrutas del amor de Dios? ¡Dios eres *tú*, maniática!

–¡Oh, van a destruirte, Ray, lo veo perfectamente, van a perseguir también a todos los grupos religiosos y acabarán con ellos. Es sólo el comienzo. Todo está relacionado con Rusia, pero no lo dirán... y hay algo que oí de los rayos del sol y de algo que pasa mientras se duerme. ¡Ray, el mundo no volverá a ser el mismo!

–¿Qué mundo? ¿Qué te importa todo eso? Haz el favor de callarte, me estás asustando. ¡No! Por Dios, no me estás asustando y no quiero seguir escuchándote. –Me fui muy enfadado, compré una botella de vino y corrí en busca de Cowboy y de otros músicos y regresé con todo el grupo para seguir cuidándola–. Toma un poco de vino, eso te hará ser sensata.

–No, no beberé alcohol, todo ese vino que bebéis es veneno, quema el estómago y embota el cerebro. ¿Qué es lo que no te funciona bien? ¿No te das cuenta de lo que está pasando?

–Vamos, vamos.

–Es mi última noche en la tierra –añadió.

Los músicos y yo bebimos el vino y hablamos hasta cerca de medianoche y Rosie parecía estar mejor, tendida en el sofá, hablando, incluso riendo un poco, comiendo los bocadillos y bebiendo el té que le preparé. Los músicos se fueron y yo me quedé dormido sobre el suelo de la cocina metido en mi saco de dormir nuevo. Pero cuando Cody volvió aquella noche y yo me había ido ya, Rosie subió al tejado mientras él estaba durmiendo y rompió el tragaluz para tener unos trozos de cristal con los que cortarse las venas, y allí estaba sentada desangrándose al amanecer cuando la vio un vecino y llamó a la policía y cuando la pasma subió al tejado para ayudarla pasó lo que tenía que pasar: Rosie vio a los de la bofia y creyendo que iban a detenernos a todos, echó a correr por el borde del tejado. Un joven agente irlandés se lanzó como un jugador de rugby para sujetarla y consiguió agarrarla por la bata, pero ella se soltó y cayó desnuda a la acera, seis pisos debajo. Los músicos que vivían en el piso bajo y que habían pasado la noche entera hablando y poniendo discos, oyeron el golpe sordo. Miraron por la ventana y vieron un espectáculo horrible.

–Tío, nos dejó destrozados, no vamos a poder tocar esta noche, Ray.

Corrieron las cortinas de la ventana temblorosos. Cody seguía dormido... Cuando me lo contaron al día siguiente, cuando vi en el periódico una X señalando el sitio de la acera donde había caído, pensé: «¿Por qué no quiso escucharme? ¿Acaso le estaba diciendo tonterías? ¿Es que mis ideas son estúpidas e infantiles? ¿No es ya hora de que empiece a seguir lo que sé que es verdadero?»

Y eso hice. La semana siguiente recogí mis cosas decidido a lanzarme a la carretera y a dejar esta ciudad de la ignorancia que es la ciudad moderna. Dije adiós a Japhy y a los demás, y salté a mi tren de carga en dirección a la costa, a Los Ángeles. ¡Pobre Rosie! Estaba absolutamente *segura* de que el mundo era real y que el miedo era real, y ¿qué es real?

«Por lo menos –pensé– está en el Cielo, y lo sabe.»

16

Y esto fue lo que me dije: «Ahora sigo el camino que lleva al Cielo.»

De pronto, me di cuenta de que tendría que enseñar un montón de cosas en el transcurso de mi vida. Como digo, estuve con Japhy antes de irme, paseamos tristemente por el parque de Chinatown, comimos en el Nan Yuen, salimos, nos sentamos en la hierba, era domingo, y súbitamente había un grupo de predicadores negros que se dirigían a grupos dispersos de familias chinas que no mostraban ningún interés hacia lo que decían dejando que sus hijos corretearan por la hierba, y también a vagabundos que no se preocupaban de esos predicadores mucho más que los chinos. Una mujer grande y gorda, como Ma Rainey, soltaba un sermón a voz en grito, con las piernas muy abiertas y fijas en el suelo, y tan pronto hablaba como cantaba un blues. Era hermoso y el motivo por el que esta mujer, que era una magnífica predicadora, no estuviera predicando en una iglesia, era que de vez en cuando tenía que despejarse la garganta y, *¡splash!*, escupía con toda su fuerza contra la hierba.

–Y os digo que el Señor cuida de vosotros si reconocéis que tenéis un *nuevo país... Sí.* –Y lanzaba un escupitajo a cinco metros de distancia.

–¿Lo ves? –le dije a Japhy–. Eso no lo podría hacer dentro de una iglesia, pero ¿has oído alguna vez a un predicador mejor?

–Tienes razón –dice Japhy–. Pero no me gustan todas esas cosas que está contando de Jesucristo.

–¿Qué hay de malo en Jesucristo? ¿Acaso no habló del Cielo? ¿Es que el Cielo no es lo mismo que el Nirvana de Buda?

–Eso, según tu interpretación, Smith.

–Japhy, había cosas que traté de contarle a Rosie y encontré que no podía decírselas debido al cisma que separa el budismo del cristianismo, Oriente de Occidente. ¿Qué coño importa eso? ¿No estamos ahora todos en el Cielo?

–¿Quién dijo eso?

–¿Es esto el nirvana o no?

–Ahora estamos tanto en el nirvana como en el samsara.

–Palabras, palabras, ¿qué hay en una palabra? Nirvana. Y, además, ¿no oyes cómo te llama esa mujer y te dice que tienes una *nueva patria,* un nuevo país de Buda? –Japhy parecía contento y sonrió–. Países budistas en todas partes para cada uno de nosotros, y Rosie era una flor y dejamos que se marchitara.

–Nunca has dicho nada más cierto, Ray.

La mujer se nos acercó, y se fijó en nosotros, además, y de modo especial en mí. Hasta me llamó querido.

–Puedo ver en tus ojos que entiendes todo lo que estoy diciendo, querido. Quiero que sepas que quiero que vayas al Cielo y seas feliz. Quiero que entiendas todas las cosas que estoy diciendo.

–Oigo y entiendo.

Al otro lado de la calle estaba el nuevo templo budista que trataban de construir unos cuantos jóvenes de la Cámara de Comercio China de Chinatown, y una noche yo había pasado por allí y, borracho, me había unido a ellos y transportado arena en una carretilla. Eran jóvenes Sinclair Lewis idealistas y lanzados que vivían en buenas casas y se ponían pantalones vaqueros para trabajar en la construcción de la iglesia, del mismo modo que hacen en las ciudades del Medio Oeste los chicos del Medio Oeste con un Richard Nixon de rostro radiante como capataz y la pradera alrededor. Aquí, en el corazón de la pequeña y sofisticada zona de San Francisco conocida como Chinatown, hacían lo mismo aunque su iglesia fuera la de Buda. Era extraño, pero a Japhy no le interesaba el budismo de Chinatown porque era un budismo tradicional, y prefería el budismo intelectual y artístico del zen –y eso que yo intentaba conseguir que viera que eran la misma cosa–. En el restaurante habíamos comido con palillos y nos gustó. Ahora me despedía y no sabía cuándo lo volvería a ver.

Detrás de la mujer negra había un predicador que se balanceaba con los ojos cerrados diciendo:

–Así es, así es.

Ella nos dijo:

–Que Dios os bendiga, muchachos, por escuchar lo que

os tengo que decir. No olvidéis que, para el que ama a *Dios,* todas las cosas se juntan en el bien, para quienes *son* llamados de acuerdo con *Sus* objetivos. Romanos, ocho, dieciocho, chicos. Y hay una *nueva patria* esperándoos, y estad seguros de manteneros a la altura de vuestras obligaciones. ¿Me oís?

–Sí, señora, estamos atentos.

Dije adiós a Japhy.

Pasé unos cuantos días en casa de Cody, en las colinas. Cody estaba tremendamente impresionado por el suicidio de Rosie y decía sin parar que tenía que rezar por ella noche y día en un momento tan concreto como éste cuando, como se había suicidado, su alma andaba en pena por la superficie de la tierra esperando ir al infierno o al purgatorio.

–Tenemos que meterla en el purgatorio, tío.

Así que le ayudé a rezar cuando dormía por las noches sobre el césped de la entrada dentro de mi nuevo saco de dormir. Durante esos días recogí en mi libreta de notas los poemitas que me recitaban los niños:

–A a... que vengo ya... I i... te quiero a ti... U u... el cielo es azul... soy más alto que tú... tuturú.

Mientras, Cody decía:

–No bebas tanto de ese vino añejo.

A última hora de la tarde del lunes estaba en las vías de la estación de San José y esperaba al Silbador de la tarde. Pero aquel día no pasaba y tuve que esperar por el Fantasma de Medianoche de las siete treinta. En cuanto se hizo de noche, calenté una lata de macarrones en una pequeña hoguera de ramas que encendí entre los densos matorrales de al lado de las vías, y comí. El Fantasma llegaba. Un guardagujas amigo me dijo que era mejor que no subiera al tren porque en el cruce había un vigilante siniestro con una enorme linterna que miraba si había alguien subido a los vagones y si lo encontraba telefoneaba a Watsonville para que lo echaran.

–Ahora, en invierno –me dijo–, hay gente que abre los

vagones cerrados rompiendo las ventanillas y deja botellas por el suelo, jodiendo todo el tren.

Me deslicé hasta el extremo este de la estación con la mochila a cuestas, y cogí el Fantasma casi cuando ya salía, más allá del cruce donde estaba el vigilante, y extendí el saco de dormir y me quité los zapatos, los puse bajo mi chaqueta doblada, me metí en el saco y dormí espléndidamente todo el trayecto hasta Watsonville donde me escondí entre la maleza hasta que el tren se puso en marcha de nuevo, subí otra vez y dormí entonces el resto de la noche mientras volaba hacia la increíble costa y ¡oh, Buda! ¡Tu luz de la luna! ¡Oh, Cristo! ¡Tu resplandor en el mar! El mar, Surf, Tangair, Gaviota, el tren iba a ciento treinta kilómetros por hora y yo calentito dentro del saco de dormir volando hacia el Sur, camino de casa a pasar las Navidades. De hecho, no me desperté hasta las siete de la mañana cuando el tren disminuía la marcha al entrar en Los Ángeles y lo primero que vi, cuando me estaba poniendo los zapatos y preparando mis cosas para bajar en marcha, fue a un ferroviario que me saludaba diciendo:

−¡Bienvenido a Los Ángeles!

Pero tenía que salir de allí enseguida. El smog era espeso, los ojos me lloraban, el sol calentaba, el aire apestaba, Los Ángeles es un infierno. Los hijos de Cody me habían contagiado un resfriado y tenía ese viejo virus de California y me sentía bastante mal. Con el agua que goteaba de un vagón frigorífico y que recogí en el cuenco de las manos, me lavé la cara y los dientes y me peiné y me dirigí a Los Ángeles para esperar hasta las siete y media de la tarde en que planeaba coger el mercancías de primera clase, el Silbador, hasta Yuma, Arizona. Fue un horrible día de espera. Tomé café en los cafetines de los arrabales, en South Main Street, a dieci-siete centavos cada uno.

Al anochecer me puse al acecho del tren. Un vagabundo estaba sentado junto a una puerta observándome con especial interés. Me acerqué a hablarle. Me dijo que había sido marine, que era de Patterson, Nueva Jersey, y después de un rato sacó un papel que a veces leía en los trenes de carga. Lo miré. Era una cita de la Digha Nikaya, las palabras de Buda. Sonreí; no dije nada. Era un vagabundo muy hablador que no bebía, un vagabundo idealista y dijo:

–Eso es todo y me gusta hacerlo. Salto a los trenes de mercancías y recorro el país y preparo la comida, que son latas que caliento en hogueras. Y prefiero eso a ser rico y tener casa y trabajo. Estoy encantado. Tenía artritis, ya sabes, pasé años en el hospital. Encontré un modo de curarme y entonces me lancé a la carretera y llevo en ella desde entonces.

–¿Qué hiciste para curarte la artritis? Yo tengo tromboflebitis.

–¿De verdad? Bueno, también funcionará contigo. Limítate a estar cabeza abajo tres minutos al día o quizá cinco minutos. Todas las mañanas, cuando me levanto, esté en la orilla de un río o en un tren en marcha, o donde sea, me pongo cabeza abajo y cuento hasta quinientos. Son tres minutos, ¿no? –Le preocupaba mucho saber si contar hasta quinientos costaba tres minutos. Era raro. Me figuré que en la escuela sus notas de aritmética no debieron de ser muy buenas.

–Sí, poco más o menos.

–Haz eso todos los días y te desaparecerá la flebitis lo mismo que a mí la artritis. Tengo ya cuarenta años. También te irá bien tomar leche caliente y miel al acostarte, yo siempre llevo un tarro de miel –sacó uno de su hatillo–, y pongo la leche y la miel en una lata y la caliento, y la bebo. Con esas dos cosas basta.

–De acuerdo –respondí prometiéndome seguir su consejo, puesto que era Buda.

El resultado fue que unos tres meses después me desapareció la flebitis y no volvió a manifestarse nunca más, algo realmente raro. En realidad, desde entonces siempre que intento contárselo a los médicos no me dejan seguir porque piensan que estoy loco. Vagabundo del Dharma, Vagabundo del Dharma. Nunca olvidé a aquel inteligente ex marine judío de Patterson, Nueva Jersey, quienquiera que fuese, con su papel que leía por la noche junto a las rezumantes plataformas de los complejos industriales de una América que todavía es la América mágica.

A las siete y media llegó mi Silbador y los guardagujas lo revisaban cuando me escondí en unos matorrales para subirme a él, parcialmente oculto tras un poste telefónico. El tren se puso en marcha sorprendentemente deprisa, en mi opinión, y cargado con los veintitantos kilos de mochila, corrí tras él hasta que vi una agradable barra y me agarré a ella y salté. Subí hasta el techo del furgón para tener una buena vista del tren entero y ver dónde estaba el vagón plataforma. Sagrado humo y chispas celestiales; pero en cuanto el tren adquiría velocidad y salía de la estación vi que se trataba de un hijoputa mercancías con dieciocho vagones cerrados. Íbamos a unos treinta kilómetros por hora y tenía que saltar o jugarme la vida porque dentro de un momento el tren iría por lo menos a ciento treinta y tendría que mantenerme sujeto a lo que fuera (algo imposible en el techo de un furgón cerrado), así que bajé por las barras metálicas, después de haber soltado la hebilla de mi correa que se había enganchado en el techo, y me encontré agarrado a la barra más baja y dispuesto a saltar..., pero el tren iba demasiado deprisa. Puse a un lado la mochila y la sujeté tranquilamente con la mano y luego tomé la loca decisión de saltar esperando que todo saliera bien y me tambaleé unos cuantos pasos y me encontré sano y salvo en el suelo.

Pero ahora estaba cinco kilómetros dentro de la jungla industrial de Los Ángeles en medio de una noche dominada por el smog que me ahogaba y provocaba náuseas y tuve que dormir toda la noche junto a una cerca de alambre de espino, en una zanja próxima a las vías, despertándome cada poco el follón que armaban los guardagujas del Southern Pacific y Santa Fe que andaban por allí, hasta que el ambiente se despejó a medianoche y empecé a respirar mejor (pensaba y rezaba dentro del saco de dormir). Pero enseguida volvieron la niebla y el smog y, al amanecer, una espantosa nube húmeda muy blanca, y hacía demasiado calor para dormir dentro del saco y fuera resultaba muy desagradable; la noche entera, pues, fue horrible, si se exceptúa el amanecer en que un pájaro me bendijo con sus trinos.

Lo único que podía hacer era largarme de Los Ángeles. De acuerdo con las instrucciones de mi amigo estuve cabeza abajo, apoyado contra una valla para no caerme. Eso hizo que mejorara de mi resfriado. Luego caminé hasta la estación de autobuses (cruzando vías y calles apartadas) y cogí un autobús barato para hacer los cuarenta kilómetros hasta Riverside. Unos de la pasma miraron recelosamente la mochila que llevaba a la espalda. Todo quedaba lejísimos de la cómoda pureza de estar con Japhy Ryder en aquel prado de la montaña bajo las pacíficas y cantarinas estrellas.

17

Me llevó cuarenta kilómetros justos salir del smog de Los Ángeles; en Riverside el sol brillaba limpio y claro. Me animó ver un hermoso sauce seco con arena blanca y un hilo de río en el medio cuando pasábamos por el puente a la entrada de Riverside. Estaba buscando mi primera oportunidad de pasar la noche al aire libre y poner a prueba mis nuevas ideas. Pero en la calurosa estación de autobuses me vio un negro y se fijó en la mochila y se me acercó y dijo que en parte era mohawk, y cuando le respondí diciéndole que pensaba volver por la carretera para dormir en el lecho seco del río, dijo:

–No, señor, no puede hacerlo, los policías de este sitio son los peores de todo el estado. Si te ven allí abajo te encerrarán, muchacho –siguió–, también a mí me gustaría dormir al aire libre, pero es ilegal.

–Esto no es la India –le dije picado, y me alejé dispuesto a intentarlo. Era como el vigilante de la estación de San José; pero aunque fuera ilegal y trataran de detenerme, lo único que podía hacer era intentarlo y mantenerme oculto. Me reí pensando en lo que sucedería si yo fuera Fuke, el sabio chino del siglo noveno que andaba por China agitando sin parar una campanilla. La única alternativa que se presentaba de dormir al aire libre, coger trenes de mercancías y hacer lo que me diera la gana, lo comprendí perfectamente, era sentarme junto con otras miles de personas delante de un aparato de televisión en una casa de locos, donde seríamos «vigilados». Entré en un supermercado y compré jugo concentrado de naranja y queso cremoso y pan blanco, con lo que pensaba alimentarme hasta el día siguiente en que haría autostop desde el otro extremo de la ciudad. Vi muchos coches patrulla de la pasma y cómo me miraban con recelo: policías delgados, bien pagados y alimentados, en coches último modelo con todos aquellos equipos de radio tan caros evitando que los bikhus durmieran en su territorio aquella noche.

En el bosque que había junto a la autopista lancé una mirada atenta para asegurarme de que no había coches patrulla a la vista y me metí decidido entre los árboles. Había mucha maleza seca y caminé aplastándola sin molestarme en buscar el sendero. Me dirigí decidido hacia las doradas arenas del lecho seco del río que distinguía allí delante. El puente estaba tendido sobre la maleza y nadie me podía ver a menos que se parara y mirara hacia abajo. Como un criminal me abrí paso entre la frágil maleza y salí sudando de allí y me metí hasta el tobillo en zanjas llenas de agua, y luego, cuando encontré un sitio despejado, entré en una especie de bosquecillo de bambúes; dudé y no encendí una pequeña hoguera hasta que anocheció y nadie podía ver el humo, y tuve cuidado de que no hubiera muchas llamas. Extendí mi impermeable con el saco de dormir encima, y todo sobre un lecho de hojas secas y bambúes. Los álamos amarillos llenaban el aire de la tarde de humo dorado haciendo que me parpadearan los ojos. Era un sitio agradable si se exceptúa el rugido de los camiones que pasaban por encima del puente. Me molestaban bastante la cabeza y los senos nasales y estuve cabeza abajo unos cinco minutos. Me reí: «¿Qué pensaría la gente si me viera?»

Pero aquello no tenía nada de cómico, me sentía triste, realmente triste, como la noche anterior en aquel horrible paraje lleno de niebla de la zona industrial de Los Ángeles, cuando de hecho había llegado a llorar un poco. Después de todo, un hombre sin hogar tiene derecho a llorar, pues todas las cosas del mundo se levantan contra él.

Oscureció. Saqué una tartera y fui a buscar agua, pero tuve que atravesar tanta maleza que cuando volví a donde había acampado la mayoría del agua se había derramado. Mezclé en mi nueva batidora de plástico el agua con zumo de naranja concentrado y me preparé una naranjada fría, luego extendí el queso sobre el pan y comí encantado.

«Esta noche –pensé– dormiré mucho y rezaré bajo las estrellas para que el Señor me conceda la Budeidad una vez que mi trabajo de Buda esté terminado, amén.»

Y como eran las Navidades, añadí:

«Que el Señor os bendiga a todos y haga descender una tierna y feliz Navidad sobre vuestros techos y espero que los ángeles se sienten en ellos la noche de la grande y auténtica Estrella, amén.»

Y más tarde, metido en el saco de dormir, pensé mientras fumaba: «Todo es posible. Yo soy Dios, soy Buda, soy un Ray Smith imperfecto, todo al mismo tiempo, soy un espacio vacío, soy todas las cosas. Tengo todo el tiempo del mundo de vida a vida para hacer lo que hay que hacer, para hacer lo que está hecho, para hacer lo hecho sin tiempo, un tiempo que por dentro es infinitamente perfecto. ¿Para qué llorar? ¿Para qué preocuparse? Perfecto como la esencia de la mente y las mentes de las cáscaras de plátano.»

Y añadí eso riendo al recordar a mis poéticos amigos lunáticos zen Vagabundos del Dharma de San Francisco a los que empezaba a echar de menos. Y también añadí una breve oración por Rosie.

«Si viviera podría haber venido conmigo aquí, quizá hubiera podido decirle algo, hacer que viera las cosas de modo diferente. A lo mejor sólo hubiera hecho el amor con ella sin decirle nada.»

Pasé largo rato meditando con las piernas cruzadas, pero el ruido de los camiones me molestaba. Pronto salieron las estrellas y mi pequeña hoguera les mandó un poco de humo. Me deslicé dentro del saco hacia las once y dormí bien, salvo por los trozos de bambú que había dejado de las hojas y que me hicieron dar vueltas durante toda la noche.

«Es mejor dormir en una cama incómoda libre que dormir sin libertad en una cama cómoda.»

Pensaba en todo tipo de cosas según iba pasando el tiempo. Había empezado una nueva vida con mi nuevo equipo: era un Don Quijote tierno. Por la mañana me sentía bien y lo primero que hice fue meditar y rezar un poco:

«Bendigo todas las cosas vivas. Os bendigo en el presente interminable, os bendigo en el futuro interminable, amén.»

Y esta breve oración hizo que me sintiera bien y así seguía cuando empaqueté todas mis cosas y fui a trompicones hasta el agua que bajaba de una roca al otro lado de la autopista. Un agua de manantial deliciosa con la que me lavé la cara y los dientes y bebí. Entonces estaba preparado para recorrer haciendo autostop los cerca de cinco mil kilómetros hasta Rocky Mount, Carolina del Norte, donde me esperaba mi madre, seguramente lavando los platos en su querida y pobre cocina.

18

La canción que estaba de moda por entonces era una de Roy Hamilton: «Everybody's Got a Home but Me» («Todos tienen casa menos yo»). Yo iba cantándola mientras atravesaba Riverside. En el otro extremo de la ciudad me situé en la autopista y me recogió una pareja de jóvenes que me llevaron hasta un aeropuerto que estaba a unos ocho kilómetros, y desde allí fui con un tipo bastante callado hasta Beaumont, California, pero me dejó a unos seis o siete kilómetros del centro, en una autopista de dos direcciones donde nadie se paraba, así que decidí caminar en aquel aire hermoso y resplandeciente. En Beaumont comí perritos calientes, hamburguesas y una bolsa de patatas fritas y bebí un batido de fresa entre jóvenes estudiantes. Luego, en el otro extremo de la ciudad, me recogió un mexicano que se llamaba Jaimy y que me dijo que era hijo del gobernador de Baja California, México, pero no le creí. Era un borrachuzo y quiso que le comprara vino que terminó vomitando por la ventanilla sin dejar de conducir: un triste, hundido y desamparado joven de ojos melancólicos y muy bonitos, algo loco. Se dirigía a Mexicali que quedaba un poco apartado de mi camino, aunque estaba lo bastante cerca de Arizona como para que me viniera bien.

En Calexico la gente andaba haciendo las compras de Navidad por la calle Mayor y había increíbles bellezas mexicanas asombrosamente perfectas que iban mejorando tanto que cuando las primeras volvían a pasar habían quedado borradas de mi mente. Yo andaba por allí mirándolo todo, tomando un helado, y esperando a Jaimy que dijo que tenía que hacer una gestión y que luego me recogería de nuevo y me llevaría personalmente a Mexicali, México, donde me presentaría a sus amigos. Planeaba cenar bien y barato aquella noche en México, y luego seguir viaje. Jaimy no volvió a aparecer, claro. Crucé la frontera andando y doblé a la derecha por una calleja estrecha para evitar la calle de los vendedores ambulantes, y fui inmediatamente a cambiar el agua al canario en una obra, pero un vigilante mexicano loco con uniforme consideró que aquello era una gran infracción y me dijo algo, y cuando le dije «No sé» (en español), respondió: «*No sabes, ¿policía?*» (también en castellano); ¡y el tipo amenazaba con avisar a la pasma sólo porque yo había meado en aquellos escombros! Pero luego me di cuenta, y me entristeció, de que había meado justo en el sitio donde él solía hacer fuego por la noche: había restos de madera carbonizados. Seguí por la calle embarrada sintiéndome realmente mal y triste, con la enorme mochila a la espalda, mientras el vigilante me miraba con expresión tristísima.

Llegué a una colina y vi grandes cauces llenos de barro, con hedores y charcos y espantosos senderos con mujeres y burros renqueando al atardecer; un viejo mendigo chino mexicano me llamó la atención y nos detuvimos a charlar, y cuando le conté que quería dormir por allí (de hecho estaba pensando en ir un poco más allá, a la ladera de las montañas), me miró horrorizado y, como era sordomudo, hizo gestos de que podían robarme la mochila y matarme si lo hacía, y me di cuenta enseguida de que tenía razón. Ya no estaba en Estados Unidos. A uno u otro lado de la frontera, en cualquier parte donde metiera las narices, un hombre sin hogar estaba con el agua al cuello. ¿Dónde encontraría un bosquecillo tranquilo en el que meditar y vivir para siempre? Después de que el viejo intentara contarme su vida por señas, me alejé agitando la mano y sonriendo y crucé la llanura y un estrecho puente sobre las aguas amarillentas y llegué al barrio pobre de casas de adobe de Mexicali, donde como siempre la alegría mexicana me encantó, y comí una deliciosa cazuela de sopa de cocido con trozos de cabeza y cebolla cruda, pues en la frontera había cambiado veinticinco centavos por tres pesos en billetes y un montón de monedas enormes. Mientras comía en el pequeño mostrador de barro de la calle, observé a la gente, los perros miserables, las cantinas, las putas, oí la música, pasaban tipos indolentes por la estrecha carretera y al otro lado de la calle había un inolvidable *Salón de Belleza* con un espejo sin marco en una pared vacía y sillas y una belleza de diecisiete años con el pelo con rulos soñando delante del espejo, pero tenía al lado un viejo busto de yeso con una peluca, y detrás un tipo enorme con bigote y un jersey de esquí hurgándose los dientes y un chaval delante del espejo de la silla de al lado comiendo un plátano, y en la acera había unos cuantos niños reunidos como delante de un cine y pensé:

«Vaya, Mexicali entero un sábado por la tarde. Gracias, Señor, por devolverme las ganas de vivir, por tus formas siempre recurrentes en Tu Vientre de Fertilidad Exuberante.»

Todas mis lágrimas no eran en vano. Al fin todo funcionaba.

Después callejeé y compré una especie de rosquilla caliente, luego dos naranjas a una chica, y volví a cruzar el puente al caer la tarde y me dirigí contento a la frontera. Pero allí me detuvieron tres desagradables guardias estadounidenses y registraron hoscos toda la mochila.

—¿Qué ha comprado en México?

—Nada.

No me creían. Siguieron registrando. Después de manosear los paquetes de patatas fritas de Beaumont que me habían sobrado y las uvas pasas y los cacahuetes y las zanahorias, y las latas de cerdo y judías compradas para el camino, y los bollos de pan integral, se asquearon y me dejaron seguir. Era divertido, de verdad; esperaban encontrar una mochila llena de opio de Sinaloa, seguro, o hierba de Mazatlán, o heroína de Panamá. A lo mejor creían que venía caminando desde Panamá. No conseguían situarme.

Fui a la estación de los autobuses Greyhound y compré un billete hasta El Centro y la autopista principal. Pensaba coger el Fantasma de Medianoche para Arizona y estar en Yuma aquella misma noche y dormir en el cauce del Colorado, que hacía tiempo que me atraía. Pero las cosas se estropearon;

en El Centro fui a la estación y anduve por allí, y por fin hablé con un maquinista que hacía señales a una máquina en maniobras.

—¿Dónde está el Silbador?

—No pasa por El Centro.

Me sorprendió mi estupidez.

—El único mercancías que puedes coger pasa antes por México, luego por Yuma, pero te encontrarán y te echarán a patadas y terminarás en un calabozo mexicano, tío.

—Ya tengo bastante de México, gracias.

Así que me fui al cruce del pueblo donde los coches doblan hacia el este, camino de Yuma, y empecé a hacer autostop. Durante una hora no tuve suerte. De repente, un gran camión se paró al lado; el chófer se bajó y se puso a rebuscar en una maleta.

—¿Va hacia el este? —pregunté.

—En cuanto me divierta un poco en Mexicali. ¿Conoces algo de México?

—Viví allí años.

Me miró de arriba abajo. Era un buen tipo, gordo, alegre, del Medio Oeste. Le gusté.

—¿Qué te parece si me enseñas algo de Mexicali esta noche y luego te llevo a Tucson?

—¡Estupendo!

Subimos al camión y volvimos directamente a Mexicali por la carretera que acababa de recorrer en autobús. Pero merecía la pena llegar hasta Tucson. Aparcamos el camión en Calexico, que ahora estaba tranquilo, eran las once, y pasamos a Mexicali y le aparté de las casas de putas para turistas y le llevé a los auténticos y viejos salones mexicanos donde había chicas que bailaban por un peso y tequila de verdad y diversión a montones. Fue una noche estupenda; el camionero bailó y se divirtió, se hizo una foto con una chica y se bebió unos veinte tequilas. En un determinado momento de la noche se nos unió un tío de color que era algo marica pero terriblemente divertido y nos llevó a una casa de putas,

125

y luego, cuando salíamos, un policía mexicano le quitó su navaja automática.

–Es la tercera navaja que estos hijoputas me quitan este mes –dijo.

Por la mañana, Beaudry (el camionero) y yo volvimos al camión con los ojos hinchados y resaca y él no perdió tiempo y se dirigió directamente a Yuma sin volver a El Centro por la estupenda autopista 98 sin tráfico y recta durante más de ciento cincuenta kilómetros llegando a Gray Wells a ciento treinta por hora. Enseguida llegaríamos a Tucson. Habíamos tomado un almuerzo ligero en las afueras de Yuma y ahora decía que tenía ganas de una buena chuleta.

–Lo malo es que en estos sitios para camioneros nunca tienen las grandes chuletas que a mí me gustan.

–Bueno, pues sólo tienes que aparcar el camión delante de uno de esos supermercados de Tucson que hay junto a la autopista y te compro una chuleta de cinco centímetros de grosor y nos paramos en el desierto y enciendo una hoguera y te preparo la mejor chuleta de tu vida.

No me creía, pero así lo hice. Dejadas atrás las luces de Tucson en un atardecer rojo fuego sobre el desierto, se detuvo y encendí una hoguera con ramas de mezquite, añadiendo ramas mayores y luego troncos según se iba haciendo de noche, y cuando las brasas estuvieron listas traté de poner la carne encima sujeta en un espetón, pero éste se quemó, así que freí las enormes chuletas en su propia grasa en mi maravillosa sartén nueva y le di mi navaja y se la zampaba diciendo:

–Ñam, ñam, *es* la mejor chuleta que he comido en mi vida.

También había comprado leche, así que teníamos sólo chuletas y leche, un gran banquete de proteínas, sentados allí en la arena mientras los coches pasaban zumbando por la autopista junto a nuestra pequeña hoguera.

–¿Dónde *aprendiste* todas estas cosas tan divertidas? –me dijo, riendo–. Bueno, ya sabes que cuando digo divertidas no las desprecio para nada, sé lo que valen. Aquí me tienes

126

matándome con este trasto yendo y viniendo de Ohio a Los Ángeles y gano más de lo que tú has tenido en toda tu vida de vagabundo, pero eres el único que disfruta la vida y, no sólo eso, además lo haces sin trabajar ni necesitar un montón de dinero. Vamos a ver, ¿quién es más listo, tú o yo?

Y tenía una preciosa casa en Ohio, y mujer, hija, árbol de Navidad, dos coches, garaje, césped, cortadora de césped, pero no podía disfrutar de nada de eso porque de hecho no era libre. Era la triste verdad. No quiero decir que yo fuera mejor que él, nada de eso, era un tipo estupendo y yo le gustaba y él me gustaba y dijo:

—Bien, voy a decirte una cosa, ¿qué te parece si te llevo hasta Ohio?

—¡Estupendo! Así casi me dejarás en casa. Voy al sur de allí, a Carolina del Norte.

—Al principio dudaba en proponértelo por los tipos del seguro Markell, ¿sabes que si te encuentran viajando conmigo perderé mi empleo?

—Vaya, coño... Es algo realmente jodido.

—Sin duda lo es, pero te digo una cosa, después de esta chuleta que me has preparado, aunque haya tenido que pagarla yo, pero que tú has cocinado y aquí estás lavando los platos con arena, sólo puedo decirte que se metan el empleo en el culo, pues ahora eres mi amigo y tengo derecho a llevar a un amigo en el camión.

—De acuerdo —dije—, y rezaré para que no nos paren esos tipos del seguro Markell.

—Si tenemos buena suerte no lo harán, pues ahora es sábado y estaremos en Springfield, Ohio, hacia el amanecer del martes si piso a fondo este trasto y eso es más o menos lo que dura su fin de semana.

¡Y vaya si pisó a fondo el trasto! Desde aquel desierto de Arizona zumbamos a través de Nuevo México, tomamos el atajo que lleva de Las Cruces a Alamogordo, donde hicieron explotar la primera bomba atómica y donde yo tuve una extraña visión cuando pasábamos a toda velocidad: al ver las nubes por encima de las montañas de Alamogordo parecía que tenían impresas en el cielo estas palabras: «Esto es la Imposibilidad de la existencia de todo.»

¡Extraño lugar para aquella visión realmente extraña! Y luego se lanzó a través de la hermosa comarca india de Atascadero, en las alturas de Nuevo México, y había hermosos valles verdes y pinos y ondulados prados como en Nueva Inglaterra, y luego bajamos a Oklahoma (en las afueras de Bowie, Arizona, echamos un sueñecito al amanecer, él en el camión, yo en mi saco de dormir sobre la fría arcilla roja sin más techo que el brillo de las estrellas y alrededor el silencio y en la distancia un coyote), y enseguida atravesamos Arkansas y devoramos ese estado en una tarde y luego Missouri y Saint Louis, y por fin el lunes por la noche atravesamos Illinois e Indiana como una exhalación y entramos en el querido y nevado Ohio con todas las luces de Navidad en las ventanas de viejas granjas que llenaron mi corazón de alegría.

«Uf –pensé–. Todo el largo camino desde los cálidos brazos de las chicas de Mexicali hasta las nieves navideñas de Ohio de un tirón.»

Beaudry tenía una radio en el salpicadero y la tuvo funcionando a tope durante todo el viaje también. No hablamos mucho, de vez en cuando él gritaba contándome una anécdota, y tenía una voz tan potente que llegó a perforarme el tímpano (el izquierdo) y me dolió, haciéndome pegar un salto de medio metro en el asiento. Era fabuloso. Hicimos un montón de buenas comidas también en varios de sus restaurantes favoritos de la carretera, una de ellas en Oklahoma, donde comimos cerdo al horno y boniatos dignos de la propia cocina de mi madre, comimos y comimos, él siempre tenía hambre, y yo también, estábamos en invierno y hacía frío y era Navidad en los campos y la comida era buena.

En Independence, Missouri, hicimos nuestra única parada para dormir en una habitación; era un hotel de casi cinco dólares por persona, lo que resultaba un robo, pero él necesitaba dormir y yo no podía esperarle en el camión bajo cero.

Cuando me desperté por la mañana, miré afuera y vi a todos los jóvenes ambiciosos con traje que iban a trabajar a las compañías de seguros esperando llegar a ser algún día como Harry Truman. Hacia el amanecer del martes Beaudry me dejó en las afueras de Springfield, Ohio, en medio de una terrible ola de frío, y nos dijimos adiós un tanto tristes.

Fui a un bar, tomé un té, hice balance, fui a un hotel y dormí profundamente agotado. Después adquirí un billete para Rocky Mount, puesto que era imposible hacer autostop de Ohio a Carolina del Norte por toda aquella región montañosa en invierno atravesando Blue Ridge y todo. Pero me impacienté y decidí hacer autostop de cualquier forma y pedí al autobús que se detuviera en las afueras y volví caminando a la estación de autobuses para que me devolvieran el importe del billete. No quisieron darme el dinero. La conclusión de mi loca impaciencia fue que tuve que esperar más de ocho horas el siguiente autobús a Charleston, en Virginia Occidental. Empecé haciendo autostop en las afueras de Springfield esperando coger el autobús en un pueblo de más adelante, era sólo para divertirme, pero se me congelaron los pies y las manos esperando de pie en pequeños pueblos melancólicos al ponerse el día. Un vehículo me llevó a un pueblecito y allí me quedé esperando junto a la oficina de telégrafos que también hacía de estación, hasta que llegó mi autobús. Resultó que el autobús iba abarrotado y marchó lentamente por la zona montañosa durante toda la noche y al amanecer subió a las alturas de Blue Ridge, una bella región con muchos árboles entonces bajo la nieve; luego, tras un día entero de detenerse y seguir, detenerse y seguir, bajamos las montañas hasta Mount Airy, y por fin, al cabo de siglos, llegamos a Raleigh donde cambié a mi autobús local y di instrucciones al conductor de que me dejara en una carretera de segundo orden que serpentea unos cinco kilómetros a través de bosques de pinos hasta la casa de mi madre en Big Easonburg Woods, que es un cruce cercano a Rocky Mount.

Me dejó allí hacia las ocho de la tarde y anduve los cinco kilómetros por la helada y silenciosa carretera de Carolina bajo la luna, observando a un reactor que pasó por encima, su estela derivó a través de la cara de la luna y cortó en dos el círculo de nieve. Era maravilloso haber vuelto al Este con nieve, en Navidad, con lucecitas ocasionales en las ventanas de las granjas, los bosques silenciosos, los calveros de los pinares tan desnudos y lúgubres, la vía del tren alejándose entre los bosques gris azulado hacia mi sueño.

A las nueve en punto cruzaba tambaleante con todo mi equipo el patio de mi madre y allí estaba ella junto al fregadero de azulejos blancos de la cocina, fregando los platos y esperándome con expresión acongojada (llegaba con retraso), preocupada por si llegaría alguna vez y probablemente pensando:

«Pobre Raymond, ¿por qué tiene que andar siempre por ahí haciendo autostop y preocupándome tanto? ¿Por qué no es como las demás personas?»

Y yo pensaba en Japhy mientras estaba allí de pie en el frío patio mirándola y me decía:

«¿Por qué le molestan tanto a Japhy los azulejos blancos del fregadero y los "aparatos de cocina" como él los llama? La gente tiene buen corazón, tanto si viven como Vagabundos del Dharma como si no. La compasión es el corazón del budismo.»

Detrás de la casa había un gran bosque de pinos donde podría pasarme todo el invierno y la primavera meditando bajo los árboles y descubriendo por mí mismo la verdad de todas las cosas. Era muy feliz. Anduve alrededor de la casa y miré el árbol de Navidad junto a la ventana. A unos cien metros carretera abajo, las dos tiendas del pueblo constituían una brillante y cálida escena en el, por lo demás, frío vacío del bosque. Fui hasta la caseta del perro y me encontré al viejo Bob temblando y resoplando de frío. Lloriqueó de alegría al verme. Lo desaté y ladró y saltó a mi alrededor y entró conmigo en la casa donde abracé a mi madre en la caliente cocina y mi hermana y mi cuñado vinieron del cuarto de estar y me dieron la bienvenida, y mi sobrinito Lou también, y estaba en casa de nuevo.

19

Todos querían que durmiera en el sofá del cuarto de estar junto a la acogedora estufa de petróleo, pero yo insistí en que quería que mi cuarto fuera (como antes) el porche trasero con sus seis ventanas dando a los yermos campos invernales y a los pinares de más allá, dejando todas las ventanas abiertas y extendiendo mi querido saco de dormir sobre el sofá que había allí para dormir sumido en el sueño puro de las noches de invierno con la cabeza hundida dentro del suave calor del nailon y las plumas de pato. Cuando se acostaron, me puse la chaqueta y el gorro con orejeras y los guantes de ferroviario, y encima de todo eso mi impermeable de nailon, y paseé bajo la luz de la luna por los campos de algodón como un monje amortajado. El suelo estaba cubierto de escarcha. El viejo cementerio, carretera abajo, brillaba con la escarcha. Los tejados de las granjas cercanas eran como blancos paneles de nieve. Atravesé los surcos de los campos de algodón seguido por Bob, un buen perro de caza, y por el pequeño Sandy, que pertenecía a los Joyner, nuestros vecinos, y por unos cuantos perros vagabundos más (todos los perros me quieren), y llegué al lindero del bosque. Allí, la primavera pasada, había trazado un pequeño sendero cuando iba a meditar bajo mi joven pino favorito. El sendero seguía allí. Mi entrada oficial al bosque la constituían un par de pinos jóvenes que hacían de puerta. Siempre hacía una reverencia allí y juntaba las manos y daba las gracias a Avalokitesvara por la maravilla del bosque. Luego entré, precedido por la blancura lunar de Bob, camino de mi pino, donde mi viejo lecho de paja seguía estando al pie del árbol. Arreglé mi impermeable y mis piernas y me senté a meditar.

Los perros también meditaban. Todos estábamos absolutamente quietos. El campo entero estaba helado y silencioso a la luz de la luna, no había ni siquiera los leves ruidos de los conejos o los mapaches. Un frío silencio absoluto. Quizá un perro ladraba a unos ocho kilómetros hacia Sandy Cross. Sólo llegaba el débil, debilísimo ruido de enormes camiones rodando en la noche por la 301, a unos veinte kilómetros, y por supuesto el rumor ocasional de las máquinas diésel de la Atlantic Coast Line, con pasajeros o mercancías, yendo hacia el norte y el sur, a Nueva York y Florida. Una noche bendita. Inmediatamente caí en un trance carente de pensamientos donde de nuevo se me reveló: «Este pensar ha cesado.»

Y suspiré porque ya no tenía que pensar y sentí que todo mi cuerpo se sumergía en una bienaventuranza en la que no podía dejar de creer, completamente relajado y en paz con todo el efímero mundo del sueño y del que sueña y del propio soñar. Acudían además a mí todo tipo de pensamientos, como: «Un hombre que practica la bondad en el campo merece todos los templos que levanta este mundo.»

Y alargué la mano y acaricié al viejo Bob, que me miró contento.

«Todas las cosas vivas y muertas como estos perros y yo van y vienen sin ninguna duración o sustancia propia, Dios mío, y con todo, posiblemente ni existamos. ¡Qué extraño, qué valioso, qué bueno para nosotros! ¡Qué horror si el mundo hubiera sido real, porque si fuera real, sería inmortal!»

Mi impermeable de nailon me protegía del frío, como una tienda de campaña a la medida, y me quedé mucho tiempo allí sentado, con las piernas cruzadas, en los bosques invernales de medianoche, por lo menos una hora. Luego volví a casa, me calenté con el fuego del cuarto de estar mientras los demás dormían, después me metí en el saco que estaba en el porche y me quedé dormido.

La noche siguiente era Nochebuena y la pasé con una botella de vino delante de la televisión disfrutando del programa y de la misa de gallo de la catedral de Saint Patrick, en Nueva York, con obispos oficiando, y ceremonias resplandecientes y fieles; los sacerdotes con sus vestiduras de encaje blanco como la nieve ante grandes altares que no eran ni la mitad de grandes que mi lecho de paja de debajo del pequeño pino, me imaginé. Luego, a medianoche, muy silenciosos, los pequeños padres, mi hermana y mi cuñado, pusieron los regalos bajo el árbol, y aquello resultó más glorioso que todos los Gloria in Excelsis Deos de la Iglesia de Roma y de todos sus obispos.

«Pues, después de todo –pensé–, Agustín era un eunuco y Francisco mi hermano idiota.»

Mi gato Davey, de repente, me bendijo, dulce gato, al saltar a mi regazo. Cogí la Biblia y leí un poco de San Pablo junto a la estufa caliente y las luces del árbol:

«Dejad que se vuelva necio para que pueda volverse sabio.»

Y pensé en el bueno de Japhy y deseé que estuviera disfrutando de la Nochebuena conmigo.

«Ahora ya estáis colmados –dice San Pablo–, ya os habéis vuelto ricos. Los santos juzgarán el mundo.»

Luego, en una explosión de hermosa poesía, más hermosa que todas las lecturas de poesía de todos los Renacimientos de San Francisco, añade:

«Alimentos para el vientre, y el vientre para los alimentos; pero Dios reducirá a nada a ambos.»

«Sí –pensé–. Se paga con el hocico lo que tiene una vida tan corta...»

Esa semana me quedé solo en casa, pues mi madre tuvo que ir a Nueva York a un funeral y los otros trabajaban. Todas las tardes iba al pinar con los perros, y leía, estudiaba, meditaba bajo el cálido sol del invierno sureño, y luego volvía y preparaba la cena para todos al atardecer. Además, instalé una cesta y practicaba el baloncesto a la puesta del sol.

Por la noche, una vez que se habían acostado, volvía al bosque bajo la luz de las estrellas e incluso bajo la lluvia con mi impermeable. El bosque me aceptaba. Me divertía escribiendo poemas al estilo de Emily Dickinson, como:

«Enciende una hoguera, combate a los mentirosos. ¿Qué diferencia hay en la existencia?» O: «Una semilla de sandía produce una necesidad, grande y jugosa, igual que la autocracia.»

«Que todo florezca y haya bienaventuranza por siempre jamás», rezaba en el bosque por la noche. Seguía componiendo nuevas y mejores oraciones. Y más poemas, como cuando cae la nieve:

«No frecuente, la sagrada nieve, tan suave, la sagrada fuente.» Y en cierta ocasión escribí: «Los Cuatro Inevitables: 1. Libros Mohosos. 2. Naturaleza sin Interés. 3. Existencia Insulsa. 4. Nirvana Vacío; ¡cómpralos, muchacho!»

O escribía en tardes aburridas cuando ni el budismo ni la poesía ni el vino ni la soledad ni el baloncesto conseguían dominar mi perezosa pero inquieta carne:

«Nada que hacer, ¡oh, vaya! Prácticamente sólo tristeza.»

Una tarde contemplaba a los patos en la zona de los cerdos del otro lado de la carretera, y era domingo, y los predicadores gritaban por radio Carolina y escribí:

«Imaginaos a todos los gusanos eternos vivos y muertos y los patos se los comen..., ahí tenéis el sermón de la escuela dominical.»

En un sueño oía las palabras:

«El dolor no es sino el soplo de una concubina.» Pero en Shakespeare eso se diría: «¡Ay, a fe mía que suena demasiado frío.»

Y entonces, de repente, una noche después de cenar, cuando paseaba por la fría y ventosa oscuridad del patio, me sentí tremendamente deprimido y me tiré al suelo y grité: «¡Voy a morir!» porque no había nada más que hacer en la fría soledad de esta dura tierra inhóspita, y al momento la suave bendición de la iluminación fue como leche en mis párpados y me sentí confortado. Y me di cuenta de que ésta era la verdad que Rosie conocía, y también todos los demás muertos, mi padre muerto y mi hermano muerto y los tíos y tías y primos muertos, la verdad que se realiza en los huesos del muerto y que está más allá del Árbol de Buda y de la Cruz de Jesús. *Cree* que el mundo es una flor etérea y vive. ¡Yo sabía esto! También sabía que yo era el peor vagabundo del mundo. La luz del diamante estaba en mis ojos.

Mi gato maulló junto a la nevera, ansioso de ver qué maravilloso deleite contenía. Le di de comer.

20

Con el tiempo mis meditaciones y estudios empezaron a dar fruto. La cosa en realidad empezó a finales de enero, una noche muy fría en el silencio mortal del bosque cuando casi me pareció oír unas palabras que decían: «Todo está muy bien, por siempre y siempre y siempre.»

Solté un tremendo grito, era la una de la madrugada, y los perros dieron un salto y se movieron alegres. Me sentí como aullando a las estrellas. Uní las manos y recé:

—¡Oh, sabio y sereno espíritu de la Iluminación! Todo está muy bien por siempre y siempre y siempre y te doy las gracias, todas mis gracias, amén.

¿Qué me importaba la torre de los vampiros y el semen y los huesos y el polvo? Me sentía libre y, por lo tanto, *era* libre.

De pronto, tuve ganas de escribir a Warren Coughlin, en quien ahora pensaba intensamente, y recordaba su humildad y silencio entre los inútiles gritos de Alvah y Japhy y de mí mismo:

—Sí, Coughlin, ahora es reluciente y lo hemos conseguido. Hemos llevado a América como una manta brillante hasta ese más brillante Ya de ninguna parte —dije.

En febrero empezó a hacer menos frío y el suelo empezó a ablandarse un poco y las noches en el bosque fueron más tibias y mis sueños en el porche más agradables. Las estrellas parecían hacerse más húmedas en el cielo, y mayores. Bajo las estrellas yo dormitaba con las piernas cruzadas junto a mi árbol y en mi duermevela me estaba diciendo: «¿Moab? ¿Quién es Moab?», y me desperté con un mechón de pelo en la mano, un mechón arrancado a uno de los perros. Así, despierto, tuve pensamientos como:

«Todo son apariencias diferentes de lo mismo, mi amodorramiento, el mechón, Moab, todo un sueño efímero. Todo pertenece al mismo vacío. ¡Bendito sea!»

Luego hice que estas palabras circularan por mi mente para adiestrarme:

«Yo soy vacío, no soy diferente del vacío, ni el vacío es diferente a mí, pues el vacío soy yo.»

Había un charco con una estrella brillando en él. Escupí en el charco, la estrella desapareció y yo dije:

—¿Es real esa estrella?

No era inconsciente del hecho de que había un buen fuego esperando a que volviera de estas meditaciones de medianoche; me lo proporcionaba amablemente mi cuñado que estaba un poco molesto y cansado de verme por allí sin trabajar. Una vez le recité un verso de alguien sobre cómo se crece con el sufrimiento, y dijo:

—Si tú creces con el sufrimiento, yo ya debería ser tan grande como esta casa.

Cuando iba a la tienda a comprar pan y leche, los tipos que estaban allí entre cañas de pescar y barriles de melaza me decían:

—¿Qué coño haces en el bosque?

—Bueno, voy allí a estudiar.

—¿No eres ya algo mayor para ser estudiante?

—Bueno, a veces sólo voy allí a echar un sueñecito.

Pero yo les veía andar por el campo el día entero buscando algo que hacer para que sus mujeres creyeran que eran unos hombres muy ocupados y que trabajaban duro, y no me podían engañar. Sabía que en secreto lo que querían era ir a dormir al bosque, o simplemente sentarse sin hacer nada, como hacía yo sin que me diera vergüenza. Nunca me molestaron. ¿Cómo iba a contarles que mi sabiduría era el conocimiento de que la sustancia de mis huesos y de los suyos y de los huesos de los muertos en la tierra, que la lluvia por la noche es la sustancia común individual, perdurablemente tranquila y bendita? Que lo creyeran o no tampoco me importaba. Una noche con mi impermeable, sentado bajo un fuerte chaparrón, compuse una cancioncilla para acompañar el sonido de la lluvia en mi capucha de goma:

–Las gotas de lluvia son éxtasis, las gotas de lluvia no son diferentes que el éxtasis, ni el éxtasis es diferente que las gotas de lluvia, sí, el éxtasis es las gotas de lluvia. ¡Sigue lloviendo, oh, nube!

Así que cómo podía importarme lo que los viejos masticadores de tabaco de la tienda del cruce dijeran sobre mi mortal excentricidad; todos nos convertimos en lo mismo en la sepultura, además. Hasta me emborraché un poco con uno de esos viejos en una ocasión y anduvimos en coche por las carreteras de la zona y de hecho le expliqué cómo me sentaba en aquellos bosques a meditar y él lo entendió de verdad y dijo que le gustaría hacer la prueba si tuviera tiempo o consiguiera reunir el suficiente valor, y había algo de lúgubre envidia en su voz. Todo el mundo lo sabe todo.

21

Llegó la primavera después de intensas lluvias que lo barrieron todo; había charcos marrones por todas partes en los húmedos y marchitos campos. Fuertes vientos calientes empujaron nubes blancas como la nieve por delante del sol y el seco aire. Eran días dorados con una hermosa luna por la noche; hacía calor y una rana valiente croaba a las once de la noche en el Arroyo del Buda, donde yo había instalado mi nuevo lecho de paja debajo de un par de árboles retorcidos junto a un claro del pinar y una extensión de hierba seca y un delgado arroyuelo. Allí, un día, mi sobrinito Lou me acompañó y yo cogí un objeto del suelo y lo alcé en silencio, sentado debajo del árbol, y Lou, mirándome, preguntó:

–¿Qué es eso?

–Eso –le respondí y, con un movimiento nivelador de la mano, dije–: Tathata. –Repitiendo–: Eso... es *eso.*

Y sólo cuando le dije que era una piña consiguió formarse la idea imaginaria de la palabra «piña», pues, de hecho, como se dice en el sutra: «La Vacuidad es Discriminación.»

Y él dijo:

–La cabeza me saltó y los sesos se me retorcieron y luego los ojos empezaron a parecer pepinos y el pelo un remolino y el remolino me lamió la barbilla. –Luego añadió–: ¿Por qué no hago un poema? –Quería celebrar aquel momento.

–Muy bien, pero hazlo enseguida, al tiempo que caminas.

–De acuerdo... «Los pinos ondulan, el viento trata de susurrar algo, los pájaros dicen pío, pío, pío, y los halcones vuelan jark-jark-jark»... ¡Oye! ¡Estamos en peligro!

–¿Por qué?

–El halcón... ¡jark, jark, jark!

–¿Y qué?

–¡Jark! ¡Jark!... Nada.

Tiré de mi silenciosa pipa, en paz y calma el corazón.

Llamaba a mi nueva arboleda «La arboleda del árbol gemelo», debido a los dos troncos en los que me apoyaba y que se enredaban uno en otro; un abeto blanco brillando por la noche y que me mostraba a más de cien metros de distancia el sitio adonde iba, aunque el viejo Bob me mostraba el camino con su blancura a lo largo del oscuro sendero. Un sendero en el que una noche perdí el rosario que me había regalado Japhy, pero lo encontré al día siguiente justo en el sendero, imaginándome: «El Dharma no se puede perder, nada se puede perder en un sendero transitado.»

Entonces ya había mañanas de primavera con los perros felices, y yo olvidando la Senda del Budismo y limitándome a estar contento; observaba revolotear a los nuevos pajarillos todavía sin el grosor del verano; los perros bostezando y casi tragándose mi Dharma; la hierba meciéndose, las gallinas cloqueando. Noches de primavera practicando el Dhyana bajo la nebulosa luna. Veo la verdad:

«Aquí, esto, es *Eso*. El mundo, tal cual es, es el Cielo, y ando buscando un Cielo fuera de lo que hay, y sólo este mundo mezquino es el Cielo. ¡Ah, si pudiera comprender! ¡Si consiguiera olvidarme de mí mismo y encaminar mis meditaciones a la liberación, al despertar y a la bendición de todas las criaturas vivas, me daría cuenta de que lo que hay en todas partes *es* éxtasis!»

Tardes que se alargaban y yo simplemente sentado en la paja hasta que me cansaba de «pensar en nada» y me iba a dormir y tenía fugaces sueños como aquel tan raro que tuve una vez en que estaba en una especie de ático fantasmal y grisáceo arrastrando maletas de carne gris que me entregaba mi madre y yo me quejaba impaciente: «¡No quiero volver a bajar!» (a hacer ese trabajo mundano). Y sentía que entonces era un ser vacío llamado a disfrutar del éxtasis del auténtico cuerpo sin fin.

Días que seguían a días, y yo en mono, sin peinarme, casi sin afeitar, acompañado únicamente de perros y gatos, viviendo otra vez la felicidad de la niñez. Entretanto solicité y obtuve un puesto de vigilante de incendios para el verano en el Servicio Forestal, en el pico de la Desolación, en las Altas Cascadas, estado de Washington. Así que decidí que en marzo me instalaría en la cabaña de Japhy para estar más cerca de Washington cuando llegase el verano.

Los domingos por la tarde mi familia quería que fuera de paseo en coche con ellos, pero yo prefería quedarme en casa solo, y ellos se enfadaban y decían:

–Pero ¿qué es lo que te pasa?

Y los oía discutir en la cocina sobre la inutilidad de mi budismo, y luego todos subían al coche y se marchaban y yo iba a la cocina y cantaba: «Las mesas están vacías, todos se han ido», con la música de «You're Learning the Blues», de Frank Sinatra.

Me sentía loco de remate y de lo más feliz. Los domingos por la tarde, pues, iba a mi bosque con los perros y me sentaba y ponía las palmas de la mano hacia arriba y recibía puñados de ardiente sol en ellas.

«El nirvana es la pata que se mueve», decía, al ver la primera cosa que vi cuando abrí los ojos después de la meditación, y que era la pata de Bob moviéndose en la hierba mientras el perro soñaba. Después volví a casa por mi claro, puro, transitado sendero, esperando la noche en la que vería de nuevo a los innumerables budas ocultos en el aire a la luz de la luna.

Pero mi serenidad quedó definitivamente interrumpida debido a una curiosa discusión con mi cuñado; empezó a quejarse de que desataba a Bob y me lo llevaba al bosque.

–He gastado demasiado dinero en ese perro para que ahora vengas y lo sueltes.

–¿Te gustaría a ti estar sujeto a una cadena el día entero y llorar como este perro? –le dije.

–A *mí* no me molesta –respondió.

–Y a *mí* no me importa –añadió mi hermana.

Me enfadé tanto que me largué al bosque, y era un domingo por la tarde y decidí quedarme sentado allí sin cenar hasta medianoche, y entonces volver y recoger mis cosas y marcharme. Pero a las pocas horas mi madre ya me estaba llamando desde el porche trasero para que fuera a cenar, yo no quería ir y, por fin, el pequeño Lou vino hasta mi árbol y me pidió que volviera.

En el arroyo había ranas que croaban en los momentos más raros interrumpiendo mi meditación como a propósito, y una vez en pleno mediodía una rana croó tres veces y se quedó en silencio el resto del día, como tratando de explicarme La Triple Vía. Ahora la rana croó una vez. Sentí que era una señal que significaba la Única Vía de la Compasión, y volví decidido a olvidar todo el asunto; hasta mi pena por el perro. ¡Qué sueño tan triste e inútil! De nuevo en el bosque aquella misma noche, pasando las cuentas del rosario, formulé oraciones curiosas como éstas:

«Mi orgullo ha sido herido, eso es vacuidad; mi interés es el Dharma, eso es vacuidad; me siento orgulloso de mi afecto por los animales, eso es vacuidad; mi idea de la cadena, eso es vacuidad; la compasión de Ananda, hasta eso es vacuidad.»

Quizá si hubiera estado por allí un viejo maestro zen le habría dado una patada al perro encadenado para que todos tuvieran un súbito atisbo de iluminación. Me esforzaba por librarme de la idea de personas y perros, y de mí mismo. Me sentía profundamente dolido debido al molesto asunto aquel de intentar *negar* lo que era evidente. En cualquier caso, fue un tierno y leve drama de domingo en el campo.

«Raymond no quiere encadenar al perro.» Y entonces, de repente, bajo el árbol, de noche, tuve una idea asombrosa. «¡Todo está vacío, pero iluminado! Las cosas están vacías en el tiempo, el espacio y la mente.»

Lo concreté todo, y al día siguiente, sintiéndome muy alegre, consideré que había llegado el momento de explicárselo todo a mi familia. Se rieron más que otra cosa.

–¡Pero escuchad! ¡No! ¡Mirad! Si es muy fácil, dejad que os lo explique del modo más sencillo y conciso que pueda. Todas las cosas están vacías, ¿no es así?

–¿Qué quieres decir con vacías? ¿Acaso no tengo esta naranja en la mano?

–Está vacía, todo está vacío, las cosas vienen pero para irse, todas las cosas hechas tienen que deshacerse, y tienen que deshacerse simplemente *porque* fueron hechas.

Ni siquiera admitió esto nadie.

–Tú y tu Buda, ¿por qué no sigues la religión con la que naciste? –dijeron mi madre y mi hermana.

–Todo se va, se ha ido ya, ya ha venido y se ha ido –grité–. ¡Ah! –me alejé unos pasos, regresando enseguida–, y las cosas están vacías porque se manifiestan, ¿no es así? Las veis, pero están hechas de átomos que no se pueden medir ni pesar ni coger; hasta los científicos más tontos lo saben ahora. *No hay* nada que encontrar en los átomos más lejanos, las cosas sólo son disposiciones de algo que parece sólido al aparecer en el espacio, ni son verdaderas ni falsas, son pura y simplemente fantasmas.

–¡Fantasmas! –gritó asombrado el pequeño Lou. Estaba de acuerdo conmigo de verdad, pero le asustaba mi insistencia en los «fantasmas».

–Mira –dijo mi cuñado–, si las cosas están vacías, ¿cómo puedo sentir esta naranja? La saboreo y la trago, ¿no es así? Respóndeme a eso.

–Tu mente crea la naranja al verla, oírla, tocarla, olerla, gustarla y pensar en ella, pero sin esa mente, como tú la llamas, la naranja no sería vista, ni oída, ni gustada ni tan siquiera mentalmente apreciada, porque de hecho ¡esa naranja depende de tu mente para existir! ¿No lo ves? Por sí misma es una no-cosa, en realidad es algo mental, sólo la ve tu mente. En otras palabras: está vacía y despierta.

–Bien, aun siendo así, sigue sin interesarme.

Volví aquella noche al bosque lleno de entusiasmo y pensé:

«¿Qué significa que me encuentre en este mundo sin fin, pensando en que soy un hombre sentado bajo las estrellas en el techo del mundo y, sin embargo, en realidad vacío y alerta en medio de la vacuidad e iluminación de todo? Significa que estoy vacío e iluminado, que *sé* que estoy vacío, iluminado, y que no hay diferencia entre yo y todo lo demás. En otras palabras, significa que me he convertido en lo mismo que todo lo demás. Significa que me he convertido en un Buda.»

Lo sentí de verdad y creí en ello y me regocijé pensando en que tenía que contárselo a Japhy en cuanto volviera a California.

—Por lo menos, *me escuchará* —murmuré y sentía una gran compasión por los árboles: éramos la misma cosa; acaricié a los perros que nunca discutían conmigo. Todos los perros aman a Dios. Son más listos que sus amos. Se lo dije a los perros también, y me escuchaban con las orejas tiesas y lamiéndome la cara. Les daba igual una cosa que otra con tal de que yo siguiera allí. San Ramón de los Perros, eso es lo que fui aquel año, a no ser que fuera nadie o nada.

A veces en el bosque me limitaba a sentarme y a mirar las cosas tratando de adivinar el secreto de la existencia. Miraba los santos, los largos, los amarillos hierbajos doblados que ante mí constituían una estera de hierba Sede del Tathagata de la Pureza mientras señalaban en todas las direcciones y charlaban volubles cuando el viento dictaba Ta, Ta, Ta, en grupos chismosos con algunos de estos hierbajos solitarios orgullosos de mostrarse aparte, o enfermos y medio muertos y caídos, la entera congregación de los hierbajos vivos al viento de pronto sonando como campanas y saltando excitados y todo amarillo y pegado a la tierra y pienso *Esto es.*

—Rop rop rop —grito a los hierbajos, y se muestran a barlovento alargando sondas inteligentes para señalar y tentar y engañar; algunos introduciendo en la florecida imaginación la perturbadora idea, húmeda de tierra, de que habían convertido en karma sus propias raíces y tallos... Era mágico. Me duermo y sueño las palabras: «Gracias a estas enseñanzas, la tierra llegará a su fin», y sueño que mamá asiente solemnemente con toda la cabeza, ejem, y los ojos cerrados. ¿Qué me importaban todas aquellas molestas heridas y aburridas inquietudes del mundo? Los huesos humanos no son más que vanas líneas que se desvanecen, el universo entero un vacío molde de estrellas.

«Soy una Rata Bhikkhu Vacía», soñé.

¿Qué me importaba el graznido del pequeño uno mismo que vaga por todas partes? Me ocupaba de la manifestación, desasimiento, separación, surgimiento, aparición, rechazo, inanidad, alejamiento, extinción del rompimiento con todo, fuera, fuera, atrás, chas, chas.

«El polvo de mi pensamiento reunido dentro de un globo –pensé–, en esta soledad sin tiempo», y en realidad sonreí porque al fin estaba viendo la blanca luz en todas partes, en todas las cosas.

El viento cálido hizo hablar profundamente a los pinos una noche en que empezaba a experimentar lo que se llama «Samapatti», que en sánscrito significa Visitas Trascendentales. Tenía la mente un tanto adormecida, pero físicamente estaba despierto del todo allí sentado derecho bajo mi árbol cuando, de repente, vi flores, montañas de ellas color rosa, rosa salmón, en el chisss del silencioso bosque (conseguir el nirvana es como localizar el silencio) y vi una antigua visión del Dipankara Buda que era el Buda que nunca decía nada, a Dipankara como una enorme y nevada Pirámide Buda con espesas y negras cejas enmarañadas, igual que John L. Lewis, y una mirada terrible, todo en un sitio antiguo, un campo antiguo nevado como Alban («Un *nuevo* campo», había gritado la predicadora negra), toda la visión erizándome el pelo. Recuerdo el extraño y mágico grito final que evocó en mí, signifique lo que signifique: *Colyalcolor*. Y aquélla, la visión, estaba desprovista de cualquier sensación de ser yo mismo, era pura ausencia de ego, simplemente unas actividades etéreas e indómitas desprovistas de cualquier predicado dañino... desprovistas de esfuerzo, desprovistas de error.

«Todo es perfecto –pensé–. La forma es vacuidad y la vacuidad es forma, y estamos aquí para siempre en una u otra forma, que es vacía. Lo que los muertos han conseguido: este rico murmullo silencioso de la Pura Tierra Iluminada.»

Tuve ganas de gritar por encima de los bosques y los techos de Carolina del Norte anunciando la verdad simple y gloriosa. Luego dije:

–Tengo la mochila preparada y es primavera, voy a ir al Sudoeste, a las tierras secas, a la extensa y solitaria región de Texas y Chihuahua y a las alegres calles nocturnas de México, con música saliendo por las puertas, chicas, vino, hierba, grandes sombreros, ¡viva! ¿Qué importa? Como las hormigas, que no tienen nada que hacer y se pasan el día entero atareadas, yo no tengo que hacer nada más que lo que quiera y ser amable y, con todo, mantenerme sin influencias de las consideraciones imaginarias y rezar por la luz.

Sentado, pues, en mi árbol-Buda, en aquel «colyalcolor» de flores rosas y rojas y blanco marfil, entre bandadas de mágicas aves transcendentes reconociendo la iluminación de mi mente con suaves y misteriosos cantos (la alondra sin rumbo), en el perfume etéreo, misteriosamente antiguo, y la beatitud de los campos-Buda, vi que mi vida era una resplandeciente página en blanco y que podía hacer todo lo que quisiera.

Algo extraño sucedió al día siguiente que ilustró el auténtico poder que había obtenido de estas mágicas visiones. Mi madre llevaba cinco días tosiendo y la nariz le chorreaba y ahora empezaba a dolerle la garganta tanto que sus toses resultaban penosas y me sonaban muy mal. Decidí sumirme en un profundo trance y autohipnotizarme, recordándome: «Todo está vacío e iluminado», para averiguar el origen y curar la enfermedad de mi madre. Al instante, en mis ojos cerrados, tuve la visión de una botella de brandy que luego vi que era Heet, un medicamento para friegas, y encima de eso, superpuesto como en un fundido cinematográfico, distinguí claramente un cuadro de unas florecillas blancas, redondas, de pétalos pequeños. Al instante me levanté, era medianoche, mi madre tosía en la cama, y salí y cogí varios floreros con capullos que mi hermana había colocado por la casa la semana anterior y los saqué fuera. Luego cogí un poco de Heet del armario de las medicinas y le dije a mi madre que se frotara la garganta. Al día siguiente la tos había desaparecido. Posteriormente, cuando ya me había ido al Oeste haciendo autostop, una enfermera amiga nuestra oyó la historia y dijo:

—Sí, eso suena como a alergia a las flores.

Durante esa visión y esas actividades comprendí de modo perfectamente claro que la gente enferma al utilizar las coyunturas físicas para castigarse a sí misma, debido a su naturaleza autorreguladora de Dios, o su naturaleza de Buda, o su naturaleza de Alá, o de cualquier nombre que se quiera dar a Dios, y que todo funciona automáticamente de esa manera. Éste fue el primer y último «milagro» porque temí interesarme demasiado por estas cosas y envanecerme. También estaba un poco asustado de tanta responsabilidad.

Todos los de mi familia se enteraron de mi visión y de lo que había hecho, pero no pareció interesarles demasiado; de hecho, tampoco me interesó a mí. Y eso estaba bien. Ahora era muy rico, un supermultimillonario en gracias transcendentales Samapatti, a causa de un karma bueno y humilde, quizá porque me había compadecido del perro y perdonado a los hombres. Pero también sabía que era un heredero bienaventurado, y que el pecado final, el peor, es la integridad. Así que terminaría con aquello y me lanzaría a la carretera e iría a ver a Japhy. «No dejes que las penas te vuelvan malo», canta Frank Sinatra. Durante mi última noche en el bosque, la víspera de mi marcha a dedo, oí la palabra «cuerpo astral», que se refería a que las cosas no deben hacerse desaparecer, sino que debe hacerse que despierten a su auténtico cuerpo, a su cuerpo astral, supremamente puro. Vi que no había que hacer nada porque nunca pasa nada ni nunca pasará nada: todas las cosas son luz vacía. Así que me fui muy fortalecido, con mi mochila, dando un beso de adiós a mi madre. Se había gastado cinco dólares en poner unas medias suelas nuevas de goma con refuerzo a mis viejas botas y ahora estaba perfectamente preparado para el trabajo del próximo verano en la montaña. Nuestro viejo amigo Tom, el tendero, un auténtico personaje, me llevó en su vehículo hasta la Autopista 64 y allá nos dijimos adiós con la mano y empecé a hacer autostop para recorrer los cinco mil kilómetros de vuelta a California. Regresaría de nuevo a casa las próximas Navidades.

22

Entretanto, Japhy estaba esperándome en su agradable y pequeña cabaña de Corte Madera, California. Se había instalado en la finca de Sean Monahan, en una cabaña de troncos construida detrás de una hilera de cipreses sobre una escarpada colina cubierta de hierba, y también de eucaliptos y pinos, detrás de la casa principal de Sean. La cabaña había sido levantada por un viejo para morir dentro de ella, años atrás. Estaba bien construida. Fui invitado a ir a vivir allí y quedarme todo el tiempo que quisiera, y sin pagar alquiler. La cabaña la había hecho habitable, tras años de abandono, Whitey Jones, cuñado de Sean Monahan, un tipo joven y muy buen carpintero, que había puesto arpillera cubriendo las paredes de madera e instalado una buena estufa de leña y una lámpara de petróleo y luego nunca vivió allí, pues tuvo que irse a trabajar lejos del pueblo. Conque Japhy se trasladó allí para terminar sus estudios y llevar una maravillosa vida solitaria. Si alguien quería verlo, tenía que subir la empinada pendiente. En el suelo había esteras de esparto y Japhy me dijo en una carta:

«Me siento y fumo una pipa y tomo té y oigo al viento azotar las delgadas ramas de los eucaliptos semejantes a látigos, y rugir a las hileras de cipreses.»

Se quedaba allí hasta el 15 de mayo, fecha en que zarparía para Japón, donde le había invitado una fundación americana para que estuviera en un monasterio y estudiara con un maestro.

«Entretanto —escribía Japhy—, puedes venir a compartir la lóbrega cabaña de un salvaje, con vino, y chicas los fines de semana y buena comida y un fuego de leña. Monahan nos dará dinero para comer a cambio de que le cortemos unos cuantos árboles de su cercado y hagamos leña con ellos y te enseñaré a ser leñador.»

Durante aquel invierno, Japhy había ido en autostop a

su pueblo natal del Noroeste; había atravesado la nieve Portland arriba, más allá de la zona de los glaciares azules, y finalmente estuvo en la granja de un amigo, en el norte de Washington, un sitio llamado Nooksack Valley, donde se quedó una semana en una destartalada cabaña de recogedor de fresas escalando, además, algunos de los montes próximos. Nombres como «Nooksack» y «Parque Nacional del Monte Baker», excitaban mi imaginación al evocar las hermosas y cristalinas visiones de nieve y hielo y pinos del lejano Norte de mis sueños infantiles... Pero ahora estaba allí de pie, en una carretera bajo el calor de abril, en Carolina del Norte, esperando que me cogiera alguien. Enseguida pasó un estudiante que me llevó hasta un pueblo llamado Nashville, en pleno campo, donde me asé al sol durante media hora antes de que me recogiera un taciturno, aunque amable, oficial del ejército que me llevó directamente hasta Greenville, en Carolina del Sur. Tras todo aquel invierno y parte de la primavera de increíble paz durmiendo en el porche y descansando en el bosque, las molestias del autostop me resultaban peores que nunca, un auténtico infierno. De hecho, en Greenville tuve que caminar inútilmente unos cinco kilómetros bajo el ardiente sol, perdido en un laberinto de calles, buscando una determinada autopista, y pasé delante de una especie de fragua donde había tipos de color muy negros y sudorosos y cubiertos de carbón, y grité: «¡De repente estoy otra vez en el infierno!» cuando noté la oleada de calor.

Pero en la carretera empezó a llover y tras unas cuantas etapas me encontré, en plena noche de lluvia, en Georgia, donde descansé sentado encima de la mochila bajo el alero de unos viejos almacenes y bebí media botella de vino. Era una noche lluviosa, nadie me recogió. Cuando apareció el autobús Greyhound, lo paré y fui en él hasta Gainesville. En Gainesville pensé dormir junto a la vía del tren un rato, pero estaba a casi dos kilómetros, y justo cuando decidí dormir en la estación, pasó una cuadrilla de ferroviarios camino del trabajo y me vieron, así que me retiré a un sitio apartado de las vías, pero el coche de la policía andaba por allí (probablemente le habían hablado de mí los ferroviarios, o no le habían hablado), y tuve que irme; en cualquier caso había muchos mosquitos, y volví a la ciudad y me quedé esperando a que me recogiera alguien a las luces brillantes de los restaurantes del centro, y los policías sin duda me veían y sin embargo no me hicieron preguntas ni me molestaron.

Pero nadie me cogía, y como empezaba a amanecer, me fui a dormir por cuatro dólares a un hotel y me duché y descansé. Pero ¡otra vez sentí la sensación de abandono y soledad que tuve en Navidades durante mi viaje de vuelta al Este! De lo único que estaba de verdad orgulloso era de mis nuevas medias suelas y de mi mochila. Por la mañana, después de desayunar en un siniestro restaurante con ventiladores en el techo y muchas moscas, me dirigí a la ardiente carretera y conseguí que un camionero me llevara a Flowery Branch, Georgia; unos cuantos viajes más me llevaron a través de Atlanta hasta un pueblecito llamado Stonewall, donde me recogió un sureño enorme y muy gordo con sombrero de ala ancha que apestaba a whisky y todo el tiempo contaba chistes y se volvía a mirarme para ver si me reía, mientras lanzaba el coche contra los blandos terraplenes que bordeaban la carretera y dejaba grandes nubes de polvo a nuestra espalda, así que bastante antes de que llegara a su destino, le rogué que parara y le dije que quería bajarme a comer algo.

—Estupendo, muchacho, comeré algo también y luego otra vez en marcha. —Estaba borracho y conducía muy deprisa.

—Bien, tengo que ir al retrete —dije arrastrando las palabras.

La experiencia me había jodido, así que decidí mandar a la mierda el autostop. Tenía bastante dinero para coger un autobús hasta El Paso, y desde allí me dedicaría a saltar a los mercancías de la Southern Pacific que son diez veces más seguros. Además, la idea de ir directamente hasta El Paso, Texas, bajo los claros cielos azules del seco Sudoeste y los interminables desiertos donde dormir, sin bofia, me decidió. Estaba ansioso por encontrarme lejos del Sur, lejos de aquella Georgia de esclavos.

El autobús llegó a las cuatro en punto y estábamos en Birmingham, Alabama, en plena noche, y allí esperé el próximo autobús en un banco tratando de dormir con los brazos apoyados en la mochila, pero permanecí despierto contemplando cómo pululaban los pálidos fantasmas de las estaciones de autobuses americanas: de hecho, una mujer pasó a mi lado como una voluta de humo, y quedé definitivamente seguro de que no existía. En la cara se le reflejaba la fe fantasmal en lo que estaba haciendo... Y en la mía, por la misma razón, también. Después de Birmingham, enseguida se hallaba Louisiana y luego los campos petrolíferos del este de Texas, luego Dallas, luego un día entero de viaje en un autobús abarrotado de reclutas a través de la inmensa extensión de Texas hasta El Paso, adonde llegamos hacia medianoche, y por entonces yo estaba tan agotado que lo único que quería era dormir. Pero no fui a un hotel, tenía que mirar por el dinero, y me eché la mochila a la espalda y me dirigí directamente hacia la estación de ferrocarril para extender mi saco de dormir en algún sitio cerca de las vías. Fue entonces, aquella noche, cuando comprendí el sueño que me había hecho comprar la mochila totalmente equipada.

Fue una noche maravillosa y tuve el sueño más maravilloso de mi vida. Primero fui hasta las vías y anduve por allí cautelosamente, detrás de las hileras de vagones, y al llegar al extremo oeste de la estación seguí caminando porque, de pronto, en la oscuridad, vi un desierto allí delante. Distinguía rocas, arbustos secos, montañas cercanas; todo vago a la luz de las estrellas.

«¿Por qué andar por viaductos y raíles? –pensé–. Lo único que tengo que hacer es caminar un poco y estaré fuera del alcance de los vigilantes de la estación y, por lo mismo, de los vagabundos.»

Seguí caminando por la senda principal unos cuantos kilómetros y enseguida estuve a campo abierto en pleno desierto. Mis gruesas botas eran perfectas para caminar entre maleza y piedras. Era cerca de la una de la madrugada y deseaba dormir para dejar atrás el largo viaje desde Carolina. Por fin vi una montaña a la derecha y me gustó, después de haber pasado por un largo valle con muchas luces, sin duda una cárcel o penal. «No te acerques por ahí, chaval», pensé, y luego subí por el cauce seco de un arroyo; a la luz de las estrellas, la arena y las rocas eran blancas. Subí y subí.

De pronto, me sentí encantado al darme cuenta de que estaba completamente solo y a salvo y de que nadie me iba a despertar en toda la noche. ¡Una revelación asombrosa! Y además, en la mochila tenía todo lo que necesitaba; había llenado de agua fresca mi botella de plástico en la estación de autobuses antes de ponerme en marcha. Seguí subiendo por el cauce, así que cuando al fin me di la vuelta y miré hacia atrás, distinguí todo México, todo Chihuahua, el reluciente desierto de arena brillando bajo una luna que se ponía y que era enorme y brillaba justo encima de las montañas de Chihuahua. Las vías de la Southern Pacific corren paralelas al río Grande hasta más allá de El Paso, así que desde donde estaba, en el lado estadounidense, distinguía justo hasta el río que separa los dos países. La arena del *arroyo* era suave y sedosa. Desplegué mi saco de dormir y me descalcé y bebí un trago de agua y encendí la pipa y me crucé de piernas y me sentí contento. Ni el menor sonido; en el desierto todavía era invierno. Muy lejos, sólo el ruido de la estación donde maniobraban con los vagones haciendo tremendos *poms* que despertaban a todo El Paso, pero no a mí. Mi única compañía era aquella luna de Chihuahua que se iba hundiendo más y más según la miraba, perdiendo su blanca luz y poniéndose más y más amarilla. Sin embargo, cuando me di la vuelta para dormirme, brillaba como un foco en la cara y tuve que esconderla para poder dormir. Siguiendo con mi costumbre de poner nombre a los sitios, llamé «Quebrada del apache» a éste. De hecho, dormí bien.

Por la mañana descubrí el rastro de una serpiente de cascabel en la arena, pero podría ser del verano anterior. Había bastantes pisadas de botas de cazador. El cielo era de un azul resplandeciente aquella mañana, el sol calentaba, había muchas ramas secas para encender una hoguera. Tenía latas de cerdo y judías en mi espaciosa mochila. Desayuné como un duque. El único problema era el agua, pensé, pues me la había bebido toda y el sol calentaba y tenía sed. Subí por el seco arroyo arriba para explorarlo y llegué hasta su nacimiento, una sólida pared de roca a cuyo pie la arena era todavía más blanda y suave que la de la noche anterior. Decidí acampar allí aquella noche, después de un día muy agradable en el viejo Juárez disfrutando con las iglesias y las calles y la comida mexicana. Durante un rato pensé en dejar la mochila escondida entre las piedras, pero aun siendo poco probable, podía pasar por allí un viejo vagabundo o un cazador y encontrarla, así que me la eché a la espalda y bajé por el cauce seco del arroyo hasta la senda y caminé por ella los cinco kilómetros hasta El Paso, y dejé la mochila por veinticinco centavos en la consigna de la estación del ferrocarril. Luego crucé la ciudad caminando y llegué a la frontera, pagué veinte centavos y pasé al otro lado.

Terminó por ser un día enloquecido, aunque empezó de un modo bastante sensato en la iglesia de Santa María de Guadalupe, luego di un paseo por el mercado indio y me senté en los bancos del parque entre los alegres e infantiles mexicanos, pero después vinieron los bares y unas cuantas copas de más y grité en español a los bigotudos peones mexicanos:

—¡Todas las granas de arena del desierto de Chihuahua son vacuidad!

Y finalmente me uní a un grupo de siniestros apaches mexicanos muy raros que me llevaron a su churretosa chabola de piedra y me pasaban tila a la luz de unas velas e invitaron a sus amigos y todo era un montón de cabezas difuminadas por la luz de las velas y el humo. De hecho me desagradó el sitio y recordé mi perfecta quebrada de arena blanca y el sitio donde dormiría aquella noche y me despedí. Pero no querían que me fuera. Uno de ellos me robó unas cuantas cosas de mi bolsa de la compra, pero no me importó. Uno de los chicos mexicanos era marica y se había enamorado de mí y quería acompañarme a California. En Juárez ya era de noche; todos los clubs nocturnos resonaban. Fuimos a tomar una cerveza a uno donde sólo había soldados negros despatarrados con chicas en sus rodillas, un bar demencial, con rock and roll en la máquina de discos, algo así como un paraíso. El chico mexicano quería que saliéramos a la calle y chistara a los muchachos americanos y les dijera que sabía dónde había chicas.

—Y entonces yo me los llevo a mi habitación, chisss, *¡y nada de chicas!* —dijo el mexicano.

No pude deshacerme de él hasta la frontera. Nos dijimos adiós. Pero aquélla era la ciudad del mal y yo tenía a mi santo desierto esperándome.

Crucé la frontera caminando ansiosamente y atravesé El Paso y fui a la estación de ferrocarril, recogí la mochila, lancé un gran suspiro, y anduve sin pausa aquellos cinco kilómetros hasta el arroyo, que era bastante fácil de reconocer a la luz de la luna, y subí, mis pies haciendo aquel solitario zuap zuap de las botas de Japhy, y me di cuenta que sin duda había aprendido de Japhy el modo de expulsar a los demonios del mundo y la ciudad y de encontrar mi alma auténtica y pura, siempre que tuviera una mochila decente a la espalda. Volví a mi campamento y extendí el saco de dormir y di las gracias al Señor por todo lo que me estaba dando. En aquel momento, el recuerdo de toda aquella larga y siniestra tarde fumando marihuana con mexicanos de sombrero ladeado en un sórdido cuarto a la luz de unas velas era como un sueño, un mal sueño, igual que uno de mis sueños sobre la paja en el Arroyo del Buda, Carolina del Norte. Medité y recé. No existe en el mundo ningún lugar donde se pueda dormir tan bien como de noche en el desierto, en invierno, provisto de un buen saco de dormir caliente de pluma de pato. El silencio es tan intenso que uno puede oír rugir a su propia sangre en los oídos, aunque más fuerte que eso, y con mucho, es el misterioso ruido que yo siempre identifico con el ruido del diamante de la sabiduría, el misterioso sonido del propio silencio que es un gran Chssssssss que recuerda algo que parece haberse olvidado a causa de la tensión, algo que remite a los días del nacimiento. Me gustaría poder explicárselo a las personas a quienes quiero, a mi madre, a Japhy, pero no existen palabras que describan su nada y su pureza.

«¿Existe una verdad indudable y definida que se pueda enseñar a todos los seres vivos?», era la pregunta que probablemente se hacía Dipankara, el de grandes cejas nevadas, y su respuesta era el rumoroso silencio del diamante.

23

Por la mañana tenía que lanzarme a la carretera o nunca llegaría a la acogedora cabaña de California. Me quedaban unos ocho dólares del dinero en metálico que llevaba conmigo. Bajé hasta la autopista y empecé a hacer autostop, esperando tener suerte enseguida. Me recogió un viajante. Dijo:

–Aquí, en El Paso, tenemos trescientos sesenta días al año de un sol magnífico y mi mujer se acaba de comprar un aparato para secar la ropa.

Me llevó hasta Las Cruces, Nuevo México, y allí crucé caminando el pueblo, siguiendo la autopista, y llegué al otro extremo y vi un viejo y hermoso árbol enorme y decidí tumbarme allí a descansar.

«Dado que se trata de un sueño que ya ha terminado, he llegado ya a California; por tanto, decido descansar debajo de este árbol hasta el mediodía», cosa que hice, tumbado; hasta eché una siestecita; muy agradable todo.

Después me levanté y fui hasta el puente del tren, y justo entonces me vio un tipo y dijo:

—¿Le gustaría ganar un par de dólares a la hora ayudándome a transportar un piano?

Necesitaba el dinero y dije que sí. Dejamos mi mochila en su depósito de mudanzas y fuimos con su camioneta hasta una casa de las afueras de Las Cruces, donde había un grupo de personas bastante agradables de clase media charlando en el porche, y el tipo y yo nos bajamos de la camioneta con la carretilla de mano y las almohadillas y sacamos el piano, también un montón de muebles, y luego lo llevamos todo a su nueva casa y lo metimos dentro y eso fue todo. Dos horas, me dio cuatro dólares y fui a un restaurante de camioneros y cené como un duque y todo estaba bien por aquella tarde y aquella noche. Justo entonces se detuvo un coche, conducido por un enorme texano con sombrero, con una joven pareja mexicana con pinta de pobres en el asiento de atrás, la chica tenía un niño en brazos, y me ofreció llevarme hasta Los Ángeles por diez dólares.

—Le daré todo lo que tengo, que son sólo cuatro dólares —le dije.

—Bueno, maldita sea, suba de todos modos.

Hablaba y hablaba y condujo toda la noche a través de Arizona y el desierto de California y me dejó a la entrada de Los Ángeles a un tiro de piedra de la estación del tren a las nueve en punto de la mañana, y el único desastre consistió en que aquella pobre mujer mexicana tiró algo de la comida del niño encima de mi mochila que estaba en el suelo del coche y tuve que limpiarla enfadado. Pero había sido gente bastante agradable. De hecho, mientras atravesábamos Arizona les expliqué algo de budismo, en especial les hablé del karma, la reencarnación, y todos parecían encantados de oírme.

—O sea, ¿que hay posibilidad de volver a intentarlo de nuevo? —preguntó el pobre mexicanito que estaba todo vendado debido a una pelea que había tenido en Juárez la noche anterior.

—Eso es lo que dicen.

—Muy bien, maldita sea, la próxima vez que nazca espero no ser el mismo que ahora.

Y en cuanto al enorme texano, si había alguien que necesitara otra oportunidad, ese alguien era él: sus historias duraron toda la noche y siempre eran sobre cómo había zurrado a tal o cual por esto o lo otro. Por lo que contó, había dejado fuera de combate a tipos suficientes como para formar un vengativo ejército de fantasmas afligidos que arrasara Texas. Pero me di cuenta de que más que otra cosa era un mentiroso y no creí ni la mitad de las cosas que contaba y hacia medianoche dejé de escucharle. Ahora, a las nueve de la mañana, en Los Ángeles, me dirigí caminando a la estación, desayuné donuts y café en un bar sentado en la barra, mientras charlaba con el encargado, un italiano que quería saber lo que andaba haciendo por allí con aquella mochila tan grande, luego fui a la estación y me senté en la hierba mirando cómo formaban los trenes.

Orgulloso porque en otro tiempo había sido guardafrenos, cometí el error de andar junto a las vías con la mochila a la espalda charlando con los guardagujas, informándome del próximo tren de cercanías, cuando de repente llegó un guardia enorme y muy joven y muy alto con una pistola a la cadera, balanceándose dentro de una cartuchera, como el sheriff de Cochise y Wyatt Earp de la televisión, y mirándome fríamente desde detrás de sus gafas de sol me ordenó apartarme de las vías. Volví a la carretera mientras él me seguía con la mirada con los brazos en jarras. Cabreado, seguí carretera abajo y salté de nuevo la valla de la estación y me quedé tumbado un rato en la hierba. Luego me senté, mordisqueé una hierbecita, pero siempre manteniéndome agachado y a la espera. Enseguida oí unos pitidos agudos y supe que el tren estaba listo y salté por encima de unos vagones llegando al tren que me interesaba. Subí al tren, que ya se ponía en marcha, y la estación de Los Ángeles iba quedando atrás y yo permanecía tumbado allí con la hierbecilla en la boca, siempre bajo la inolvidable mirada del vigilante, que ahora tenía también los brazos en jarras, pero por un motivo diferente. De hecho, hasta se rascó la cabeza.

El cercanías iba a Santa Bárbara donde fui a la playa, nadé un poco y calenté algo de comida en una hoguera que hice en la arena, regresando a la estación con tiempo de sobra para coger El Fantasma de Medianoche. El Fantasma de Medianoche está compuesto básicamente por vagones descubiertos con remolques de camión sujetos a ellos con cables de acero. Las enormes ruedas de los remolques quedan encajadas en bloques de madera. Como siempre apoyo la cabeza en estos bloques, diría adiós a Ray si se produjera un choque. Consideré que si mi destino era morir en el Fantasma de Medianoche, no por eso dejaría de ser mi destino. Consideré también que había unas cuantas cosas que Dios quería que hiciera todavía. El Fantasma llegó a la hora justa y salté a uno de los vagones, me instalé debajo de un remolque, extendí mi saco de dormir, metí las botas entre la chaqueta enrollada que me servía de almohada, me relajé y suspiré. Zum, estábamos en marcha. Y entonces entendí por qué los vagabundos lo llaman el Fantasma de Medianoche, pues, agotado, en contra de cualquier consejo, me quedé dormido y sólo desperté bajo el resplandor de las luces de la oficina de la estación de San Luis Obispo, una situación realmente peligrosa, pues el tren se había parado en el peor sitio. Pero no había ni un alma a la vista, era plena noche, y además precisamente entonces, cuando me desperté de mi perfecto sueño, se oyeron pitidos repetidos delante y ya nos alejábamos de allí, exactamente igual que fantasmas. Y no me desperté hasta casi San Francisco, ya por la mañana. Me quedaba un dólar y Japhy me estaba esperando en la cabaña. El viaje entero había sido rápido y esclarecedor como un sueño, y estaba de regreso.

24

Si los Vagabundos del Dharma llegan a tener alguna vez aquí, en América, hermanos legos que lleven vidas normales con sus mujeres y sus hijos y sus casas, serán como Sean Monahan.

Sean era un joven carpintero que vivía en una vieja casa de madera de lo alto del camino forestal que partía de las amontonadas casas de Corte Madera; conducía un viejo trasto, había añadido él solo un porche a la casa para que sirviera de cuarto de jugar a sus hijos, y había elegido una mujer que estaba de acuerdo con él en todos los detalles acerca de cómo disfrutar de la vida con poco dinero. A Sean le gustaba tomarse días libres y dejar el trabajo sólo para subir a la cabaña de la colina, que pertenecía a la finca que tenía arrendada, y pasarse el día meditando y estudiando los sutras budistas y tomando tazas de té y durmiendo la siesta. Su mujer era Christine, una chica muy guapa, con un pelo rubio como la miel que le caía encima de los hombros, que andaba descalza por la casa y el terreno tendiendo la ropa y cociendo su propio pan y pasteles. Era experta en preparar una comida con nada. El año anterior, Japhy le había regalado por su cumpleaños una bolsa de cinco kilos de harina, y les encantó el regalo. En realidad, Sean era un patriarca de la antigüedad; aunque sólo tenía veintidós años, llevaba una larga barba como la de San José, y entre ella podían vérsele sus blancos dientes de perla cuando sonreía, y brillar sus jóvenes ojos azules. Ya tenían dos hijitas, que también andaban descalzas por la casa y el terreno y empezaban a saber cuidar de sí mismas. La casa de Sean tenía esteras de esparto por el suelo, y también se rogaba al que entraba en ella que se descalzase. Tenía montones de libros y su único lujo era un aparato de alta fidelidad donde ponía su excelente colección de discos indios y de flamenco y de jazz. Tenía hasta discos chinos y japoneses. La mesa para comer era baja, lacada en negro, una mesa de estilo japonés, y para comer en casa de Sean uno no sólo tenía que quedarse en calcetines, también debía sentarse en las esteras como pudiera. Christine era buenísima haciendo sopas y bizcochos deliciosos.

Cuando llegué allí aquel mediodía, después de apearme del autobús y de subir como un par de kilómetros por la cuesta de alquitrán, Christine me obligó a sentarme inmediatamente delante de una sopa caliente y un pan también caliente con mantequilla. Era una criatura adorable.

—Sean y Japhy están trabajando en Sausalito. Volverán a casa hacia las cinco.

—Voy a subir a la cabaña y echar una ojeada y esperaré allí.

—Bueno, pero si quieres puedes quedarte aquí y poner el tocadiscos.

—Temo estorbarte.

—No me estorbarás, todo lo que tengo que hacer es tender esta ropa y preparar algo de pan para esta noche y remendar unas cuantas cosas.

Con una mujer como ésta, Sean, que sólo trabajaba ocasionalmente de carpintero, había conseguido reunir unos cuantos miles de dólares en el banco. Y, lo mismo que un patriarca de la antigüedad, era generoso, siempre insistiendo en darte de comer, y si había doce personas en la casa, organizaba un banquete (sencillo pero delicioso) en la mesa de fuera, y siempre con un garrafón de vino tinto. Sin embargo, era un arreglo colectivo; era muy estricto con respecto a eso; hacía una colecta para el vino, y si venía gente, como siempre sucedía, a pasar un largo fin de semana, se esperaba que trajeran comida o dinero para comida. Luego, por la noche, bajo los árboles y las estrellas de su terreno, con todo el mundo bien alimentado y bebiendo vino tinto, Sean sacaba su guitarra y cantaba canciones folk. Cuando me cansaba de aquello, subía a la colina y me iba a dormir.

Después de almorzar y hablar un rato con Christine, subí a la colina. La ladera, muy empinada, se iniciaba casi en la misma puerta de atrás. Había grandes abetos y otras clases de pináceos, y en la finca pegada a la de Sean, un prado de ensueño con flores silvestres y dos hermosos bayos cuyos esbeltos cuellos se inclinaban sobre la jugosa hierba bajo el caliente sol.

«¡Muchacho, esto va a ser todavía mejor que el bosque de Carolina del Norte!», pensé, empezando a subir. En la ladera era donde Sean y Japhy habían talado tres eucaliptos enormes y los habían cortado (excepto los troncos) con una sierra mecánica. Ahora los troncos estaban preparados y vi que habían empezado a partirlos con cuñas y mazas y hachas de doble filo. La pequeña senda que subía a la colina era tan empinada que casi había que doblarse hacia adelante y caminar como un mono. Luego seguía una hilera de cipreses plantados por el anciano que había muerto en la colina años atrás. Esta hilera protegía de los vientos fríos y de las nieblas procedentes del océano que azotaban la finca. La ascensión se hacía en tres etapas: primero estaba la cerca trasera de Sean; luego, otra cerca, que formaba un pequeño parque de venados donde en realidad una noche vi venados, cinco, descansando (la zona entera era una reserva de caza mayor); y después, la cerca final y la cima de la colina cubierta de hierba con una brusca hondonada a la derecha donde la cabaña resultaba difícilmente visible bajo los árboles y los arbustos floridos. Detrás de la cabaña, una construcción sólida de tres grandes habitaciones de las que Japhy sólo ocupaba una, había mucha leña, un caballete para serrar y hachas y un retrete sin techo, simplemente un agujero en el suelo y unas tablas. Era como la primera mañana del mundo en un sitio maravilloso, con el sol filtrándose a través del denso mar de hojas, y pájaros y mariposas revoloteando, calor y suavidad, el olor de los brezos y las flores de más allá de la cerca de alambre de espino que llevaba hasta la cima de la montaña y mostraba un panorama de toda la zona de Marin County. Entré en la cabaña.

Encima de la puerta había una tabla con caracteres chinos; nunca supe lo que decía; probablemente: «¡Mara, fuera de aquí!» (Mara el Tentador). Dentro admiré la hermosa simplicidad del modo de vivir de Japhy, limpio, sensible, extrañamente rico sin haber gastado nada en la decoración. Viejos floreros de barro estallaban de ramilletes de flores cogidas en el terreno de alrededor. Sus libros ordenadamente dispuestos en las cestas de naranjas. El suelo cubierto por esteras muy baratas. Las paredes, como dije, recubiertas de arpillera, que es uno de los papeles pintados mejores que se pueden encontrar, muy atractivo y de olor agradable. Encima de la estera de Japhy había un delgado colchón con un chal de lana escocesa de Paisley tapándolo, y sobre todo eso, cuidadosamente enrollado durante el día, su saco de dormir. Detrás de una cortina de arpillera, en un armario, estaban su mochila y otros trastos, fuera de la vista. De la arpillera de la pared colgaban hermosos grabados de antiguas pinturas chinas sobre seda, y mapas de Marin County y del noroeste de Washington y varios poemas escritos por Japhy y sujetos con chinchetas para que los leyera todo el que quisiera. El último poema superpuesto encima de los demás decía:

«Justo acaba de empezar con un colibrí deteniéndose encima del porche dos metros más allá de la puerta abierta. Luego se fue, interrumpiendo mi estudio, y vi el viejo poste de pino inclinado sobre el suelo, enredado en el gran arbusto de flores amarillas, más alto que yo, que tengo que apartar cada vez que entro. El sol formando una telaraña de sombras al atravesar sus ramas. Los gorriones coronados de blanco cantan incesantes en los árboles; un gallo, allá abajo en el valle, cacarea y cacarea. Sean Monahan, ahí fuera, a mis espaldas, lee el Sutra del Diamante al sol. Ayer leí *Migración de las aves*. La dorada avefría y la golondrina del Ártico son hoy esa gran abstracción a mi puerta, porque los jilgueros y petirrojos pronto se irán y los que cogen nidos se llevarán toda la nidada, y pronto, un día brumoso de abril, llegará el calor a la colina, y sin ningún libro, sabré que las aves marinas persiguen la primavera hacia el norte a lo largo de la costa:

161

anidarán en Alaska dentro de seis semanas.» Y lo firmaba: «Japhet M. Ryder, Cabaña de los Cipreses, 18, III, 56.»

No quise tocar nada de la casa hasta que él volviera del trabajo, así que salí y me tumbé al sol sobre la verde hierba tan alta y esperé toda la tarde fantaseando. Pero luego se me ocurrió: «Podría prepararle a Japhy una buena cena.» Y bajé la colina y siguiendo carretera abajo fui a la tienda y compré judías, cerdo salado y algunas cosas más, y volví y encendí el fuego y preparé un guiso de Nueva Inglaterra con melaza y cebollas. Me asombró el modo en que Japhy guardaba la comida: simplemente encima de un estante: dos cebollas, una naranja, una bolsa de germen de trigo, latas de curry en polvo, arroz, trozos misteriosos de algas secas chinas, una botella de salsa de soja (para preparar sus misteriosos platos chinos). La sal y la pimienta estaban guardadas en pequeñas bolsas de plástico cerradas con una goma elástica. No había en el mundo nada que Japhy despreciara o perdiera. Ahora yo introducía en su cocina aquel sustancioso guiso de judías y cerdo, y quizá no le gustara. También tenía por allí un buen trozo del pan moreno de Christine, y el cuchillo para cortarlo era una simple navaja clavada en una tabla.

Oscureció y esperé fuera, dejando la tartera de judías en el fuego para que se mantuviera caliente. Corté un poco de leña y la añadí al montón de detrás del fogón. Llegaban viento y niebla del Pacífico, los árboles se doblaban profundamente y bramaban. Desde la cima de la colina no se veía nada excepto árboles, árboles, un mar rugiente de árboles. Era el paraíso. Como había refrescado, me metí dentro y avivé el fuego, cantando, y cerré las ventanas. Las ventanas eran sencillamente unas placas de plástico opaco de quita y pon fabricadas hábilmente por Whitey Jones, el hermano de Christine, que dejaban entrar la luz, aunque desde el interior no se veía nada, y protegían del viento frío. Pronto hizo calor en la acogedora cabaña. De pronto, oí un «¡Ooh!» que procedía del rugiente mar de árboles de fuera. Era Japhy que volvía.

Salí a su encuentro. Venía por la alta hierba, cansado del trabajo, con el pesado andar de sus botas, la chaqueta echada sobre los hombros.

—Bueno, Smith, ya estás aquí.

—Te he preparado un buen plato de judías.

—¿De verdad? —Estaba inmensamente agradecido—. Chico, qué alivio volver a casa del trabajo y no tener que hacerse la cena. Estoy agotado. —Atacó las judías con pan y el café que yo había hecho en un cacharro, al estilo francés, removiendo con una cuchara. Fue una cena estupenda y luego encendimos nuestras pipas y hablamos mientras las llamas crepitaban—. Ray, vas a pasar un verano maravilloso en el pico de la Desolación. Te hablaré de él.

—También pienso pasar una primavera estupenda aquí, en esta cabaña.

—Espera un poco, lo primero que vamos a hacer es invitar este fin de semana a dos chicas nuevas bastante guapas, Psyche y Polly Whitmore; espera un momento. ¡Joder!... No puedo invitarlas a las dos porque las dos están enamoradas de mí y tendrán celos. De todos modos, celebramos grandes fiestas todos los fines de semana, empezamos abajo, en casa de Sean, y terminamos aquí. Y mañana no trabajo, así que le cortaré a Sean un poco de leña. Es todo lo que tienes que hacer, no pide más. Pero si quieres trabajar con nosotros en Sausalito la semana que viene, puedes ganar diez dólares diarios.

—Estupendo... con eso compraremos judías y cerdo y vino.

Japhy sacó un bonito dibujo de una montaña.

—Aquí tienes la montaña que verás alzarse ante ti, el Hozomeen. Yo mismo la dibujé hace dos veranos desde el pico Cráter. En el cincuenta y dos fui por primera vez a esa zona del Skagit, haciendo autostop desde Frisco a Seattle, y luego, una vez allí, con una barba incipiente y la cabeza totalmente afeitada...

—¡Con la cabeza afeitada del todo! ¿Y por qué?

—Para ser igual que un bhikkhu, ya sabes lo que dicen los sutras.

—Pero ¿qué pensaba la gente al verte haciendo autostop con la cabeza afeitada?

—Pensaban que estaba loco, pero todo el mundo me cogía y yo explicaba el Dharma, chico, y los dejaba iluminados.

—Me parece que también yo hice algo de eso cuando venía en autostop hacia aquí... Te hablaré de mi arroyo en las montañas del desierto.

—Espera un poco. Me pusieron de vigilante en la montaña del Cráter, pero como aquel año había tanta nieve en la cima de las montañas, tuve que trabajar antes durante un mes en una pista que estaban haciendo en la garganta del Granite Creek. Ya verás todos esos sitios. Luego, con una reata de mulas, cubrimos los diez kilómetros finales por una sinuosa senda tibetana, por encima de la línea de árboles, sobre las zonas nevadas hasta las escarpadas cumbres del final, y luego trepé por los riscos en medio de una tormenta de nieve y abrí la cabaña y preparé mi primera comida allí mientras aullaba el viento y el hielo se acumulaba en las dos paredes cara al viento. Chico, espera hasta que estés allá arriba. Aquel año, mi amigo Jack Joseph estaba en el Desolación, donde vas a estar tú.

—¡Vaya nombre! ¡Desolación! ¡Joder! ¡Sí que es un nombre raro! ¡De verdad que...!

—Fui el primer vigilante de incendios que subió. Lo escuché por la radio en cuanto la encendí y todos los vigilantes me daban la bienvenida. Luego me puse en contacto con otras montañas, también te darán un emisor-receptor; es casi un rito que todos los vigilantes charlen de los osos que han visto y hasta te piden la receta de bollos u otra cosa y así todo el rato. Estábamos en la cima del mundo hablándonos todos por medio de una red de radio separados unos de otros por cientos de kilómetros. Es una zona muy primitiva la que vas a conocer, chico. Desde la cabaña veía las luces del Desolación una vez que había oscurecido. Jack Joseph leía sus libros de geología y durante el día nos comunicábamos por medio de espejos para alinear los prismáticos en busca de incendios según la posición de la brújula.

—Pues vaya, jamás conseguiré aprender eso, sólo soy un poeta vagabundo.

—Ya verás como aprendes, el polo magnético, la estrella polar y la aurora boreal... Jack Joseph y yo hablábamos todas las noches. Un día se le metió un enjambre de mariposas en la atalaya que había encima del tejado y el depósito de agua quedó lleno de ellas. Otro día fue a dar un paseo por los alrededores y se encontró con un oso dormido.

—¡Vaya! Creo que *ese* sitio es muy agreste.

—Y eso no es nada... y cuando se le echaba encima una tormenta eléctrica, me llamaba para decir que desaparecía de las ondas, pues la tormenta estaba demasiado cerca para que su radio funcionara, y dejaba de oírsele y bailaban los rayos. Pero a medida que avanzaba el verano, el Desolación se secaba y tenía flores y el ambiente era de égloga y Jack andaba por los riscos y yo seguía en la montaña del Cráter en taparrabos y botas buscando nidos de chochas por pura y simple curiosidad, trepando y metiendo las narices en todo, haciendo que me picaran las avispas... El Desolación, Ray, está ahí arriba, a unos dos mil metros de altitud en dirección al Canadá y las alturas de Chelan, y la sierra de Pickett, con montes como el Retador, el Terror, Furia, Desesperación... y tu propia cordillera se llama la sierra del Hambre, y la zona montañosa del pico Boston y el pico Buckner se extiende hacia el sur, son miles de kilómetros de montañas, venados, osos, conejos, halcones, truchas, ardillas. Te gustará muchísimo, Ray, ya verás.

—Espero que sea así. Y que no me piquen las avispas porque...

Luego sacó sus libros y leyó un rato, y yo también leí, cada uno a la luz de su propia lámpara de petróleo. Fue una velada muy tranquila en casa mientras nos cubría la niebla y rugía el viento en los árboles de fuera, y por el valle, una mula iba quejándose con los gritos más terribles que había oído jamás.

–Cuando una mula se lamenta de ese modo –dijo Japhy–, me entran ganas de rezar por todos los seres vivos. –Luego meditó durante un rato, inmóvil, en la postura del loto, y después dijo–: Hora de acostarse. –Pero yo quería contarle todas las cosas que había descubierto aquel invierno meditando en el bosque–. Son sólo palabras –dijo tristemente, sorprendiéndome–. No quiero oír todas tus descripciones con palabras y palabras y palabras de lo que hiciste por el invierno, tío, quiero entender las cosas a través de la acción.

Japhy había cambiado desde el año anterior. Ya no tenía perilla, perdiendo así la expresión divertida y risueña de su rostro, y ahora parecía más flaco y como de piedra. También se había cortado el pelo al cepillo y parecía un alemán, serio y, por encima de todo, triste. Ahora en su cara parecía haber algo así como decepción, y la había, indudablemente, en su alma, y no quería escuchar mis vehementes explicaciones de que todo estaba bien por siempre jamás. De repente, me dijo:

–Creo que voy a casarme pronto, estoy cansado de andar por ahí de un lado a otro.

–Pero yo creía que habías descubierto el ideal de pobreza y libertad zen.

–Tal vez me esté cansando de todo eso. Cuando vuelva del monasterio japonés probablemente estaré harto de todo. A lo mejor me hago rico y trabajo y junto un montón de dinero y vivo en una casa muy grande. –Pero un minuto después añadió–: Pero ¿quién querría esclavizarse a todas esas cosas? Yo no, Smith, lo que pasa es que estoy deprimido y lo que me cuentas, todavía me deprime más. Mi hermana ha vuelto a la ciudad, ¿sabes?

–¿Quién?

–Rhoda, mi hermana. Me crié con ella en los bosques de Oregón. Va a casarse con un tipo muy rico de Chicago, un auténtico carca. Mi padre también tiene problemas con su hermana, mi tía Noss. Es una verdadera bruja.

–No deberías de haberte afeitado la perilla, con ella tenías aspecto de sabio feliz.

–Bueno, ya no soy un sabio feliz, y estoy cansado.

Estaba agotado tras un largo día de trabajo. Decidimos irnos a dormir y olvidarlo todo. De hecho estábamos algo tristes y mutuamente molestos. Durante el día había encontrado un sitio cerca de un rosal silvestre donde pensaba instalar mi saco de dormir. Lo había cubierto con una capa de hierba recién cortada. Ahora, con mi linterna y mi botella de agua fría, fui allí y me sumergí en un hermoso descanso nocturno bajo los árboles que sollozaban. Antes medité un poco, pues dentro no podía meditar tal y como Japhy había hecho. Después de todo, aquel invierno en el bosque por la noche necesitaba oír el sonido de animales y pájaros y notar que la tierra suspiraba debajo para poder sentir mi afinidad con todos los seres vivos, vacíos e iluminados y ya salvados para siempre. Pedí por Japhy: me parecía que estaba cambiando y no para bien. Al amanecer llovió un poco y la lluvia repiqueteaba en mi saco de dormir y entonces me eché el impermeable por encima en vez de por debajo, solté un taco, y seguí durmiendo. A las siete, el sol ya había salido y las mariposas se posaban en las rosas junto a mi cabeza y un colibrí se lanzó en picado por encima de mí, silbando y se marchó rápidamente encantado. Pero estaba equivocado con respecto a Japhy y su cambio. Aquélla fue una de las mañanas más maravillosas de nuestra vida. Allí estaba delante de la puerta de la cabaña con una sartén muy grande en la mano haciendo ruido y entonando:

–Budam saranam gochami... Dhammam saranam gochami... Sangam saranam gochami... –Y gritando–: Vamos, muchacho, ¡las tortitas están listas! ¡Venga, levántate! ¡Bang, bang, bang!

Y el sol naranja penetraba entre los pinos y todo volvía a

ser maravilloso. De hecho, Japhy había meditado aquella noche y decidió que tenía razón en aferrarme al viejo y buen Dharma.

25

Japhy había preparado unas estupendas tortitas de harina de trigo moreno y teníamos sirope casero para acompañarlas y un poco de mantequilla. Le pregunté qué significaba aquella canción del «Gochami».

—Es un cántico que entonan antes de cada una de las tres comidas en los monasterios budistas japoneses. Budam Saranam Gochami significa encuentro refugio en Buda; Sangam, encuentro refugio en el templo; Dhammam, encuentro refugio en el Dharma, la verdad. Mañana por la mañana te prepararé otro buen desayuno, un slumgullion. ¿Es que nunca tomaste un rico y antiguo slumgullion? Pues chico, no es más que huevos revueltos y patatas, todo mezclado.

—¿Es una comida de leñador?

—Allí arriba no hay leñadores, eso es una expresión del Este. Allí los llaman hacheros. Ven a tomar tus tortitas y luego bajaremos y cortaremos troncos, yo te enseñaré a manejar un hacha de dos filos. —Cogió el hacha, la afiló y me enseñó a afilarla—. Y jamás utilices esta hacha con un tronco que esté en el suelo, darías a las piedras y la embotarías, utiliza siempre otro tronco o algo así de tajador.

Fui al retrete, y al volver, queriendo sorprender a Japhy con un truco zen, tiré el rollo de papel higiénico por la ventana abierta y él soltó un alarido de samurái y apareció por la ventana en botas y pantalones cortos con un puñal en la mano, y dando un salto de casi cinco metros, llegó hasta el cercado donde estaban los troncos. Era una locura. Empezamos a bajar sintiéndonos altos. Todos los troncos a los que les había quitado las ramas tenían un corte más o menos grande, donde uno podía meter más o menos la pesada cuña de hierro, y luego, levantando una maza de casi tres kilos por encima de la cabeza, te apartabas un poco para no alcanzarte el tobillo, y asestabas un golpe a la cuña y partías el tronco limpiamente en dos. Luego, ponías cada una de estas mitades en el tajador, y con un golpe del hacha de doble filo, una hermosa hacha muy larga, afilada como una navaja de afeitar, tenías el tronco partido en cuatro. Luego cogías el cuarto de tronco y lo cortabas en dos partes. Japhy me enseñó a manejar el mazo y el hacha sin demasiada energía, pero cuando se animaba, me di cuenta de que también manejaba el hacha con toda su fuerza, lanzando su famoso grito o soltando maldiciones. Pronto cogí el tranquillo y hacía aquello como si lo hubiera estado haciendo toda la vida.

Christine salió a mirarnos y nos dijo:

—Os voy a preparar un buen almuerzo.

—Estupendo. —Japhy y Christine eran como hermanos.

Partimos un montón de troncos. Resultaba muy enrollante dejar caer el mazo encima de la cuña y notar que el tronco cedía, si no a la primera, a la segunda vez. El olor a aserrín, pinos, la brisa del mar soplando por encima de las plácidas montañas, el canto de las alondras, las mariposas revoloteando por la hierba, todo era perfecto. Luego entramos y tomamos un buen almuerzo: perritos calientes y arroz y sopa y vino tinto y los bizcochos recién hechos por Christine, y nos quedamos sentados allí cruzados de piernas y descalzos manoseando la vasta biblioteca de Sean.

—¿Oíste hablar de aquel discípulo que preguntó a su maestro zen: Qué es el Buda?

—No. ¿Qué?

—«El Buda es un zurullo de mierda seca», fue la respuesta. Y el discípulo tuvo una iluminación súbita.

—Pura mierda —dije.

—¿No sabes lo que es la iluminación súbita? Un discípulo acudió a un maestro y respondió a su koan y el maestro le pegó con un palo y lo tiró por encima de la veranda a un barrizal que estaba a cinco metros. El discípulo se levantó y se echó a reír. Luego se convirtió en maestro. No tuvo la iluminación gracias a las palabras, sino a aquel saludable empujón que lo echó fuera del porche.

«Rebozado en el barro para demostrar la cristalina verdad de la compasión», pensé.

Bien, no le volvería a soltar mis «palabras» a Japhy nunca más.

—¡Oye! —gritó, tirándome una flor a la cabeza—. ¿Sabes cómo se convirtió Kasyapa en el primer patriarca? El Buda iba a empezar a exponer un sutra y doscientos cincuenta bhikkhus estaban esperando con sus mantos en orden y las piernas cruzadas, y lo único que hizo el Buda fue levantar una flor. Todos quedaron perplejos. El Buda no decía nada. Sólo Kasyapa sonreía. Así fue como el Buda eligió a Kasyapa. Es lo que se llama el sermón de la flor, chico.

Fui a la cocina y cogí un plátano y salí y dije:

—Bien, te voy a decir lo que es el nirvana.

—¿El qué?

Me comí el plátano y tiré la cáscara y no dije nada.

—Ahí tienes —concluí—, el sermón del plátano.

—¡Vaya! —gritó Japhy—. ¿Has oído hablar alguna vez del Viejo Hombre Coyote y de cómo él y Zorro Plateado iniciaron el mundo al caminar por el espacio vacío hasta que apareció un poco de suelo bajo sus pies? Mira este cuadro, a propósito. Aquí tienes a los famosos Toros.

Era una antigua historieta china que mostraba primero a un joven que iba al bosque con un bastón y un hatillo, como un vagabundo americano de 1905, y en las viñetas siguientes se encuentra con un toro, trata de domarlo, trata de montarlo, por fin lo doma y lo monta, pero luego se aleja del toro y se limita a sentarse a meditar a la luz de la luna, y, finalmente, podía vérsele bajar de la montaña de la iluminación y, a continuación, en la siguiente viñeta no hay nada en absoluto, y seguía una viñeta con un árbol en flor, luego en la última viñeta se ve que el joven es un brujo viejo y gordo que se ríe llevando una enorme bolsa a la espalda camino de la ciudad donde va a emborracharse con los carniceros, iluminado ya, mientras otro joven nuevo empieza a subir la montaña con un hatillo y un bastón.

–Y así sigue y sigue, los discípulos y los maestros pasan por lo mismo. Primero tienen que encontrar y domar el toro de su esencia mental, y luego dejarlo, después llegan por fin a la nada, representada aquí por esta viñeta vacía, y luego, tras llegar a la nada, lo consiguen todo, que son estos brotes del árbol, así que ya pueden volver a la ciudad y emborracharse con los carniceros, como hacía Li Po.

Era, sin duda, una historieta muy profunda que me recordó mi propia experiencia, tratando de domar la mente en el bosque, luego comprendiendo que todo estaba vacío e iluminado y que no tenía nada que hacer, y ahora emborrachándome con Japhy, el carnicero del pueblo. Pusimos discos y nos quedamos allí tumbados fumando y luego salimos a cortar más leña.

Cuando a la caída de la tarde refrescó, subimos a la cabaña y nos lavamos y vestimos para la gran fiesta de la noche del sábado. Durante el día, Japhy subió y bajó a la colina por lo menos diez veces para llamar por teléfono y hablar con Christine y conseguir pan y traer sábanas limpias para su chica de aquella noche (cuando tenía una chica ponía sábanas limpias a su delgado colchón de encima de las esteras de paja: un rito). En cambio, yo me limité a estar sentado en la hierba sin hacer nada, o escribiendo haikus, o mirando al viejo buitre que revoloteaba sobre la colina.

«Debe de haber alguna carroña por aquí», me imaginé.

–¿Qué haces ahí sentado el día entero? –me preguntó Japhy.

–Practico la no-acción.

–¿Y qué diferencia hay? A la mierda, mi budismo es actividad –dijo Japhy, lanzándose de nuevo colina abajo.

Entonces oí que estaba serrando y silbando a lo lejos. No

podía pararse ni un minuto. Sus meditaciones consistían en hacer las cosas normales, a su debido tiempo. Meditó por primera vez al despertar por la mañana, luego tuvo su meditación de media tarde, de sólo tres minutos, luego meditaría antes de acostarse, y eso era todo. Sin embargo, yo andaba por allí y dejaba vagar la imaginación todo el tiempo. Éramos dos monjes extrañamente distintos en la misma senda. Con todo, cogí una pala y nivelé el suelo de junto al rosal, justo donde estaba mi lecho de hierba: era demasiado irregular para resultar cómodo: lo dejé bien alisado y aquella noche dormí perfectamente después de la gran fiesta y de todo el vino.

Aquella gran fiesta fue una locura. Japhy tenía a una chica, Polly Whitmore, que había venido a verle. Una morenita guapa con peinado a la española y ojos oscuros, de hecho una auténtica belleza, y además montañera. Acababa de divorciarse y vivía sola en Millbrae. Y el hermano de Christine, Whitey Jones, trajo a su novia Patsy. Y, naturalmente, estaba Sean, que volvió a casa después del trabajo y se lavó y arregló para la fiesta. Vino otro chico a pasar el fin de semana: un rubio enorme llamado Bud Diefendorf que trabajaba de bedel en la Asociación Budista para pagarse el alojamiento y asistir a las clases gratis. Una especie de enorme Buda fumador de pipa con todo tipo de extrañas ideas. Me gustó Bud, era inteligente, y me gustó que hubiera empezado a estudiar medicina en la Universidad de Chicago y luego lo dejara por la filosofía y, finalmente, siguiera a Buda, el gran asesino de toda filosofía. Dijo:

–Una vez soñé que estaba sentado debajo de un árbol tocando el laúd y cantando «No tengo ni nombre». Era el bhikkhu sin nombre.

Resultaba realmente agradable reunirse con tantos budistas después del duro viaje haciendo autostop.

Sean era un místico y extraño budista con la mente llena de supersticiones y premoniciones.

–Creo en los demonios –dijo.

—Bueno —le respondí acariciando el pelo de su hijita–, todos los niños saben que todo el mundo va al Cielo. –A lo que asintió suavemente con una triste inclinación de cabeza.

Era muy agradable y todo el tiempo decía «Sí, sí, sí», y se pasaba largas horas en su viejo bote fondeado en la bahía que se hundía cuando había tormenta y teníamos que sacarlo a fuerza de remos y achicar el agua bajo la fría niebla. Era sólo un desastre de bote de menos de cuatro metros de eslora, sin cabina que mereciera ese nombre, una ruina flotando en el agua alrededor de una oxidada ancla.

Whitey Jones, el hermano de Christine, era un muchacho amable de veinte años que nunca decía nada y se limitaba a sonreír y aceptaba las bromas sin protestar. Por ejemplo, la fiesta terminó de un modo demente y las tres parejas se desnudaron del todo y bailaron una especie de polca cogidos de la mano alrededor del cuarto de estar, mientras las niñas dormían en sus cunas. Eso ni a mí ni a Bud nos molestó para nada, y seguimos fumando nuestras pipas y discutiendo de budismo en un rincón: lo mejor que podíamos hacer, pues no había chicas para nosotros. Y delante teníamos un hermoso trío de ninfas bailando. Pero Japhy y Sean llevaron a Patsy al dormitorio haciendo como que se la iban a follar, sólo para gastarle una broma a Whitey, que se puso todo colorado, y hubo risas y carreras por toda la casa. Bud y yo seguíamos sentados allí cruzados de piernas con unas chicas desnudas bailando delante y reímos dándonos cuenta de que era una situación familiar.

—Es como en una vida anterior, Ray —dijo Bud–, tú y yo éramos monjes en un monasterio del Tíbet y las chicas bailaban para nosotros antes del yabyum.

—Sí, y éramos unos monjes viejos a quienes ya no les interesaba el sexo. En cambio, Sean y Japhy y Whitey eran unos monjes jóvenes y todavía estaban llenos del fuego del mal y tenían un montón de cosas que aprender.

De cuando en cuando, Bud y yo mirábamos toda aquella carne y nos relamíamos en secreto. Pero la mayor parte

173

del tiempo, de hecho, durante casi todo aquel jolgorio, mantuve los ojos cerrados escuchando la música: trataba sinceramente de mantener el deseo fuera de mi mente a fuerza de voluntad y apretando los dientes. Y para eso, lo mejor era tener los ojos cerrados. A pesar de las desnudeces y todo lo demás, en realidad fue una agradable fiesta familiar y todo el mundo empezó a bostezar con ganas de irse a la cama. Whitey se fue con Patsy, Japhy subió a la colina con Polly y las sábanas limpias, y yo desenrollé mi saco de dormir junto al rosal y me dormí. Bud también había traído su saco de dormir y lo extendió sobre las esteras del suelo de la sala de estar de Sean.

Por la mañana, Bud subió y encendió la pipa y se sentó en la hierba charlando conmigo mientras me frotaba los ojos para despertar del todo. Durante ese día, el domingo, vino gente de todas clases preguntando por los Monahan, y la mitad de esa gente subió a la colina para ver la cabaña y a los dos famosos y locos bhikkhus: Japhy y Ray. Entre ellos, estaban Alvah, Princess y Warren Coughlin. Sean preparó la mesa de delante de la casa y puso vino y hamburguesas encima y encendió una hoguera y sacó sus dos guitarras y era un modo magnífico de vivir en la soleada California –comprendí enseguida– con todo aquel agradable Dharma y aquel montañismo relacionado con él. Todos tenían sacos de dormir y mochilas y algunos de ellos iban a hacer una excursión al día siguiente por las sendas de Marin County que son tan bonitas. Los presentes se dividieron, pues, en tres grupos: los que estaban en el cuarto de estar oyendo discos y hojeando los libros; los de la entrada que comían y escuchaban a Sean tocando la guitarra; y los de la cima de la colina que bebían té y se sentaban con las piernas cruzadas discutiendo de poesía y otras cosas, del Dharma también, o se paseaban por el prado viendo cómo hacían volar las cometas los niños, o las mujeres montando a caballo. Todos los fines de semana se desarrollaba la misma jira campestre, una escena clásica de ángeles y muñecas pasando unas horas en un vacío igual al vacío de la historieta de los Toros y la rama florida.

Bud y yo estábamos sentados en la colina mirando las cometas.

—Esa corneta no subirá bastante, tiene la cola demasiado corta —dije.

—Oye —dijo Bud—, eso está muy bien, me recuerda el problema principal de mis meditaciones. El motivo por el que no puedo alcanzar el nirvana: simplemente porque mi cola no es lo bastante larga. —Aspiró el humo y consideró seriamente lo que acababa de decir.

Era el tipo más serio del mundo. Consideró aquello toda la noche y a la mañana siguiente me dijo:

—La noche pasada me vi como si fuera un pez que nadaba en el vacío del mar, yendo a derecha e izquierda sin conocer el significado de derecha y de izquierda, sólo gracias a mi aleta caudal, esto es, a la cola de mi cometa. Así que soy un pez Buda y mi aleta caudal es mi sabiduría.

—Es infinita de verdad esa corneta —dije.

Durante esas fiestas siempre me eclipsaba un rato para echar una siesta bajo los eucaliptos, en vez de junto a mi rosal donde por el día hacía demasiado calor, y descansaba muy bien a la sombra de los árboles. Una tarde, cuando contemplaba las ramas más altas de estos árboles inmensamente altos, empecé a notar que las ramitas y las hojas de sus copas eran felices danzarinas líricas contentas de que les hubiera tocado estar allí arriba, con todo aquel murmullo del árbol balanceándose debajo de ellas, un árbol que bailaba y se mecía en un movimiento enorme y comunal y misteriosamente necesario, y así flotaban allí en el vacío expresando con el baile el significado del árbol. Noté que las hojas parecían casi humanas por el modo en que se doblaban y luego se alzaban y luego iban de un lado a otro líricamente. Fue una visión disparatada, pero hermosa. Otra vez, debajo de esos árboles, soñé que veía un trono púrpura todo cubierto de oro, con una especie de Papa o Patriarca Eterno en él, y Rosie por allí cerca, y en ese momento Cody estaba en la cabaña charlando con unos amigos y parecía que se encontraba a la izquierda de esta visión como una especie de arcángel, y cuando abrí los ojos, vi que se trataba simplemente del sol que me daba en los párpados. Y como decía, estaba aquel colibrí, un hermoso colibrí azul bastante pequeño, no mayor que una libélula, que se lanzaba en picado silbando sobre mí, diciéndome sin duda hola, todos los días, normalmente por la mañana, y siempre le contestaba con un grito devolviéndole el saludo. Finalmente empezó a asomarse por la ventana abierta de la cabaña, piando y zumbando con sus frenéticas alas, mirándome con unos ojillos redondos, y luego, zas, se iba. ¡Aquel colibrí! ¡Un amigo californiano...!

Con todo, a veces tenía miedo de que se lanzara directamente contra mi cabeza con su pico tan largo como un alfiler de sombrero. También estaba aquella vieja rata merodeando por el sótano de debajo de la cabaña, y era conveniente tener la puerta cerrada por la noche. Mis otros amigos eran las hormigas, una colonia de ellas que querían entrar en la cabaña y llegar hasta la miel («Llamando a todas las hormigas, llamando a todas las hormigas. Hay que entrar y conseguir la miel», cantó un niño en la cabaña uno de aquellos días), así que fui hasta el hormiguero e hice un camino de miel que se dirigía al jardín de atrás y durante una semana disfrutaron de aquella nueva veta. Incluso me arrodillaba y hablaba con ellas. Había flores muy bonitas alrededor de la cabaña, rojas, púrpura, rosa, y hacíamos ramilletes con ellas, pero el más bonito de todos fue el que hizo una vez Japhy sólo con piñas y agujas de pino. Tenía aquella sencillez que caracterizaba toda su vida. A veces, entraba ruidosamente en la cabaña con la sierra y, viéndome allí sentado, decía:

—¿Por qué te pasas sentado el día entero?

—Porque soy el Buda conocido por el Desocupado.

Y entonces era cuando la cara de Japhy se arrugaba con aquella divertida risa tan suya de niño, igual que un muchacho chino riéndose, con patas de gallo apareciendo a los lados de sus ojos y su larga boca muy abierta. A veces se entusiasmaba conmigo.

Todos querían a Japhy. Polly y Princess, y hasta Christine, que estaba casada, se habían enamorado locamente de él, y secretamente todas tenían celos de la favorita de Japhy, Psyche, que apareció el fin de semana siguiente realmente guapa con pantalones vaqueros y un cuello blanco sobre su jersey de cuello vuelto y una cara y un cuerpo muy delicados. Japhy me confesó que estaba algo enamorado de ella. Pero le costó trabajo convencerla de que para hacer el amor tenía que emborracharse antes, pues una vez que empezaba a beber, Psyche ya no podía parar. Ese fin de semana en que vino, Japhy preparó slumgullion para los tres en la cabaña, y luego Sean nos dejó su viejo coche y fuimos unos ciento cincuenta kilómetros costa arriba hasta una playa solitaria donde cogimos mejillones de las rocas batidas por el mar y los ahumamos, en una gran hoguera de leña cubierta de algas. Teníamos vino y pan y queso, y Psyche se pasó el día entero tumbada boca abajo con los vaqueros y el jersey puestos sin decir nada. Pero en una ocasión levantó sus pequeños ojos azules y dijo:

—¡Qué oral eres, Smith, siempre estás comiendo y bebiendo!

—Soy Buda Come-vacío —dije.

—¿No es guapa de verdad? —preguntó Japhy.

—Psyche —dije—, este mundo es la película de todo lo que existe, es una película hecha del mismo material en todas partes y no pertenece a nadie, y es todo lo que existe.

—¡Tonterías!

Corrimos por la playa. En una ocasión en que Japhy y Psyche se alejaron mucho y yo iba caminando solo silbando «Stella», de Stan Getz, una pareja de chicas muy guapas que estaba con unos amigos me oyeron y una de ellas se volvió y dijo:

—¡Swing!

Había grutas naturales en la misma playa donde Japhy había celebrado grandes fiestas y organizado bailes con todos desnudos alrededor de una hoguera.

Luego llegaban los días de labor y se terminaban las fiestas y Japhy y yo barríamos la cabaña como viejos vagabundos limpiando el polvo de pequeños templos. Todavía me quedaba algo de mi pensión del último otoño, en cheques de viaje, y cogí uno y fui al supermercado autopista abajo y compré harina de trigo y de maíz, azúcar, melaza, miel, sal, pimienta, cebollas, arroz, leche en polvo, pan, judías, guisantes, patatas, zanahorias, repollo, lechuga, café, cerillas de madera muy grandes para encender la lumbre y volví tambaleándome por la ladera hasta la colina con todo aquello y un par de litros de oporto. El pulcro y pequeño anaquel donde Japhy guardaba las reservas de alimentos, de repente quedó lleno de muchísima comida.

—¿Qué vamos a hacer con todo esto? Tenemos que alimentar a tantos bhikkhus...

A su debido tiempo tuvimos a más bhikkhus de los que podíamos atender: el pobre borracho de Joe Mahoney, un amigo mío del año anterior, apareció y durmió tres días seguidos para recuperarse de otro pasón en North Beach y The Place. Le llevé el desayuno a la cama. Los fines de semana a veces había hasta doce amigos en la cabaña, todos discutiendo y dando voces y yo cogía harina de maíz y la mezclaba con cebolla picada y sal y agua y echaba cucharadas de la mezcla en una sartén al fuego (con aceite) proporcionando a todo el grupo tortas deliciosas para acompañar el té. En el Libro de los Cambios chino un año antes había echado un par de monedas para ver cuál era la predicción de mi futuro, y el resultado había sido: «Alimentarás a los demás.»

Y, de hecho, me pasaba casi todo el tiempo de pie delante del fogón.

—¿Qué significa que esos árboles y montañas de ahí fuera no sean mágicos sino reales?

—¿Cómo? —decían.

–Significa que esos árboles y montañas de ahí fuera no son mágicos sino reales.

–¿De verdad?

–¿Qué significa que esos árboles y montañas de ahí fuera no sean en absoluto reales, sino mágicos? –seguía yo.

–Bueno, venga ya...

–Significa que esos árboles y montañas no son en absoluto reales, sino mágicos.

–Bueno, ¿y qué pasa con eso? ¡Maldita sea!

–Pasa que vosotros preguntáis ¿y qué pasa con eso? ¡Maldita sea! –grité.

–¿Y qué?

–Significa que preguntáis ¿y qué pasa con eso? ¡Maldita sea!

–Vamos, tío, ¿por qué no metes la cabeza en el saco de dormir y me traes café?

Siempre estaba preparando café en el fogón.

–¡Corta ya! –gritó Warren Coughlin–. No hay quien te aguante.

Una tarde estaba sentado con unos niños en la hierba y me preguntaron:

–¿Por qué es azul el cielo?

–Porque el cielo es azul.

–Quiero saber *por qué* es azul el cielo.

–El cielo es azul porque quieres saber por qué es azul el cielo.

–¡Tonterías! –dijeron.

También había unos cuantos chavales que rondaban por allí y tiraban piedras al tejado de la cabaña, creyendo que estaba abandonada. Una tarde, en la época en que Japhy y yo teníamos un gatito negro, se acercaron sigilosamente a la puerta para mirar dentro. Justo cuando se disponían a abrir la puerta, la abrí yo con el gato negro en brazos y dije en voz muy alta:

–¡Soy un fantasma!

Se atragantaron y me miraron y me creyeron y dijeron:

–Sí.

Enseguida estaban al otro lado de la colina. Nunca volvieron a tirar piedras. Seguro que creyeron que yo era un brujo.

26

Se hacían planes para una gran fiesta de despedida a Japhy, unos cuantos días antes de que su barco zarpara rumbo a Japón. Pensaba hacer el viaje en un mercante japonés. Iba a ser la fiesta mayor de todas, y se extendería desde el tocadiscos de la sala de estar de Sean, hasta la hoguera del patio, la cima de la colina y todavía más lejos. Japhy y yo estábamos cansados de fiestas y no nos seducía la idea. Pero pensaba venir todo el mundo: todas las chicas, incluida Psyche, y el poeta Cacoethes, y Coughlin, y Alvah, y Princess, y su nuevo novio, y hasta el director de la Asociación Budista, Arthur Whane, con su mujer e hijos, y también el padre de Japhy, y por supuesto Bud, y parejas sin especificar de todas partes que traerían vino y comida y guitarras. Japhy dijo:

–Estoy cansado de estas fiestas. ¿Qué tal si tú y yo nos vamos a las pistas de Marin County después de la fiesta? Pasaremos unos cuantos días. Podemos coger las mochilas y dirigirnos a la zona de Potrero, Meadows o a Laurel Dell.

–¡Estupendo!

En esto, de repente una tarde apareció Rhoda, la hermana de Japhy, con su prometido. Iba a casarse en la casa del padre de Japhy, en Mill Valley, con una gran recepción y todo. Japhy y yo estábamos sentados en la cabaña una tarde bochornosa, y de pronto, ella estaba en la puerta, delgada y rubia y preciosa, con su elegante novio de Chicago, un hombre muy guapo.

–¡Caramba! –gritó Japhy, levantándose de un salto y besándola con un apasionado abrazo, que ella le devolvió de todo corazón. ¡Y cómo hablaron!

—Oye, ¿crees que resultará un buen marido?

—Lo será, lo he escogido con mucho cuidado, protestón.

—Será mejor que lo sea o se las tendrá que ver conmigo.

Luego, en plan de alarde, encendió un gran fuego y dijo:

—Así es como hacemos las cosas en esos montes de verdad del Norte.

Luego echó demasiado petróleo al fuego y se apartó; esperó como un niño travieso y *¡bruuum!:* se oyó una gran explosión en el interior de la estufa y sentí claramente la sacudida al otro lado de la habitación. Estuvo a punto de irse todo al carajo. Luego le preguntó al pobre novio:

—Verás, ¿conoces algunas buenas posturas para la noche de bodas?

El pobre tipo acababa de hacer el servicio militar en Birmania y quería hablar de ese país, pero no consiguió meter baza. Japhy estaba más enloquecido que nunca y auténticamente celoso. Le invitaron a la elegante recepción y dijo:

—¿Podría presentarme en pelotas?

—Haz lo que quieras, pero ven.

—Puedo imaginármelo todo, la coctelera y todas las señoras con sus elegantes sombreros y los guaperas destrozando corazones y música de órgano y todo el mundo secándose los ojos porque la novia es tan guapa y... ¿Por qué quieres entrar a formar parte de la clase media, Rhoda?

—¿Y qué me importa? —dijo ella—. Quiero empezar a vivir.

Su novio tenía mucho dinero. En realidad era un tipo agradable y sentí que tuviera que aguantar todo aquello con una sonrisa.

Después de que se fueron, Japhy dijo:

—No aguantará a su lado más de seis meses. Rhoda es una chica muy loca y prefiere los pantalones vaqueros y andar por ahí a quedarse encerrada en un apartamento de Chicago.

—La quieres, ¿verdad?

–Y no sabes cuánto... Debería casarme con ella.

–¡Pero si es tu hermana!

–Y qué cojones importa. Necesita a un hombre de verdad como yo. No sabes lo salvaje que es, no te criaste con ella en los bosques.

Rhoda era realmente guapa y lamenté que se hubiera presentado con su novio. En todo aquel tumulto de mujeres todavía no me había conseguido una para mí. No es que pusiera demasiado interés, pero a veces me sentía solo viéndolos a todos emparejados y pasándolo tan bien y entonces todo lo que podía hacer era meterme en el saco de dormir junto al rosal y suspirar y decir bah. Para mí todo se reducía a sabor de vino tinto en la boca y a un montón de leña.

Pero por entonces encontré algo parecido a un cuervo muerto en el cercado de los venados y pensé: «Bonito espectáculo para los ojos de una persona sensible, y todo proviene del sexo.»

Así que aparté el sexo de nuevo de mi cabeza. Mientras el sol brillara y luego parpadeara y volviera a brillar, me bastaba. Sería bueno y seguiría solo, no tendría aventuras, me quedaría tranquilo y sería bueno.

«La compasión es la estrella que guía –dijo Buda–. No discutas con las autoridades o con mujeres. Suplica. Sé humilde.»

Escribí un poemita dedicado a cuantos venían a la fiesta: «Hay en vuestros párpados guerras, y seda..., pero los santos se han ido, ido todos, libres de todo eso.»

En realidad me creía una especie de santo demente. Y eso se basaba en que me decía: «Ray, no corras detrás del alcohol y las mujeres y la compañía, quédate en la cabaña y disfruta de la relación natural con las cosas tal y como son.»

Pero resultaba difícil vivir allí arriba con todas aquellas rubias que venían los fines de semana y también alguna que otra noche. Una vez, una morenita muy guapa aceptó subir conmigo a la colina y estábamos allí en la oscuridad encima del colchón cuando, de repente, se abrió la puerta y entraron

Sean y Joe Mahoney bailando y riéndose, tratando deliberadamente de que me enfadara... a no ser que creyeran de verdad en mis esfuerzos ascéticos y fueran ángeles que venían a alejarme de la mala mujer. Cosa que hicieron en el acto. A veces, cuando estaba muy borracho y colocado y sentado de piernas cruzadas en medio de una de las enloquecidas fiestas, tenía auténticas visiones de una santa niebla vacía en los párpados y cuando abría los ojos veía que todos aquellos buenos amigos estaban sentados a mi alrededor esperando que me explicara; y nadie consideraba mi conducta extraña, sino perfectamente natural entre budistas; y tanto si al abrir los ojos explicaba algo como si no, quedaban satisfechos. Durante toda esa época, en realidad, sentía un deseo irresistible de cerrar los ojos cuando estaba acompañado. Creo que a las chicas les asustaba.

–¿A qué se debe que esté siempre sentado con los ojos cerrados?

La pequeña Prajna, la hijita de dos años de Sean, se acercaba y me ponía un dedo en los párpados y decía:

–¡Buba! ¡Buba!

A veces prefería llevarla de la mano a dar pequeños paseos mágicos por el jardín, en lugar de quedarme sentado o charlando en el cuarto de estar.

En cuanto a Japhy, le gustaba todo lo que yo hacía siempre que procurara que la lámpara de petróleo no humeara y que no afilara el hacha de modo desigual. Era muy estricto para estas cosas.

–Tienes que aprender –decía–. Maldita sea. Si hay algo que no puedo aguantar es que las cosas no se hagan bien.

Era asombroso la de comidas que sabía preparar con los productos de su anaquel. Tenía todo tipo de algas y raíces secas compradas en Chinatown, y preparaba una mezcla de aquello con salsa de soja y la echaba encima de arroz hervido y resultaba delicioso comido con palillos. Y allí sentados al anochecer, con los árboles rugiendo y las ventanas todavía abiertas, con frío, comíamos ñam ñam aquellas deliciosas comidas chinas de fabricación casera. Japhy sabía manejar los palillos muy bien y comía rápidamente. Luego a veces yo lavaba los platos y luego salía a meditar un rato sobre mi lecho debajo de los eucaliptos, y por la ventana de la cabaña veía el pardo resplandor de la lámpara de petróleo de Japhy mientras estaba sentado hurgándose los dientes. A veces salía a la puerta de la cabaña y gritaba:

–¡Ooooh! –Yo no le contestaba y le oía murmurar–: ¿Dónde coño estará? –Y le veía escudriñar la oscuridad en busca de su bhikkhu.

Una noche estaba sentado meditando, cuando a mi izquierda oí un fuerte crujido. Miré y era un venado que venía a visitar su antigua morada y a mordisquear un poco de follaje. A través del valle sumergido en el crepúsculo la vieja mula seguía con su gimiente: «¡Ji jo! ¡Ji jo!», como un entrecortado canto tirolés en el aire: como una trompeta tocada por un ángel terriblemente triste: como un aviso a la gente que cenaba en sus casas de que no todo estaba tan bien como creían. Y, sin embargo, era un grito de amor hacia otra mula. Pero ésa era la razón de que...

Una noche meditaba en tan perfecta quietud que llegaron dos mosquitos y se me posaron en una de las mejillas y se quedaron allí mucho tiempo sin picarme y luego se marcharon, y no me habían picado.

27

Pocos días antes de la gran fiesta de despedida, Japhy y yo discutimos. Bajamos a San Francisco para dejar su bicicleta en el mercante atracado en el puerto, y después fuimos a los bajos fondos bajo la llovizna a que nos cortaran el pelo por muy poco dinero en la escuela de peluqueros. Finalmente, pensábamos buscar en los almacenes del Ejército de Salvación y de la Beneficencia algo de ropa interior y cosas así. Mientras caminábamos bajo la llovizna por las concurridas calles («¡Esto me recuerda a Seattle!», gritó), tuve unas ganas invencibles de emborracharme para ponerme bien. Compré una botella de oporto y la destapé y llevé a Japhy a una calleja y bebimos.

–Será mejor que no bebas demasiado –me dijo–. Ya sabes que después vamos a ir a Berkeley a una conferencia y un coloquio en el Centro Budista.

–No tengo ganas de ir, lo único que quiero es beber en las callejas.

–Te están esperando; el año pasado les leí todos tus poemas.

–No me importa. Mira esa niebla que hay ahí arriba y luego mira este oporto tan cálido, ¿no te hacen sentir que cantas al viento?

–No, no demasiado. Ray, ya sabes que Cacoethes dice que bebes demasiado.

–¡Que se ocupe de su úlcera! ¿Por qué crees que tiene úlcera? Porque bebe demasiado. ¿Tengo yo una úlcera? ¡Nunca en la vida! ¡Bebo para alegrarme! Si no te gusta que beba, puedes ir tú solo a la conferencia. Te esperaré en casa de Coughlin.

–Pero ¿es que vas a perdértela sólo por un poco de vino?

–La sabiduría también está en el vino, ¡maldita sea! –grité–. ¡Toma un trago!

–¡No quiero!

–Bueno, entonces beberé yo.

Y terminé la botella y volvimos a la calle Sexta, donde inmediatamente entré en la misma tienda y compré otra. Ahora me encontraba bien.

Japhy estaba triste y decepcionado.

–¡Cómo esperas convertirte en un bhikkhu bondadoso o en un bodhisattva mahasattva si te emborrachas continuamente!

–¿Has olvidado la última viñeta de los Toros donde el viejo se emborracha con los carniceros?

185

–¿Y qué? ¿Cómo vas a entender tu propia esencia mental con la cabeza toda embotada y los dientes manchados y lleno de náuseas?

–No tengo náuseas, me encuentro bien. Podría flotar en esa niebla gris y volar por encima de San Francisco como una gaviota. ¿Te conté alguna vez lo de este barrio? Viví por aquí...

–También yo he vivido en los bajos fondos de Seattle, y sé perfectamente lo que pasa en esos sitios.

Los neones de tiendas y bares resplandecían en el gris de la noche lluviosa. Me sentía maravillosamente bien. Después de cortarnos el pelo fuimos al almacén de la Beneficencia y anduvimos de pesca en los cajones. Compramos calcetines y camisetas, cinturones y otras prendas viejas por muy poco. Yo seguía pegándole besos al vino: me había colgado la botella del cinturón. Japhy estaba enfadado. Luego subimos al coche y fuimos a Berkeley cruzando el puente bajo la lluvia y siguiendo hasta las afueras de Oakland, y luego hasta el centro, donde Japhy esperaba encontrar unos vaqueros de mi talla. Nos habíamos pasado el día entero mirando vaqueros usados para ver si me servían. Seguí pegándole al vino y al fin Japhy cedió y bebió un poco y me enseñó el poema que había escrito mientras me cortaban el pelo:

«¡Moderna escuela de peluquería! Smith, ojos cerrados, padece un corte de pelo temiendo la fealdad. 50 centavos. Un estudiante de peluquero cetrino, García en su bata, dos chicos rubios, uno con cara asustada y grandes orejas. Mirando desde los asientos, dile: "Eres muy feo y tienes las orejas grandes." Llorará y sufrirá sin que ni siquiera sea cierto. El otro, de cara delgada, concentrado, vaqueros remendados y zapatos rotos me mira delicadamente. Chico doliente que se volverá duro y avaro en la pubertad; Ray y yo con una botella de oporto por dentro en este día lluvioso de mayo y no hay levis usados de nuestra talla en la ciudad y el estudiante de peluquero corta el pelo a lo bajo fondo y el alumno maduro empieza su carrera en plena floración.»

–¿Ves? –dije–. No hubieras escrito ese poema sin el vino que te puso a tono.

–Lo habría escrito en cualquier caso. Tú eres el que bebes demasiado todo el tiempo, no sé cómo vas a llegar a la iluminación ni arreglártelas para estar en las montañas, andas todo el rato colina abajo gastando el dinero de las judías en vino. Acabarás tirado en la calle, lloviéndote encima, borracho perdido, y te llevarán a cualquier sitio. Entonces renacerás como encargado de bar abstemio para purgar tu karma. –Hablaba en serio y estaba preocupado por mí, pero seguí bebiendo.

Cuando llegamos a casa de Alvah, ya era hora de salir para la conferencia del Centro Budista. Dije:

–Me quedaré aquí emborrachándome y os esperaré.

–Muy bien –dijo Japhy, mirándome sombríamente–. Es tu vida.

Estuvo fuera unas dos horas. Me sentía triste y bebí demasiado y estaba mareado. Pero había decidido no dejarme vencer por el alcohol y resistir y demostrarle algo a Japhy. De pronto, al anochecer, Japhy entró corriendo en la casa borracho perdido y gritando:

–¿Sabes lo que pasó, Smith? Fui a la conferencia budista y todos estaban bebiendo sake en tazas de té y todos se emborracharon. ¡Tenías razón! ¡Es todo lo mismo! ¡Todos borrachos y discutiendo del prajna! –Y después de eso Japhy y yo nunca volvimos a reñir.

28

Llegó la noche de la gran fiesta. Prácticamente podía oírse el ajetreo de la preparación colina abajo, y me sentí deprimido.

«¡Oh, Dios mío! La sociabilidad no es más que una gran

sonrisa y una gran sonrisa no es más que dientes. Me gustaría quedarme aquí y descansar y ser bueno.»

Pero alguien trajo vino y me puso en marcha.

Esa noche el vino corrió colina abajo como un río. Sean había reunido un montón de troncos grandes para hacer una hoguera inmensa delante de la casa. Era una noche de mayo clara, estrellada, templada y agradable. Vino todo el mundo. La fiesta se dividió enseguida en las tres partes de siempre. Pasé la mayor parte del tiempo en el cuarto de estar donde ponían discos de Cal Tjader y había un montón de chicas bailando mientras Bud y Sean y a veces Alvah y su nuevo colega, George, tocaban el bongo en latas puestas boca abajo.

Fuera, la escena era más tranquila, con el resplandor del fuego y gente sentada en los largos troncos que Sean había situado alrededor de la hoguera, y en la mesa un banquete digno de un rey y de su hambriento séquito. Aquí, junto a la hoguera, lejos del frenesí de los bongos del cuarto de estar, Cacoethes llevaba la batuta discutiendo de poesía con los listos locales, en términos como éstos:

–Marshall Dashiell está demasiado ocupado cuidándose la barba y conduciendo su Mercedes Benz de cóctel en cóctel por Chevy Chase y la aguja de Cleopatra; O. O. Dowler se pasea en limusina por Long Island y pasa los veranos chillando en la Plaza de San Marcos; y el apodado Pequeña Camisa Recia, qué queréis, se las arregla muy bien por Savile Row con bombín y chaleco; y Manuel Drubbing es un culo inquieto que mira sin parar las revistas minoritarias para ver a quién citan; y de Omar Tott no tengo nada que decir. Albert Law Livingston está muy ocupado firmando ejemplares de sus novelas y mandando felicitaciones de Navidad a Sarah Vaughan; a Ariadne Jones le molesta la Compañía Ford; Leontine McGee dice que es vieja. Entonces, ¿quién queda?

–Ronald Firbank –dijo Coughlin.

–Creo que los únicos poetas auténticos de este país, fuera de la órbita de los que estamos aquí, son el Doctor Musial, que probablemente esté murmurando detrás de las cortinas de su cuarto de estar en este mismo momento, y Dee Sampson, que es demasiado rico. Eso hace que nos quede el querido Japhy, que se nos va a Japón, y nuestro llorón preferido, el amigo Goldbook, y el señor Coughlin que tiene una lengua viperina. ¡Dios mío, el único bueno que queda soy yo! Por lo menos tengo un honrado trasfondo anarquista. Por lo menos tengo helada la nariz, botas en los pies, y protestas en la boca. –Se retorció el bigote.

–¿Y qué pasa con Smith?

–Bueno, supongo que en su aspecto más terrible es un bodhisattva. Es todo lo que puedo decir de él. –Aparte, añadió medio en broma–: Se pasa borracho el día entero. Esa noche también vino Henry Morley, pero sólo un rato, y se comportó de un modo muy raro sentado al fondo leyendo las historietas de *Mad* y esa nueva revista llamada *Hip*. Se fue pronto, después de observar:

–Las salchichas son demasiado delgadas, ¿creéis que es un signo de los tiempos, o es que Armour y Swift usan mexicanos descarriados?

Nadie habló con él, excepto Japhy y yo. Me entristeció verle irse tan temprano; era invisible como un fantasma, igual que siempre. Con todo, estrenó un traje marrón nuevo para la ocasión, y de repente ya no estaba.

Entretanto, en la colina, donde las estrellas parpadeaban entre los árboles, había parejas ocasionales que se revolcaban por la hierba o habían subido vino y guitarras y celebraban fiestas por su cuenta dentro de la cabaña. Fue una noche estupenda. Por fin llegó el padre de Japhy, al salir de su trabajo; era un tipo menudo, delgado, duro, justo igual que Japhy, un poco calvo, pero tan enérgico y loco como su hijo. Enseguida se puso a bailar mambos con las chicas mientras yo golpeaba frenéticamente una lata.

–¡Sigue, hombre! –gritaba.

Nunca había visto a un bailarín más frenético. Movía las caderas delante de la chica hasta casi caerse, y sudaba, hacía visajes, se agitaba, se reía: era el padre más loco que había

189

visto en mi vida. Hacía poco, en la boda de su hija, había disuelto la recepción al irrumpir a cuatro patas con una piel de tigre encima y mordiendo los tobillos de las señoras y rugiendo. Ahora había cogido a una chica muy alta, de casi un metro ochenta, llamada Jane, la hacía girar en el aire y casi la estrella contra la biblioteca. Japhy andaba de un lado para otro con un garrafón en la mano, la cara resplandeciente de felicidad. Durante algún tiempo el follón del cuarto de estar casi dejó vacía la zona de alrededor de la hoguera, y Psyche y Japhy bailaron como locos; luego Sean dio un salto e hizo girar por el aire a Psyche y ésta pareció perder el equilibrio y cayó justo entre Bud y yo que estábamos sentados en el suelo tocando la percusión (Bud y yo nunca teníamos chicas y estábamos ajenos a todo) y se quedó allí tirada, dormida en nuestro regazo durante un segundo. Tiramos de nuestras pipas y seguimos tocando. Polly Whitmore andaba trajinando por la cocina, ayudaba a Christine y hasta hizo unos bollos riquísimos. Me di cuenta de que se sentía sola porque Psyche andaba por allí y Japhy ya no estaba con ella, así que me acerqué y la cogí por la cintura, pero me miró con tal miedo que no hice nada. Parecía terriblemente asustada de mí. Princess andaba también por allí con su novio nuevo, y parecía molesta.

—¿Qué les das a todas éstas? —pregunté a Japhy—. ¿No me puedes pasar una?

—Coge a la que quieras. Esta noche no me importa.

Salí a la hoguera para escuchar las últimas agudezas de Cacoethes. Arthur Whane estaba sentado en un tronco, bien vestido, traje y corbata, y me acerqué a él y le pregunté:

—Bien, ¿y qué es el budismo? ¿Es imaginación fantástica? ¿Magia del rayo? ¿Es teatro, sueño? ¿O ni siquiera teatro, sólo sueño?

—No, para mí el budismo es conocer a la mayor cantidad de gente posible.

Y por allí andaba, realmente afable, dando la mano a todo el mundo y charlando como si se tratara de un cóctel.

Dentro, la fiesta se volvía más y más frenética. Empecé a bailar con aquella chica tan alta. Era una fiera. Quise llevármela a la cima de la colina con una garrafa de vino, pero su marido andaba por allí. Esa misma noche, pero más tarde, apareció un negro y empezó a tocar el bongo en su cabeza y mejillas y boca y pecho, y al golpearse obtenía sonidos realmente potentes, y tenía un ritmo tremendo. Todo el mundo estaba encantado y dijeron que era un bodhisattva.

Llegaba gente de todas clases desde la ciudad, donde las noticias de la gran fiesta corrían de bar en bar. De pronto, levanté la vista y Alvah y George se estaban paseando desnudos.

–¿Qué estáis haciendo?

–Bueno, decidimos quitarnos la ropa.

A nadie parecía importarle. De hecho vi que Cacoethes y Arthur Whane, perfectamente vestidos, mantenían una conversación muy seria con aquel par de locos desnudos. Finalmente, Japhy se desnudó también y andaba de un lado para otro con su garrafa. Cada vez que alguna de las chicas le miraba, soltaba un potente rugido y se echaba encima de ella, que se apresuraba a salir corriendo de la casa, mientras gritaba. Estaba loco. Me preguntaba lo que pasaría si la policía de Corte Madera se olía lo que estaba pasando y subía bramando en sus coches patrulla. La hoguera era grandísima y desde la carretera todo el mundo podía ver lo que estaba pasando delante de la casa. Sin embargo, y de modo extraño, nada quedaba fuera de lugar: la hoguera, la comida en la mesa, los que tocaban la guitarra, la espesa arboleda balanceándose al viento y unos cuantos tipos desnudos... Todo resultaba natural.

Me dirigí al padre de Japhy y le dije:

–¿Qué piensa de Japhy andando desnudo por ahí?

–Me importa un carajo. Japh, por lo que a mí respecta, puede hacer todo lo que le dé la gana. Oye, ¿dónde está esa chica tan alta con la que estaba bailando?

Era un perfecto padre de Vagabundo del Dharma. Había pasado años difíciles en su juventud cuando vivía en los bosques de Oregón, cuidando de toda su familia en aquella cabaña que había construido él mismo y con todos los problemas que presenta cultivar cualquier cosa en una tierra dura de inviernos tan fríos. Ahora tenía una empresa de pintura y ganaba mucho. Era dueño de una de las casas más bonitas de Mill Valley, que se había encargado de construir, y tenía a su hermana a su cargo. La madre de Japhy vivía sola en el Norte, en una casa de huéspedes. Japhy se ocuparía de ella cuando regresara de Japón. Yo había leído una triste carta de esa mujer. Japhy me contó que sus padres se habían separado de modo definitivo y que cuando volviera del monasterio vería lo que podía hacer por ella. A Japhy no le gustaba hablar de esas cosas, y su padre, desde luego, jamás la mencionaba. Pero me gustaba el padre de Japhy, me gustaba el modo en que bailaba sudando y enloquecido; el modo que tenía de dejar que todos hicieran lo que les apeteciera, y de volver a su casa a medianoche bailando bajo una lluvia de flores hasta su coche aparcado en la carretera.

Al Lark era otra de las personas agradables que estaban por allí, y se quedó todo el rato sentado rasgueando su guitarra, tocando acordes de blues y a veces de flamenco, y mirando al vacío; y cuando terminó la fiesta a las tres de la madrugada se fue con su mujer a la parte de atrás y se tumbaron dentro de unos sacos de dormir y los oí charlar en la hierba.

—Vamos a bailar —decía ella.

—¡Oh, no, duérmete de una vez! —decía él.

Psyche y Japhy estaban enfadados y aquella noche ella no quería subir a la colina y hacer honor a las nuevas sábanas blancas. Se alejó muy seria y vi que Japhy subía solo, dando tumbos, borracho perdido. La fiesta había terminado.

Acompañé a Psyche hasta su coche y le dije:

—¡Vamos, guapa! ¿Por qué le das este disgusto a Japhy la noche de su despedida?

—Ha sido muy malo conmigo, ¡que se vaya a la mierda!

—Mira, Psyche, nadie te va a comer allí arriba.

—Me da lo mismo, vuelvo a la ciudad.

—Bueno, pero no está nada bien lo que haces y, además, Japhy me contó que estaba enamorado de ti.

—No lo creo.

—Así es la vida —dije mientras me alejaba con un gran garrafón de vino colgado de un dedo.

Inicié la ascensión y oí que Psyche trataba de dar marcha atrás con el coche y girar en la estrecha carretera. La parte trasera del coche se hundió en la cuneta y no podía sacarlo y terminó durmiendo en casa de Christine, tendida en el suelo.

Entretanto, Bud y Coughlin y Alvah y George habían subido a la cabaña y estaban tumbados por allí con diversas mantas y sacos de dormir. Coloqué mi saco encima de la suave hierba y me sentí el más afortunado de todos. La fiesta había terminado y también los gritos, pero ¿qué habíamos conseguido? Empecé a cantar entre trago y trago. Las estrellas tenían un brillo enceguecedor.

—¡Un mosquito tan grande como el monte Meru es mucho mayor de lo que crees! —gritó Coughlin dentro de la cabaña al oírme cantar.

A mi vez, grité:

—¡El casco de un caballo es más delicado de lo que parece!

Alvah salió corriendo en ropa interior y bailó locamente y aulló largos poemas tendido en la hierba. Por fin conseguimos que Bud se levantara y se pusiera a hablar sin parar de sus últimas ocurrencias. Celebramos una especie de nueva fiesta allí arriba.

—¡Vamos abajo a ver cuántas chicas se han quedado!

Bajé la ladera rodando la mitad del camino y traté de que Psyche subiera, pero estaba fuera de combate tumbada en el suelo. Las brasas de la gran hoguera todavía estaban al rojo y daban mucho calor. Sean roncaba en el dormitorio de su mujer. Cogí algo de pan de la mesa y lo unté de queso fresco; lo comí y bebí vino. Estaba totalmente solo junto al fuego y hacia el este empezaba a clarear.

—¡Qué borracho estoy! —dije—. ¡Despertad! ¡Despertad!

¡Despertad! —grité—. ¡La cabra del día está empujando la mañana! ¡Nada de peros! ¡Bang! ¡Venid, chicas! ¡Lisiados! ¡Golfos! ¡Ladrones! ¡Chulos! ¡Verdugos! ¡Fuera!

En esto tuve una poderosa sensación: sentí una gran piedad por todos los seres humanos, fueran quienes fueran. Vi sus caras, sus bocas afligidas, sus personalidades, sus intentos por estar alegres, su petulancia, su sensación de pérdida, sus agudezas vacías y torpes enseguida olvidadas. Y todo, ¿para qué? Comprendí que el ruido del silencio estaba en todas partes, y que, sin embargo, todo y en todas partes era silencio. ¿Qué pasaría si de repente nos despertáramos y comprendiéramos que lo que pensábamos que era esto y aquello no fuera ni esto ni aquello para nada? Subí tambaleándome a la colina, saludado por los pájaros, y contemplé a las figuras acurrucadas que dormían en el suelo. ¿Quiénes eran todos estos extraños fantasmas enraizados conmigo a la tonta e insignificante aventura terrestre? ¿Y quién era yo? ¡Pobre Japhy! A las ocho de la mañana se levantó y golpeó su sartén y entonó el «Gochami» y nos llamó para desayunar tortitas.

29

La fiesta duró varios días; la mañana del tercer día la gente seguía desperdigada por la hierba cuando Japhy y yo sacamos sigilosamente nuestras mochilas, con unos víveres adecuados, y nos fuimos carretera abajo con las primeras luces anaranjadas de uno de los dorados días de California. Iba a ser un día maravilloso, estábamos de nuevo en nuestro elemento: las pistas forestales. Japhy estaba muy animado.

—¡Maldita sea! Sienta muy bien dejar atrás tanta juerga y largarse al bosque. Cuando vuelva de Japón, Ray, y haga realmente frío, nos pondremos ropa interior caliente y recorreremos el país haciendo autostop. Piensa en el océano, las montañas, Alaska, Klamath..., un denso bosque de abetos adecuado para un bhikkhu, un lago con un millón de patos. ¡Estupendo! ¡Wu! Oye, ¿sabes lo que significa wu en chino?

–¿Qué?

–Niebla. Estos bosques de Marin son maravillosos; hoy te enseñaré el bosque Muir, aunque allá en el Norte esté toda esa auténtica zona montañosa del Pacífico, el futuro hogar de la encarnación del Dharma. ¿Sabes lo que voy a hacer? Escribiré un poema muy largo que se titule «Ríos y montañas sin fin», y lo escribiré todo en un rollo que se desenrollará sin parar lleno de nuevas sorpresas con las que se olvide totalmente lo que hay escrito antes, algo así como un río, ¿entiendes? O como una de esas pinturas chinas en seda tan largas con un par de hombrecillos que caminan por un paisaje sin fin con viejos árboles retorcidos y montañas tan altas que se funden con la niebla del vacío de la parte superior de la seda. Me pasaré tres mil años escribiéndolo; contendrá información sobre la conservación del suelo, Autoridad del valle de Tennessee, la astronomía, la geología, los viajes de Hsuan Tsung, la teoría de la pintura china, la repoblación forestal, la ecología oceánica y las cadenas de supermercados.

–Adelante, chico.

Como siempre, yo iba detrás de él y, cuando empezamos a escalar con las mochilas bien sujetas a la espalda como si fuéramos animales de carga y no nos encontráramos bien sin llevar peso, de nuevo empezó el viejo y solitario y agradable zap zap por el sendero, muy despacio, a un kilómetro y pico por hora. Llegamos al final de una carretera empinada donde tuvimos que pasar por delante de unas cuantas casas que se levantaban junto a unos farallones cubiertos de monte bajo con cascadas que se dividían en hilos de agua. Subimos luego por un empinado prado lleno de mariposas y heno y un poco de rocío: eran las siete de la mañana. Luego bajamos por una carretera polvorienta, y después, al final de esta polvorienta carretera que subía y subía, divisamos un hermoso panorama: Corte Madera y Mill Valley estaban allá lejos y, al fondo, distinguimos la roja parte alta del puente de Golden Gate.

—Mañana por la tarde, cuando vayamos camino de Stinson Beach —dijo Japhy—, verás toda la blanca ciudad de San Francisco a muchos kilómetros de distancia, en la bahía azul. Ray, por Dios, en nuestra vida futura tendremos una hermosa tribu libre en estos montes californianos, con mujeres y docenas de radiantes hijos iluminados; viviremos como los indios, en tiendas, y comeremos bayas y brotes.

—¿Y judías no?

—Escribiremos poemas, tendremos una imprenta y publicaremos nuestros propios poemas; será la Editorial Dharma. Lo poetizaremos todo y haremos un libro muy gordo de bombas heladas para la gente ignorante.

—No. La gente no está tan mal, también sufren. Siempre estamos leyendo que se quemó una chabola en algún lugar del Medio Oeste y que murieron tres niños pequeños y hay fotos de los padres llorando. Hasta se quemó el gato. Japhy, ¿crees que Dios creó el mundo para divertirse un día en que estaba aburrido? Porque si fuera así, sería un ser mezquino.

—Pero ¿qué entiendes tú por Dios?

—Simplemente Tathagata, si quieres.

—Bueno, pues en los sutras dice que Dios, o Tathagata, no creó el mundo a partir de sus entrañas, sino que apareció debido a la ignorancia de los seres vivos.

—Pero él también creó a esos seres vivos y a su ignorancia. Es una pena todo esto. No descansaré hasta que averigüe *por qué*, Japhy, *por qué*.

—¡Oye! ¡No inquietes tanto la esencia de tu mente! Recuerda que en la pura esencia mental, Tathagata nunca se hace la pregunta por qué; ni tan siquiera le proporciona sentido.

—Bien, entonces en realidad nunca pasa nada.

Me tiró un palo y me dio en un pie.

—Bien, eso no ha pasado —dije.

—En realidad, no lo sé, Ray, pero comprendo que te entristezca el mundo. Sin duda es muy triste. Fíjate en la fiesta de la otra noche. Todos querían pasarlo bien e hicieron esfuerzos para conseguirlo, y, sin embargo, al día siguiente nos despertamos bastante tristes y alejados unos de otros. ¿Qué piensas de la muerte, Ray?

—Creo que la muerte es nuestra recompensa. Cuando uno muere va directamente al Cielo del nirvana, y se acabó lo que se daba.

—Pero supón que renacieras en el infierno y que los demonios te meten bolas de acero al rojo vivo por la boca.

—La vida ya me ha metido mucho acero por la boca. Pero creo que eso sólo es un sueño preparado por unos cuantos monjes histéricos que no entendían la serenidad del Buda bajo el Árbol Bo, o ni siquiera la de Cristo mirando desde lo alto a sus torturadores y perdonándolos.

—¿De verdad que te gusta Cristo?

—Claro que sí. Y, a fin de cuentas, hay un montón de gente que dice que es Maitreya, el Buda que se había profetizado que aparecería después de Sakyamuni. ¿Sabes? Maitreya en sánscrito significa «Amor», y Cristo todo el tiempo habla de amor.

—¡No empieces a predicar el cristianismo! Ya te estoy viendo en tu lecho de muerte besando un crucifijo lo mismo que el viejo Karamazov o como nuestro viejo amigo Dwight Goddard que fue budista toda su vida y de repente, en sus últimos días, volvió al cristianismo. ¡Nunca me pasará una cosa así! Quiero estar todas las horas del día en un templo solitario meditando delante de una estatua de Kwannon que está encerrada porque no la puede ver nadie: es demasiado poderosa. ¡Dale duro, viejo diamante!

—Ya verás lo que pasa cuando baje la marea.

—¿Te acuerdas de Rol Sturlason, aquel amigo mío que fue a Japón a estudiar las rocas de Ryoanji? Fue en un mercante que se llamaba *Serpiente Marina*, así que pintó una serpiente marina con sirenas en una mampara del comedor y la tripulación quedó encantada y todos querían convertirse en Vagabundos del Dharma inmediatamente. Ahora anda subiendo el sagrado monte Hiei, de Kioto, seguramente con medio metro de nieve, pero sigue sin desviarse por donde no hay senderos, paso a paso, atravesando espesos bambúes y pinos retorcidos como los de los dibujos. Los pies húmedos y sin acordarse de comer. Así es como hay que escalar.

–Por cierto, ¿qué ropa vas a llevar en el monasterio?

–¡Hombre! Lo adecuado. Prendas al estilo de la Dinastía Tang. Un largo hábito negro con amplias mangas y extraños pliegues. Para sentirme así oriental de verdad.

–Alvah dice que mientras hay gente como nosotros que anda muy excitada queriendo parecer orientales, ahora los orientales se dedican a leer a los surrealistas y a Charles Darwin, y que están locos por vestirse a la moda occidental.

–En cualquier caso, Oriente se funde con Occidente. Piensa en la gran revolución mundial que se producirá cuando el Oriente se funda de verdad con el Occidente. Y son los tipos como nosotros los que inician el proceso. Piensa en los millones de tipos del mundo entero que andan por ahí con mochilas a la espalda en sitios apartados, o viajando en autostop.

–Eso suena a los primeros días de las Cruzadas, con Walter el Mendigo y Pedro el Ermitaño encabezando grupos harapientos de creyentes camino de Tierra Santa.

–Sí, pero aquello tenía la grisura y miseria europeas. Quiero que mis Vagabundos del Dharma lleven la primavera en el corazón con todo él florecido y los pájaros dejando caer sus pequeños excrementos y sorprendiendo a los gatos que hace un momento querían comerlos.

–¿En qué estás pensando?

–Me limito a hacer poemas mentales mientras trepo hacia el monte Tamalpais. Mira allí arriba, es un monte maravilloso, el más hermoso del mundo. ¡Qué forma tan bella! Me gusta el Tamalpais de verdad. Dormiremos allí esta noche. Nos llevará hasta última hora de la tarde alcanzarlo.

La zona de Marin era mucho más frondosa y amena que la áspera zona de la sierra por donde trepamos el otoño anterior: todo eran flores, árboles, matorrales, pero al lado de la senda también había gran cantidad de ortigas. Cuando llegamos al final del alto camino polvoriento, de repente nos encontramos en un denso bosque de pinos y seguimos un oleoducto a través de la espesura, tan umbría que el sol de la mañana penetraba con dificultad y hacía fresco y estaba húmedo. Pero el olor era puro: a pinos y madera húmeda. Japhy no paró de hablar en toda la mañana. Ahora que estaba una vez más en pleno monte, se comportaba como un chiquillo.

–Lo único malo de ese asunto del monasterio japonés es que, a pesar de toda su inteligencia y sus buenas intenciones, los americanos de allí saben muy poco de lo que pasa en América y de los que estudiamos budismo por aquí. Y, además, no les interesa la poesía.

–¿Quiénes dices?

–Pues los que me mandan allí y pagan los gastos. Gastan mucho dinero preparando elegantes escenas de jardines y editando libros de arquitectura japonesa, y toda esa porquería que no le gusta a nadie y que sólo les resulta útil a las divorciadas americanas ricas en gira turística por Japón. En realidad, lo que debían de hacer era construir o comprar una vieja casa japonesa y tener una huerta y un sitio donde estar y ser budista, es decir, algo auténtico y no uno de esos bodrios habituales para la clase media americana con pretensiones. De todos modos, tengo muchas ganas de encontrarme allí. Chico, hasta me puedo ver por la mañana sentado en la estera con una mesa baja al lado, escribiendo en mi máquina portátil, y con el hibachi cerca y un cacharro de agua caliente y todos mis papeles y mapas, la pipa y la linterna, todo muy ordenado; y afuera ciruelos y pinos con nieve en las ramas, y arriba el monte Heizan con la nieve espesándose, y sugi e hinoki alrededor, y los pinos, chico, y los cedros... Templos escondidos que se encuentran al bajar por senderos pedregosos; sitios fríos muy antiguos con musgo donde croan las ranas, y dentro estatuillas y lámparas colgantes y lotos dorados y pinturas y olor a incienso y arcones lacados con estatuas. –Su barco zarpaba dentro de un par de días–. Pero me da pena dejar California..., a lo mejor por eso quiero echarle una ojeada final hoy, Ray.

Desde el umbrío bosque de pinos subimos a un camino donde había un refugio de montaña. Luego cruzamos el camino, y después de andar entre maleza cuesta abajo, llegamos a un sendero que probablemente no conocía nadie, a excepción de unos cuantos montañeros y, de pronto, ya estábamos en los bosques del Muir. Era un extenso valle que se abría varios kilómetros ante nosotros. Seguimos tres kilómetros por una vieja pista forestal y entonces Japhy subió por la ladera hasta otra pista que nadie habría imaginado que se encontraba allí. Seguimos por ella, subiendo y bajando a lo largo de un torrente con troncos caídos que nos permitían cruzarlo y, de vez en cuando, puentes que, según Japhy, habían construido los boys scouts: eran árboles serrados por la mitad con la parte plana hacia arriba sobre la que se podía caminar. Luego trepamos por una empinada ladera cubierta de pinos y salimos a la carretera. Subimos una loma con hierba y salimos a una especie de anfiteatro de estilo griego con asientos de piedra alrededor de algo parecido a un escenario también de piedra dispuesto como para hacer representaciones tetradimensionales de Esquilo y Sófocles. Bebimos agua y nos sentamos y nos quitamos las botas y contemplamos la silenciosa obra de teatro desde los asientos de piedra. A lo lejos, se veía el puente del Golden Gate y San Francisco todo blanco.

Japhy se puso a gritar y silbar y cantar, lleno de alegría. Nadie le oía.

–Así estarás en la cima del monte de la Desolación este verano, Ray.

–Cantaré con todas mis fuerzas por primera vez en la vida.

—Sólo te oirán los conejos, o quizás un oso con sentido crítico. Ray, esa zona del Skagit donde vas a ir es el sitio mejor de América. Ese río que serpentea corriendo y saltando entre gargantas camino del valle despoblado... Montes nevados que se desvanecen entre los pinos... Y valles profundos y húmedos... como Big Beaver y Little Beaver, algunos de los mejores bosques vírgenes de cedro rojo que quedan en el mundo. Me acuerdo muchas veces de mi casa abandonada de la atalaya del monte Cráter, y yo allí sentado, sólo con los conejos y el viento que aúlla, envejeciendo mientras los conejos, agazapados en sus acogedoras madrigueras de debajo de las piedras, calientes, comen semillas o lo que coman los conejos. Cuanto más te acercas a la auténtica materia, a la piedra y al aire y al fuego y a la madera, muchacho, el mundo resulta más espiritual. Toda esa gente que se considera materialista a ultranza no sabe nada de eso. Se consideran gente práctica y tienen la cabeza llena de ideas y nociones confusas. —Levantó la mano—. Escucha esa ardilla.

—Me pregunto qué estarán haciendo en casa de Sean.

—Seguramente se acaban de levantar y están empezando a beber ese vino tan agrio sentados por allí diciendo tonterías. Deberían de haber venido con nosotros, así aprenderían algo.

Cogió su mochila y se puso en marcha. A la media hora estábamos en un hermoso prado, después de seguir por una polvorienta senda a lo largo de arroyos poco profundos, y por fin llegamos a la zona de Potrero Meadows. Era un Parque Forestal Nacional con un hogar de piedra y mesas para merendar y todo lo necesario para acampar; pero no vendría nadie hasta el fin de semana. Unos cuantos kilómetros más allá, nos contemplaba la atalaya de la cima del Tamalpais. Abrimos las mochilas y pasamos una tarde muy tranquila dormitando al sol o con Japhy de un lado para otro mirando las mariposas y los pájaros y tomando notas en su cuaderno, y yo me paseé solo por el otro extremo, al norte, donde una desolada montaña de roca muy parecida a las de las Sierras se extendía hacia el mar.

Al anochecer, Japhy encendió una gran hoguera y se puso a preparar la cena. Estábamos cansados y felices. Aquella noche hicimos una sopa que no olvidaré jamás y, de hecho, fue la mejor sopa que tomé desde la época en que era un joven y famoso escritor en Nueva York y comía en el Chambord o en Henri Cru. Consistió en un par de paquetes de guisantes secos echados en un cacharro de agua hirviendo con tocino frito. Lo revolvimos hasta que volvió a hervir. Estaba rico y sabía de verdad a guisantes y a tocino ahumado y a manteca de cerdo; lo adecuado para tomar al anochecer cuando empieza a hacer frío junto a una crepitante hoguera. Además, mientras pululaba por allí, Japhy había encontrado bejines, unas setas silvestres, pero no de las de sombrilla, sino redondas, del tamaño de pomelos y de carne tersa y blanca. Las cortó y las frió en la grasa del tocino y nos las tomamos aparte con arroz frito. Fue una cena deliciosa. Lavamos los cacharros en el bullicioso arroyo. La crepitante hoguera mantenía alejados a los mosquitos. La luna asomaba entre las ramas de los pinos. Desenrollamos los sacos de dormir encima de la hierba y nos acostamos pronto. Estábamos muy cansados.

–Bien, Ray –dijo Japhy–, dentro de muy poco estaré muy lejos, mar adentro, y tú haciendo autostop costa arriba hacia Seattle, y luego camino de la zona del Skagit. Me pregunto qué será de nosotros.

Nos dormimos pensando en esto. Durante la noche tuve un sueño muy vivo, uno de los sueños más claros que había tenido nunca. Vi claramente un abarrotado mercado chino, sucio y lleno de humo, con mendigos y vendedores y animales de carga y barro y cacharros humeando y montones de basura y verduras que se vendían metidas en sucios recipientes de metal puestos en el suelo, y de repente, un mendigo harapiento había bajado de las montañas; un mendigo chino inimaginable, insignificante, que estaba en un extremo del mercado contemplándolo todo con expresión divertida. Era bajo, fuerte, con el rostro curtido por el sol del desierto y la montaña; vestía unos cuantos harapos; llevaba un hatillo de cuero a la espalda; iba descalzo. Yo había visto tipos como aquél con poca frecuencia, y sólo en México. A veces aparecían por Monterrey salidos de aquellas montañas rocosas; seguramente mendigos que vivían en cuevas. Pero el de ahora era un chino el doble de pobre, el doble de duro; un vagabundo infinitamente más misterioso; y sin duda se trataba de Japhy. Tenía su misma boca grande, sus mismos ojos chispeantes, su misma cara angulosa (una cara como la de la mascarilla mortuoria de Dostoievski, con pómulos prominentes y cabeza cuadrada); y era bajo y fornido como Japhy. Me desperté al amanecer, pensando: «¡Vaya! ¿Le va a pasar *eso* a Japhy? A lo mejor deja el monasterio y desaparece y no lo vuelvo a ver nunca más. Será el espectro de Han Shan de las montañas orientales, y hasta los mismos chinos le tendrán miedo viéndolo tan harapiento y derrotado.»

Se lo conté a Japhy. Ya estaba preparando el fuego y silbando.

—Bueno, no te quedes ahí metido en el saco de dormir. Levántate y trae un poco de agua. ¡Yodelayji, ju! Ray, te traeré unas barritas de incienso del templo de Kiyomizu. Las iré poniendo una a una en un gran incensario de bronce y haré el ritual adecuado. ¿Qué opinas de eso? Sólo es un sueño que tuviste. Si el tipo era yo, pues bien, era yo, ¿y qué? Siempre quejándome, siempre joven, ¡viva! —Sacó su pequeña hacha de la mochila y anduvo a hachazo limpio entre los arbustos y preparó una buena hoguera. Había neblina en los árboles y niebla en el suelo—. Vamos a recoger las cosas. Iremos hasta Laurel Dell. Luego seguiremos por las pistas forestales y bajaremos hasta el mar para nadar un poco.

—Maravilloso.

Para aquella excursión, Japhy había traído una mezcla deliciosa y muy energética; galletas Ry-Krisp, un queso cheddar curado y un salchichón. Desayunamos todo eso con té recién hecho y nos sentimos maravillosamente bien. Dos hombres pueden vivir durante dos días a base de pan concentrado y salchichón (carne concentrada) y queso, y el conjunto no pesa más de kilo y medio. Japhy estaba lleno de ideas de ese tipo. ¡Qué esperanza, qué energía humana, qué auténtico optimismo americano encerraba su pequeña estructura física! Allí iba delante de mí por la senda y se volvía y gritaba:

—Intenta meditar mientras caminas. Limítate a andar mirando al suelo y sin mirar a los lados, y abandónate mientras el suelo desfila a tus pies.

Llegamos a Laurel Dell hacia las diez. También había allí hogares de piedras, parrillas y mesas, pero los alrededores eran infinitamente más hermosos que en Potrero Meadows. Había auténticos prados. Una belleza de ensueño con suave hierba alrededor y un linde de frondosos árboles. Hierba ondulante y arroyos y nadie a la vista.

—Dios mío, voy a volver aquí y traeré comida y gasolina y un hornillo y prepararé la comida sin hacer humo y así los del Servicio Forestal no vendrán a molestarme.

—Sí, pero si te encuentran cocinando fuera de estos hogares te echarán, Smith.

—Pero ¿qué voy a hacer si no los fines de semana? ¿Unirme a los que vienen de excursión? Me esconderé por ahí, junto a ese hermoso prado. Me quedaré aquí para siempre.

—Y sólo hay tres kilómetros cuesta abajo hasta Stinson Beach y la tienda de comestibles que hay allí.

A mediodía nos pusimos en marcha hacia la playa. Fue una marcha tremendamente agotadora. Subimos hasta los prados más altos, desde donde pudimos ver otra vez San Francisco en la lejanía, y luego bajamos por una senda muy empinada que parecía caer directamente en el mar; a veces había que bajar corriendo y, en una ocasión, casi sentados de culo. Un torrente de agua corría al lado de la senda. Adelanté a Japhy y, mientras cantaba alegremente, empecé a bajar tan deprisa por la senda, que lo dejé casi un par de kilómetros atrás y tuve que esperarle al pie de la cuesta. Japhy se lo tomaba con más calma disfrutando de los helechos y las flores. Dejamos las mochilas encima de unas hojas secas que había junto a los árboles y caminamos libres del peso hasta los prados que caían sobre el mar pasando junto a varias granjas con vacas pastando. Llegamos al pueblo donde compramos vino en la tienda, y enseguida estábamos en la arena y entre las olas. Era un día fresco con momentos ocasionales de sol. Pero no nos importaba. Nos tiramos al agua y nadamos enérgicamente un rato y luego salimos y sacamos el salchichón y los Ry-Krisp y el queso, lo pusimos todo encima de un papel y, sentados en la arena, comimos y bebimos vino y charlamos. Hasta me eché una siestecita. Japhy se sentía muy bien.

–¡Maldita sea, Ray! Nunca sabrás lo contento que estoy de haber decidido pasarnos estos dos días en el monte. Me siento como nuevo. *¡Sé* que de esto tiene que salir algo bueno!

–¿De esto?

–Bueno, de lo que sea, no lo sé... Del modo en que aceptamos nuestras vidas. Ni tú ni yo vamos a romperle la cara a nadie ni a ahogar a ninguna persona, en sentido económico. Nos dedicamos a rezar por todos los seres vivos, y cuando seamos lo bastante fuertes seremos capaces de hacer las cosas de verdad, como los antiguos santos. ¿Quién sabe? El mundo podría despertarse y abrirse por todas partes en una hermosa flor del Dharma.

Dormitó un poco, se despertó y miró y dijo:

–Fíjate en toda esa extensión de agua que llega hasta Japón.

Cada vez se sentía más triste por tener que marcharse.

30

Iniciamos el regreso y recogimos las mochilas y seguimos subiendo por aquel sendero que casi llegaba hasta el nivel del mar. Fue una ascensión difícil, ayudándonos con las manos entre rocas y arbustos, y nos dejó exhaustos, pero al final llegamos a un hermoso prado desde el que vimos de nuevo San Francisco en la distancia.

—Jack London solía andar por este sendero —dijo Japhy.

Seguimos por la ladera sur de una hermosa montaña desde donde, a lo largo de kilómetros y durante horas, tuvimos vistas constantes del Golden Gate, e incluso de Oakland. Había bellos parques naturales de robles serenos, todos dorados y verdes al caer la tarde, y muchas flores silvestres. Una vez vimos a un cervatillo encima de un montículo cubierto de hierba que nos miraba asombrado. Bajamos por el prado hasta un bosque de pinos y luego subimos y subimos por una cuesta tan empinada que empezamos a maldecir y a sudar entre el polvo. Las sendas son así: uno se siente flotar en el paraíso shakespeariano de Arden y cree que va a ver ninfas y pastores tocando el camarillo, cuando de repente se encuentra bajo un sol abrasador en un infierno de polvo y espinos y ortigas..., exactamente igual que la vida.

—El mal karma produce automáticamente buen karma —dijo Japhy—. No te quejes tanto y sigue, pronto estaremos cómodamente sentados en una cumbre llana.

Los últimos tres kilómetros del monte fueron terribles y dije:

—Japhy, hay una cosa que en este momento deseo más que cualquier otra en el mundo..., más que cualquiera de las que he deseado en toda mi vida. —Soplaba el frío viento del atardecer y apresurábamos el paso inclinados bajo las mochilas por aquel sendero interminable.

—¿Cuál?

—Una de esas tabletas de chocolate Hershey tan maravillosas. Hasta me contentaría con una de las más pequeñas. Por el motivo que sea, una de esas tabletas sería mi salvación en este preciso instante.

–Eso es tu budismo, una tableta de chocolate Hershey. ¿Qué te parecería estar a la luz de la luna, bajo un naranjo, con un helado de vainilla?

–Demasiado frío. Lo que necesito, anhelo, pido, ansío... por lo que me estoy muriendo, es por una tableta...

Estábamos muy cansados y no dejábamos de caminar en dirección a casa mientras hablábamos como niños. Yo seguía repitiendo y repitiendo lo necesario que me resultaba una tableta de chocolate. Lo decía de verdad. Necesitaba reponer fuerzas. Me sentía mareado y necesitaba azúcar, pero pensar en chocolate y cacahuetes deshaciéndoseme en la boca con aquel aire frío era excesivo.

Pronto estábamos saltando la valla del corral que llevaba al prado de los caballos de encima de nuestra cabaña. Luego asaltamos la alambrada de nuestro terreno y anduvimos los siete u ocho metros de hierba alta, una vez pasado mi lecho junto al rosal, y llegamos a la puerta de nuestra vieja cabañita. Era la última noche juntos en aquella casa. Nos sentamos tristemente en la cabaña a oscuras, quitándonos las botas y suspirando. No podía hacer otra cosa que sentarme sobre mis pies. Sentarse encima de los pies propios elimina el dolor.

–Para mí se han acabado las caminatas –dije.

–Bueno, todavía tenemos que conseguir algo que cenar –dijo Japhy–. Veo que este fin de semana lo terminamos todo. Voy a bajar hasta el supermercado de la carretera a comprar algo.

–Pero, tío, ¿es que no estás cansado? Vámonos a la cama, ya comeremos mañana.

Pero volvió a calzarse las botas y salió. Todo el mundo se había ido, la fiesta había terminado en cuanto se dieron cuenta de que Japhy y yo habíamos desaparecido. Encendí la lumbre y me tumbé y hasta dormí un rato, y de pronto era de noche y Japhy volvía y encendía la lámpara de petróleo y colocaba la comida encima de la mesa, y además, traía tres tabletas de chocolate Hershey sólo para mí. Fueron las tabletas Hershey mejores que comí nunca. También había traído mi vino favorito, oporto, sólo para mí.

–Me voy, Ray, y me imaginé que debíamos celebrarlo...

Su voz se arrastraba llena de tristeza y cansancio. Cuando Japhy estaba cansado, y a veces quedaba completamente agotado después de caminar o trabajar, su voz sonaba lejana y débil. Pero enseguida reunió fuerzas y empezó a preparar la cena y a cantar delante del hornillo como un millonario, haciendo ruido con las botas sobre el suelo de madera de la cabaña, preparando jarrones de flores, calentando agua para el té, rasgueando su guitarra y tratando de animarme, mientras yo, tendido allí, miraba tristemente el techo de arpillera. Era nuestra última noche, ambos lo notábamos.

–Me pregunto cuál de los dos morirá antes –murmuré en voz alta–. Sea el que sea, vuelve, fantasma, y entrégale la llave.

–¡Ja! –Me trajo la cena y comimos con las piernas cruzadas como tantas otras noches: oyendo sólo el viento enfurecido en el océano de árboles y a nuestros dientes haciendo ñam ñam al comer nuestros sencillos alimentos de bhikkhu.

–Piensa, Ray –dijo Japhy–, en cómo sería este monte de encima de la cabaña hace treinta mil años, en la época del hombre de Neanderthal. ¿Te das cuenta de que en aquel tiempo, según los sutras, ya había un Buda, Dipankara?

–¿El que nunca dijo nada?

–Imagínate a todos aquellos hombres-mono iluminados sentados alrededor de una hoguera en torno a su Buda que no decía nada y lo sabía todo.

Aquella misma noche, pero un poco más tarde, subió Sean y se sentó cruzado de piernas y habló breve y tristemente con Japhy. Todo había terminado. Luego subió Christine con las dos niñas en brazos; era una chica fuerte y podía subir pendientes pronunciadas con pesadas cargas. Aquella noche fui a dormir en mi saco junto al rosal y lamenté la repentina y fría oscuridad que había caído sobre la cabaña. Eso me recordó uno de los primeros capítulos de la vida de Buda cuando decidió dejar el palacio, y a su afligida esposa y a su hijo y a su pobre padre, y se alejó a lomos de un caballo blanco para ir al bosque a cortarse su pelo rubio y devolvió el caballo con un criado que lloraba, embarcándose en un difícil viaje a través del bosque en pos de la verdad eterna.

«Como los pájaros que se congregan en los árboles al atardecer y luego desaparecen al caer la noche, así son las separaciones del mundo», escribió Ashvhaghosha hace casi dos mil años.

Al día siguiente pensé en hacerle un regalo de despedida, pero como no tenía mucho dinero ni ideas al respecto, cogí un trozo de papel no mayor que una uña y escribí cuidadosamente en él: *¡Ojalá utilices el cortador de diamante de la misericordia!* Y cuando dije adiós a Japhy en el puerto se lo entregué. Lo leyó, se lo metió en el bolsillo y no dijo nada.

Y lo último que pasó en San Francisco fue que al fin Psyche se ablandó y le escribió una nota que decía:

«Me reuniré contigo en tu camarote y te daré lo que quieres», o algo parecido, y por eso ninguno de nosotros subió al barco para despedirse de él en el camarote.

Psyche le estaba esperando allí para una escena de apasionado amor. Sólo dejamos a Sean que subiera a bordo para ver si necesitaba algo de última hora. Conque una vez que todos le dijimos adiós y nos fuimos, Japhy y Psyche probablemente hicieron el amor en el camarote y entonces ella se echó a llorar e insistió en que también quería ir a Japón y el capitán mandó que desembarcaran todos, pero ella no quería y la cosa terminó así:

El barco empezó a separarse del muelle y Japhy apareció en cubierta con Psyche en brazos, y sin dudarlo, la tiró al muelle —era lo bastante fuerte como para arrojar a una chica a tres metros de distancia—, donde Sean pudo recogerla justo a tiempo. Y aunque eso no se atuvo exactamente al cortador de diamante de la misericordia, no estuvo nada mal; Japhy quería llegar a la otra orilla y dedicarse a sus cosas. Sus cosas que se concretaban en el Dharma. Y el mercante zarpó y dejó atrás el Golden Gate y se perdió en las procelosas inmensidades del gris Pacífico, rumbo al oeste. Psyche lloraba. Sean lloraba. Todos estábamos tristes.

–Es una pena –dijo Warren Coughlin–, lo más probable es que desaparezca en el Asia Central mientras realiza un viaje tranquilo, pero sin pausas, desde Kashgar a Lanchow, vía Lhasa, con una recua de yacs tibetanos mientras vende palomitas de maíz, alfileres e hilo de coser de varios colores y escala de cuando en cuando algún Himalaya, y terminará iluminando al Dalai Lama y a todo el que se encuentre a varios kilómetros a la redonda y no volveremos a oír nada de él.

–No, no hará eso –dije–. Nos quiere mucho.

–De todas formas –añadió Alvah–, todo termina siempre en lágrimas.

31

Entonces, y como si el dedo de Japhy me indicara el camino, inicié mi marcha hacia el norte, camino de la montaña.

Era la mañana del 18 de junio de 1956. Bajé y dije adiós a Christine y le di las gracias por todo y seguí carretera abajo. Me despidió agitando la mano desde la entrada de la casa.

–Nos vamos a sentir muy solos por aquí ahora que todos se han ido y no celebraremos fiestas los fines de semana –había dicho.

Disfrutó de verdad con todo lo que había pasado. Allí se quedó junto a la puerta, descalza con la pequeña Prajna al lado, también descalza, mientras me alejaba por el prado de los caballos.

El viaje hacia el norte fue fácil, como si me acompañaran los buenos deseos de Japhy de que llegara a la montaña que sería mía para siempre. En la 101 me cogió inmediatamente un profesor de sociología, originario de Boston, que solía cantar en Cape Cod y que el día anterior se había desmayado en la boda de un amigo porque llevaba algún tiempo ayunando. Cuando me dejó en Cloverdale compré víveres para el camino: un salchichón, un trozo de queso cheddar, Ry-Krisp y unos dátiles de postre, todo cuidadosamente metido en mis bolsas para comida dentro de la mochila. Todavía me quedaban cacahuetes y uvas pasas de la última excursión. Japhy había dicho:

—No necesitaré esos cacahuetes y uvas pasas en el mercante.

Lo recordé con algo de tristeza, y también cómo era de cuidadoso Japhy en lo que se refiere a la comida y yo deseé que todo el mundo se ocupara en serio de las cuestiones alimenticias en lugar de fabricar cohetes y aparatos y explosivos, utilizando el dinero de la comida de todo el mundo en hacerlo saltar todo por los aires.

Anduve como un par de kilómetros después de comer en la parte de atrás de un garaje, y llegué a un puente del río Russian, donde quedé atascado bajo una luz grisácea lo menos durante tres horas. Pero, de repente, me recogió para hacer un trayecto inesperadamente corto un granjero con un tic en la cara que iba con su mujer e hijo hasta un pueblecito, Preston, donde un camionero se ofreció a llevarme hasta Eureka («¡Eureka!», grité) y enseguida se puso a hablar conmigo y me dijo:

—¡Maldita sea! No sabes lo solo que me siento en este trasto. Me gusta tener alguien con quien hablar por la noche. Si quieres te llevaré hasta Crescent City.

Quedaba un poco apartado de mi camino, algo más al norte de Eureka, pero dije que muy bien. El tipo se llamaba Ray Breton y me llevó unos cuatrocientos cincuenta kilómetros bajo la lluvia, hablando sin parar toda la noche de su vida, sus hermanos, sus mujeres, sus hijos, su padre, y en el parque de Humboldt Redwood, en un restaurante llamado Forest of Arden, cenamos maravillosamente bien mariscos y pastel de fresas y helado de vainilla de postre. Tomamos mucho café y lo pagó todo él. Conseguí que dejara de hablar de sus problemas y empezamos a hablar de las Cosas Importantes, y dijo:

–Sí, los que son buenos van al Cielo porque han estado en el Cielo desde el principio. –Lo que me pareció muy justo.

Viajamos toda la noche bajo la lluvia y llegamos a Crescent City al amanecer. Era un pueblo junto al mar y había niebla. Aparcó el camión en la arena, junto a la orilla, y dormimos una hora. Luego se fue después de invitarme a desayunar: tortitas y huevos. Probablemente se había cansado de pagarme la comida. Entonces anduve hasta las afueras de Crescent City y seguí por una carretera hacia el este. Era la Autopista 199 y por ella volví a la 99 que me Llevaría a Portland y Seattle más deprisa que la pintoresca, pero más lenta, carretera de la costa.

De repente me sentí tan libre que empecé a caminar por el lado equivocado de la carretera y hacía señales con el dedo andando como un santo chino que no va a ninguna parte mientras me dirigía al monte de mi alegría. ¡Pobre mundo angelical! De pronto, todo dejó de importarme. Iba a caminar sin detenerme. Pero precisamente porque iba bailando por el lado erróneo de la carretera y no me importaba, todo el mundo empezó a cogerme. Primero fue un buscador de oro con un pequeño tractor, y hablamos largamente de los bosques, de los montes Siskiyou (que atravesábamos en dirección a Grants Pass, Oregón), de cómo se prepara un buen pescado al horno. Me dijo que para eso bastaba con encender una hoguera en la arena amarilla de un arroyo, y entonces enterrar el pescado en la arena caliente unas cuantas horas, sacarlo y quitarle la arena. Se interesó mucho por mi mochila y mis planes.

Me dejó a la entrada de un pueblo de las montañas muy

parecido a Bridgeport, California, donde Japhy y yo habíamos estado sentados al sol. Caminé un par de kilómetros y
eché una siesta en el bosque, justo en el corazón de la sierra
de Siskiyou. Me desperté sintiéndome muy raro en medio
de aquella desconocida niebla china. Seguí andando por el
lado equivocado de la carretera y en Kerby me cogió un ven-
dedor de coches usados, un tipo rubio que me dejó en
Grants Pass, y allí, después de que un grueso vaquero con un
camión de grava tratara deliberadamente de pasar por encima de mi mochila, conseguí que un melancólico leñador
que tenía un casco en la cabeza me llevara muy deprisa, subiendo y bajando por un valle de ensueño hasta Canyonville,
donde, como entre sueños, se detuvo un tipo demente con
un camión lleno de guantes, y el conductor, Ernest Petersen,
me dijo que subiera y se puso a hablar insistiendo en que me
sentara en el asiento de cara a él (con lo que iba a toda velocidad de espaldas a la carretera), y me dejó en Eugene, Oregón.
Hablaba sin parar y de todo tipo de cosas y compró cerveza
y hasta se paró en varias estaciones de servicio para enseñar
los guantes. Dijo:

–Mi padre era un hombre estupendo que siempre decía:
«En el mundo hay más grupos de caballos que caballos.»

Era un gran aficionado a los deportes y acudía a las
pruebas de atletismo con un cronómetro y conducía de un
modo temerario y era un tipo independiente que se resistía a
afiliarse a los sindicatos.

Nos despedimos en el rojo atardecer junto a una laguna
de las afueras de Eugene. Pensaba pasar la noche allí. Extendí mi saco de dormir debajo de un pino junto a un espeso
matorral que estaba al lado de la carretera, un poco alejado
de las casas de campo desde las que ni podían ni querían verme porque todo el mundo miraba la televisión, y cené y dormí doce horas metido en el saco. Sólo me desperté en una
ocasión en medio de la noche para untarme de loción anti-
mosquitos.

Por la mañana divisé las impresionantes estribaciones de

la cordillera de las Cascadas, en cuyo extremo más septentrional, a unos seiscientos kilómetros, casi en la frontera con Canadá, estaba mi montaña. Por la mañana el arroyo estaba sucio a causa del aserradero que había al otro lado de la carretera. Me lavé en el arroyo y me puse en marcha tras una breve oración con el rosario que Japhy me había regalado en el Matterhorn.

—Adoro la vacuidad de la divina cuenta del rosario del Buda.

Me recogieron inmediatamente un par de rudos jóvenes que me llevaron hasta las afueras de Junction City donde tomé café y anduve tres kilómetros hasta un restaurante de carretera que me pareció bien y tomé tortitas y luego seguí caminando por la carretera y pasaban coches zumbando y me preguntaba cómo conseguiría llegar hasta Portland, por no hablar de Seattle. Me cogió un divertido pintor de brocha gorda con los zapatos salpicados de pintura y cuatro latas de medio litro de cerveza fría, que enseguida se detuvo en un bar de la carretera para comprar más cerveza, y por fin estábamos en Portland cruzando puentes colgantes eternos que se alzaban después de que los pasáramos para dar paso a grúas flotantes que bajaban por aquel río tan sucio rodeado de pinares. En el centro de Portland tomé un autobús que por veinticinco centavos me llevó a Vancouver, Washington, donde comí una hamburguesa Coney Island, luego salí a la Autopista 99 y me recogió un agradable *okie,* joven, amable y bigotudo, un auténtico bodhisattva, que me dijo:

—Estoy muy orgulloso de haberte cogido y tener alguien con quien hablar.

Nos parábamos continuamente a tomar café y entonces él jugaba a la máquina muy en serio y, además, cogía a todos los autostopistas de la carretera; primero a un tipo enorme, otro *okie* de Alabama, y luego a un enloquecido marinero de Montana que habló por los codos y dijo cosas inteligentes; y fuimos como balas hasta Olympia, Washington, a más de ciento treinta kilómetros por hora por una sinuosa carretera que atravesaba los bosques y llegamos a la base naval de Bremerton, Washington, donde un transbordador que costaba cincuenta centavos era todo lo que me separaba de Seattle.

Nos despedimos y el vagabundo *okie* y yo subimos al transbordador. Le pagué el billete agradecido por la terrible suerte que había tenido en la carretera y hasta le di cacahuetes y pasas que devoró hambriento, por lo que también le di salchichón y queso.

Luego, mientras él se quedaba sentado en la sala principal, subí a cubierta mientras el transbordador emproaba la fría llovizna para disfrutar del canal de Puget Sound. El viaje hasta el puerto de Seattle duraba una hora y encontré una botella de vodka encajada en la barandilla dentro de un ejemplar de la revista *Time*. Bebí tranquilamente y abrí la mochila y saqué mi jersey grueso y me lo puse debajo del impermeable y anduve por la cubierta vacía debido al frío y la niebla sintiéndome salvaje y lírico. Y, de repente, vi que el Noroeste era muchísimo más de lo que imaginaba a partir de los relatos de Japhy. Había kilómetros y kilómetros de montañas increíbles que se elevaban en todos los horizontes entre jirones de nubes; el monte Olympus y el monte Baker, una gigantesca franja anaranjada en los oscuros cielos de la zona del Pacífico que llevaba, lo sabía, hacia las desolaciones siberianas de Hokkaido. Me arrimé a la cabina del puente oyendo dentro la conversación a lo Mark Twain que mantenían el patrón y el timonel. En la densa y oscura niebla de delante unas grandes luces de neón rojas decían: PUERTO DE SEATTLE. Y de pronto, todo lo que Japhy me había contado de Seattle empezó a colarse en mi interior como lluvia fría. Podía notarlo y verlo, y no sólo imaginarlo. Era exactamente como él había dicho: húmedo, inmenso, cubierto de bosques, montañoso, frío, estimulante, desafiante. El transbordador enfiló hacia el muelle en Alaska Way, y vi de inmediato los tótems de los viejos almacenes y la vieja locomotora estilo 1880 con soñolientos fogoneros que iba clong clog a lo largo del malecón como en una escena de mis sueños. Era una vieja locomotora americana Casey Jones, la única que había visto, aparte de las de las películas de vaqueros. Pero ésta funcionaba de verdad y tiraba de los vagones bajo la tenue luz de la ciudad mágica.

Me dirigí de inmediato a un agradable hotel bastante limpio de la zona del puerto, el Hotel Stevens, cogí una habitación por un dólar setenta y cinco la noche, tomé un baño caliente y dormí muy bien, y por la mañana me afeité y salí a la Primera Avenida y encontré casualmente unos almacenes de la Beneficencia con jerséis maravillosos y ropa interior de color y desayuné estupendamente con café a cinco centavos en el mercado abarrotado a aquella hora de la mañana y con el cielo azul y las nubes que pasaban muy rápido por encima y las aguas del canal de Puget Sound brillando y bailando bajo los viejos malecones. Era el auténtico Noroeste. A mediodía dejé el hotel con mis nuevos calcetines de lana y demás prendas bien guardadas y caminando me dirigí encantado a la 99, que estaba a unos pocos kilómetros de la ciudad, y me recogieron enseguida. Siempre breves trayectos.

Ahora empezaba a distinguir las Cascadas en el horizonte, al nordeste; increíbles inmensidades y rocas aserradas y cubiertas de nieve que te hacían tragar saliva. La carretera corría por los fértiles valles del Stilaquamish y el Skagit: unos valles con granjas y vacas pastando ante aquel telón de fondo de cimas cubiertas de nieve. Cuanto más al norte iba, mayores eran las montañas, hasta que empecé a tener miedo. Me recogió un individuo que parecía un pulcro abogado con gafas en un coche muy serio, pero que resultó ser el famoso Bat Lindstrom, el campeón de automovilismo, y su coche tan serio tenía el motor preparado y podía llegar a doscientos ochenta kilómetros por hora. Y se puso a demostrármelo lanzando el coche como una exhalación para que pudiera oír aquel poderoso rugido. Luego me cogió un maderero que dijo que conocía a los guardas forestales del sitio adonde yo iba, y añadió:

–El valle del Skagit sigue al del Nilo en fertilidad.

Me dejó en la 1-G, que llevaba a la 17-A, la cual se metía en el corazón de las montañas, y, de hecho, terminaba en un camino de tierra, en la presa del Diablo. Ahora estaba de verdad en la zona montañosa. Los que me cogían eran madereros, buscadores de uranio, granjeros, y me llevaron hasta el último pueblo grande de Skagit Valley, Sedro Woolley, un pueblo con un importante mercado, y luego seguí por una carretera que cada vez era más estrecha y con más curvas, siempre entre escarpaduras y el río Skagit, que cuando lo cruzamos por la 99 era un río de ensueño con prados a ambos lados y ahora era un torrente de nieve fundida que corría rápido entre orillas cubiertas de barro. Empezaron a aparecer acantilados a ambos lados. Las montañas cubiertas de nieve habían desaparecido, ya no podía verlas aunque sentía su presencia; y más y más cada vez.

32

En una vieja taberna vi a un viejo decrépito que casi no podía moverse detrás del mostrador cuando le pedí una cerveza.

«Prefiero morir en una cueva glacial a pasar una tarde eterna en un sitio polvoriento como éste», pensé.

Una pareja muy amartelada me dejó junto a una tienda de comestibles de Sauk y allí hice el trayecto final con un temerario de largas patillas morenas, un loco y borracho guitarrista del valle del Skagit que conducía como un demonio y que se detuvo entre una nube de polvo delante de la Estación Forestal de Marblemount. Estaba en casa.

El ayudante del guardabosques estaba de pie mirándonos.

–¿Es usted Smith?

–Sí.

—¿Y ése? ¿Es amigo suyo?

—No, sólo me recogió y me trajo hasta aquí.

—¿Quién se cree usted que es para andar a esa velocidad por propiedades del gobierno?

Tragué saliva, había dejado de ser un bhikkhu libre. No lo volvería a ser hasta que me encontrara en mi montaña la semana próxima. Tenía que pasar una semana entera en la Escuela de Vigilantes de Incendios con un montón de jóvenes, todos llevando cascos; unos lo llevaban muy derecho, y otros, como yo, ladeado. Abrimos cortafuegos en el bosque o talamos árboles o provocamos pequeños incendios experimentales. Y allí conocí al antiguo guardabosques y leñador Burnie Byers, el «hachero» al que Japhy imitaba siempre con su voz profunda y extraña.

Burnie y yo nos instalábamos en el bosque dentro de su camión y hablábamos de Japhy.

—Es una vergüenza que Japhy no haya vuelto este año. Era el mejor vigilante de incendios que he tenido nunca y, además, el mejor montañero que he visto en la vida. Siempre dispuesto a subir, deseando llegar a las cumbres. Sin duda el mejor chaval que he conocido nunca. No le tenía miedo a nadie y siempre daba su opinión. Eso era lo que más me gustaba de él. Si llega un momento en que uno no puede decir lo que piensa, entonces debe perderse en lo más profundo del bosque y dejarse morir en una choza. Y una cosa más sobre Japhy: esté donde esté, en todo lo que le queda de vida y por muy viejo que sea, siempre lo pasará bien.

Burnie tenía unos sesenta y cinco años y de hecho hablaba en tono paternal de Japhy. Algunos de los otros chicos le recordaban también y me preguntaron cuándo volvería. Aquella noche, como era el cuarenta aniversario de Burnie en el Servicio Forestal, los demás guardabosques le hicieron un regalo, que consistía en un cinturón de acero. Burnie siempre tenía problemas con los cinturones y en aquella época llevaba una cuerda sujetándole los pantalones. Así que se puso el cinturón y dijo algo divertido de que lo mejor sería que no comiera mucho, y todos aplaudieron y rieron. Me dije que Burnie y Japhy probablemente eran las dos personas mejores y más trabajadoras de todo este país.

Después del cursillo en la escuela pasé cierto tiempo subiendo a las montañas que había detrás del puesto forestal o simplemente sentado a orillas del Skagit con la pipa en la boca y una botella de vino entre las piernas; tardes y noches enteras a la luz de la luna, mientras los otros se iban a beber cerveza al pueblo. El río Skagit, en Marblemount, era un claro arroyo de nieve líquida de un verde purísimo; arriba, los pinos del noroeste se amortajaban entre nubes; y más allá, había cumbres con nubes desfilando por delante de ellas que a veces dejaban pasar los rayos del sol. Era una creación de las tranquilas montañas; sin duda lo era este torrente de pureza que tenía a los pies. El sol brillaba en los remolinos y algunos troncos hacían frente a la corriente. Los pájaros revoloteaban por encima del agua, buscando a los sonrientes peces escondidos que sólo muy raramente daban un salto fuera del agua, arqueados sus lomos, y caían de nuevo al agua, que borraba toda huella y seguía corriendo. Troncos y tocones pasaban flotando a cuarenta kilómetros por hora. Supuse que si trataba de cruzar el río nadando, aunque fuera tan estrecho, no alcanzaría la otra orilla hasta un kilómetro más abajo. Era un río maravilloso con un vacío de eternidad dorada, olor a musgo y corteza y ramas y barro, todo haciendo desfilar misteriosas visiones ante mis ojos y, sin embargo, tranquilo y perenne como los árboles de las laderas y el sol que bailaba. Cuando miraba hacia las nubes, éstas adquirían, según me dije, rostros de eremitas. Las ramas de los pinos parecían contentas bañándose en el agua. Las copas de los árboles parecían encantadas de que las nubes les sirvieran de sudario. Las hojas acariciadas por el viento del nordeste y besadas por el sol parecían hechas para el goce. Las nieves de las alturas del horizonte, libres de toda senda, parecían acogedoras y cálidas. Todo parecía libre para siempre y agradable; todo más allá de la verdad, más allá del azul del espacio vacío.

–Las montañas son poderosamente pacientes, hombre-Buda –dije en voz alta y tomé un trago.

Hacía frío, pero cuando el sol alcanzaba el tronco en el que estaba sentado, éste se convertía en un horno al rojo vivo. Cuando volvía bajo la luz de la luna a ese viejo tronco, el mundo era como un sueño, como un fantasma, como una burbuja, como una sombra, como el rocío que se evapora, como el resplandor de un relámpago.

Por fin había llegado el momento de prepararme para subir a la montaña. Compré comida a crédito por valor de cuarenta y cinco dólares en la pequeña tienda de Marblemount y lo cargamos todo en el camión –Happy el mulero y yo–, y fuimos cuesta arriba hasta la presa del Diablo. A medida que avanzábamos, el Skagit se hacía más estrecho y más parecido a un torrente y, finalmente, empezó a saltar sobre las rocas alimentado por cascadas que caían de las boscosas paredes de piedra que lo flanqueaban, y cada vez se hacía más peñascoso y salvaje. Habían represado el río Skagit en Newhalem, y también en la presa del Diablo, donde un gigantesco ascensor estilo Pittsburgh te llevaba hasta una plataforma al nivel del lago del Diablo. Cuando hacia 1890 la fiebre del oro llegó a esta región, los buscadores construyeron un sendero entre los riscos de sólida roca de la garganta que iba de Newhalem hasta lo que es hoy el lago Ross, donde estaba la última presa, y habían llenado los arroyos Ruby, Granite y Canyon de yacimientos que nunca merecieron la pena. Ahora la mayor parte de esta senda quedaba debajo del agua. En 1919 un incendio había devastado la región alta del Skagit, y toda la zona que rodeaba Desolación, mi montaña, había ardido y ardido durante dos meses, llenando el cielo de la parte septentrional de Washington y la Columbia Británica de humo que ocultaba el sol. El gobierno intentó combatirlo enviando mil hombres con recuas de mulas que tardaron en llegar tres semanas desde Marblemount, así que sólo las lluvias pudieron con el incendio y apagaron las llamas, aunque, según me dijeron, todavía se veían troncos carbonizados en el pico de la Desolación y en algunos valles. Ésa era la razón del nombre: Desolación.

–Chico –dijo el viejo y pintoresco Happy, que todavía llevaba un viejo sombrero de vaquero de su época de Wyoming y se liaba sus propios cigarrillos y gastaba bromas todo el tiempo–, a ver si no eres como el tipo que tuvimos hace unos cuantos años en el Desolación. Lo subimos hasta allí y era el tipo más inútil que he visto nunca; lo metí en la atalaya y quiso freírse un huevo para cenar y rompió la cáscara y se le escapó de la sartén y el fogón y fue a parar encima de su bota. No sabía si cagarse o mearse, ¡vaya tío! Y encima, cuando me fui y le dije que no se enfadara demasiado consigo mismo, el mamón va y me contesta: «Sí, señor, sí, señor.»

–Eso no me preocupa, lo único que quiero es estar allí arriba solo todo este verano.

–Ahora dices eso, pero ya verás cómo cambias de copla enseguida. Todos son así de valientes. Pero luego empiezan a hablar solos. Y eso no es lo malo, lo peor es cuando empiezas a *responderte.*

El viejo Happy llevaba las mulas de carga por el sendero de la garganta, mientras yo iba en el bote desde la presa del Diablo hasta el pie de la presa de Ross, desde donde se veían inmensas extensiones hasta el monte Baker y las otras montañas del Servicio Forestal en un amplio panorama que, desde los alrededores del lago Ross, se extendía brillando al sol hasta el mismo Canadá. En la presa de Ross, las balsas del Servicio Forestal estaban amarradas un poco apartadas de la escarpada orilla cubierta de árboles. Resultaba bastante duro dormir en aquellas literas, se balanceaban con la balsa y los troncos y las olas combinadas, y hacían un ruido que te mantenía despierto.

La noche en que dormí allí había luna llena que bailaba sobre las aguas. Uno de los vigilantes dijo:

–La luna está justo encima de la montaña, y cuando veo

eso siempre me imagino que estoy viendo la silueta de un coyote.

Al fin había llegado el día lluvioso y gris de mi partida para el pico de la Desolación. Uno de los guardas forestales estaba con nosotros, y los tres íbamos a subir y no iba a ser nada agradable cabalgar el día entero bajo aquel diluvio.

–Chico, debiste haber incluido un par de botellas de brandy entre los víveres, vas a necesitarlas allí arriba para luchar contra el frío –dijo Happy, mirándome con su gran narizota roja.

Estábamos de pie junto al corral; Happy daba de comer a los caballos sujetándoles sacos de pienso alrededor del cuello: los animales comían sin importarles la lluvia. Fuimos pesadamente hasta la puerta de troncos y la abrimos y dimos un rodeo bajo los inmensos sudarios de los montes Sourdough y Ruby. Las olas chocaban contra la lancha y nos salpicaban. Entramos en la cabina del piloto y éste nos preparó una taza de café. Los abetos de la orilla, escasamente visibles, eran como filas de fantasmas entre la neblina del lago. Aquello era el auténtico rostro amargo y ceñudo y miserable del Noroeste.

–¿Dónde está el Desolación? –pregunté.

–Hoy no lo verás hasta que estemos prácticamente en su cima –dijo Happy–, y entonces no te va a gustar demasiado. Ahora allí arriba está nevando y granizando. Chico, ¿estás seguro de que no tienes escondida una botellita de brandy en algún sitio de la mochila?

Ya nos habíamos liquidado una botella de vino de moras que él había comprado en Marblemount.

–Happy, cuando en septiembre baje de esa montaña, te invitaré a un litro de whisky escocés.

Me iban a pagar bien por estar en el monte que buscaba.

–Lo has prometido, no te olvides de ello.

Japhy me había contado un montón de cosas de Happy el Empaquetador, como le llamaban. Happy era un buen hombre; él y el viejo Burnie Byers eran los mejores veteranos de aquel sitio. Conocían la montaña y sabían cargar a los animales y, sin embargo, no ambicionaban convertirse en inspectores forestales.

Happy también recordaba a Japhy con nostalgia.

—Ese chico sabía un montón de canciones muy divertidas y muchas cosas así. Fíjate que hasta le gustaba hacer sendas. En una ocasión tuvo una novia china allá en Seattle. La vi en la habitación de su hotel; te digo que ese Japhy era una fiera con las mujeres.

Casi podía oír la voz de Japhy cantando alegres canciones con su guitarra mientras el viento aullaba en torno a la lancha y las olas grisáceas salpicaban las ventanas de la cabina del piloto.

«Y éste es el lago de Japhy, y ahí están las montañas de Japhy», pensé, y tuve muchas ganas de que Japhy estuviera aquí y de que me viera hacer lo que él quería que hiciera.

Dos horas después nos acercamos a la orilla escarpada y frondosa del lago, unos doce kilómetros o así más arriba. Desembarcamos y amarramos la lancha a unos tocones y Happy le dio un palo a la primera mula que se lanzó bosque arriba con su carga a cuestas y trepó por la resbaladiza orilla, con las patas poco firmes y a punto de caerse al lago con toda mi comida, pero siguió trepando entre la neblina hasta un sendero donde se paró a esperar a su amo. Luego las otras mulas, cargadas con baterías y otro equipo variado, la siguieron, y después Happy, que se puso en cabeza sobre su caballo, y luego yo en Mabel, la yegua, y finalmente Wally, el guarda forestal.

Dijimos adiós con la mano al tipo del remolcador e iniciamos una triste jornada bajo la lluvia, trepando por aquella zona ártica entre neblina y lluvia siguiendo estrechos senderos de roca con árboles y matorrales que nos calaban hasta los huesos cuando los rozábamos. Yo llevaba mi impermeable de nailon atado al pomo de la silla de montar y enseguida me lo puse: un monje amortajado a caballo. Happy y Wally no se taparon con nada y se limitaron a cabalgar empapados y con la cabeza baja. El caballo a veces resbalaba en las piedras del sendero. Seguimos y seguimos, siempre más y más arriba, y por fin encontramos un tronco que había caído atravesando el sendero y Happy desmontó y sacó su hacha de doble filo y empezó a golpear maldiciendo y sudando hasta que consiguió abrir una nueva senda que rodeaba al árbol caído. Todo con ayuda de Wally, mientras a mí se me encomendaba la tarea de vigilar a los animales, cosa que hice sentado cómodamente debajo de un arbusto y liando un pitillo. Las mulas se asustaron ante lo escarpado y estrecho de la senda que habían hecho, y Happy me dijo enfadado:

–¡Maldita sea, agárralas por las crines y llévatelas de aquí! –Luego, como la asustada era la yegua, añadió–: ¡Agarra bien esa jodida yegua, cojones! ¿Es que voy a tener que hacerlo yo todo?

Por fin, conseguimos seguir y trepamos y trepamos, y enseguida dejamos el monte bajo y entramos en nuevas cimas alpinas con prados pedregosos llenos de altramuces azules y amapolas rojas que atravesaban la neblina grisácea con un color desvaído mientras el viento soplaba muy fuerte y ahora con aguanieve.

–¡Mil quinientos metros ya! –gritó Happy, desde delante, dándose la vuelta con su viejo sombrero agitado por el viento mientras se liaba un cigarrillo, cómodamente instalado en la silla con toda la experiencia de una vida a caballo.

Los prados de brezos florecidos subían y subían entre la niebla y nosotros seguíamos la senda en zigzag con el viento soplando cada vez más fuerte, hasta que por fin Happy volvió a gritar:

–¿Ves esa enorme roca de ahí delante? –Miré y entre la niebla vi una roca gris semejante a una mortaja allí mismo delante de nosotros. Happy dijo entonces–: Está a más de trescientos metros, aunque creas que puedes tocarla ya. Cuando lleguemos allí casi habremos terminado. Sólo quedará otra media hora.

Un minuto después me gritó:

—¿Estás seguro de que no te has traído una botellita extra de brandy, muchacho?

Estaba empapado y hecho una pena, pero no le importaba y pude oírle cantar en el viento. Poco a poco íbamos subiendo prácticamente por encima del nivel de los árboles; el prado dejó paso a rocas y, de pronto, en el suelo había nieve a derecha e izquierda y los caballos hundían las patas en ella casi hasta el corvejón. Podían verse los agujeros con agua que dejaban sus cascos. De hecho, ya estábamos muy arriba. Con todo, alrededor no conseguía distinguir nada, excepto niebla y blanca nieve y jirones de neblina que pasaban rápidamente. En un día despejado habría visto los profundos precipicios a uno de los lados del sendero y sin duda me habría asustado temiendo que el caballo resbalara y cayera. Pero ahora lo único que veía abajo eran leves sugerencias de copas de árboles que parecían matas de arbustos.

«¡Oh, Japhy! —pensé—. ¡Y tú surcando el océano en un barco seguro, caliente en tu camarote, escribiendo cartas a Psyche, a Sean y a Christine!»

La nieve se hizo más profunda y el granizo empezó a azotar nuestros rostros enrojecidos por la intemperie, y por fin Happy gritó desde adelante:

—¡Ya casi hemos llegado!

Yo tenía frío y estaba calado. Me bajé de la yegua y me limité a conducirla por la senda mientras el animal lanzaba una especie de gruñido de alivio al sentirse liberado de la carga y me seguía obedientemente. Aun sin mí, iba bastante cargado.

—¡Ahí está! —gritó Happy, y entre la niebla que se arremolinaba en aquel techo del mundo, vi una curiosa cabaña con tejado en punta, de aspecto casi chino, entre puntiagudos abetos y rocas, encima de una gran piedra desnuda y rodeada de campos nevados y manchas de hierba empapada y de florecillas.

Tragué saliva. Resultaba demasiado lóbrego y triste para que me gustara.

–¿Va a ser esto mi casa y refugio durante todo el verano?

Avanzamos trabajosamente hasta el corral de troncos construido por algún viejo vigilante de los años treinta y atamos a los animales y descargamos los bultos. Happy subió y quitó la puerta protectora y sacó las llaves y abrió; dentro estaba oscuro, y el suelo cubierto de barro y las paredes húmedas y en un siniestro camastro de madera había un somier hecho de cuerda (así no atraía los rayos) y las ventanas eran opacas a causa del polvo, y lo peor de todo, el suelo estaba cubierto de revistas rotas y roídas por los ratones y de restos de comida también y de innumerables bolitas de las cagadas de los ratones.

–Bien –dijo Wally, enseñando sus grandes dientes–, te va a llevar bastante tiempo limpiar todo esto, ¿verdad? Puedes empezar ahora mismo retirando todas esas latas viejas del estante y pasando una bayeta mojada por encima para quitar la suciedad.

Y lo hice, y tenía que hacerlo, estaba a sueldo.

Pero el bueno de Happy encendió un alegre fuego en la rechoncha estufa y puso sobre ella un cacharro con agua y echó dentro media lata de café y gritó:

–No hay nada como un café realmente fuerte. En esta región, chico, nos gusta que el café ponga los pelos de punta.

Miré por la ventana: niebla.

–¿A qué altura estamos?

–A dos mil metros, más o menos.

–¿Y cómo voy a distinguir los incendios? Ahí fuera sólo hay niebla.

–Dentro de un par de días la barrerá el viento y podrás ver cientos de kilómetros, no te preocupes.

Pero no le creí. Recordé a Han Shan hablando de la niebla de Montaña Fría, una niebla que nunca se iba; empecé a apreciar la osadía de Han Shan. Happy y Wally salieron conmigo y pasamos cierto tiempo colocando el mástil del anemómetro y haciendo otras tareas. Luego Happy entró y preparó una cena estupenda en el hornillo: jamón y huevos, acompañados de un café muy fuerte. Wally desempaquetó el aparato de radio receptor-emisor que funcionaba con baterías de coche y se puso en contacto con las balsas del Ross. Después, desenrollaron sus sacos de dormir disponiéndose a pasar la noche en el suelo, mientras yo dormí en el húmedo camastro metido en mi propio saco.

Por la mañana todavía nos rodeaba una niebla gris y hacía viento. Prepararon los animales y antes de irse se volvieron y me dijeron:

—Bien, ¿qué te parece el pico de la Desolación?

Happy añadió:

—No olvides lo que te dije de responder a tus propias preguntas. Y si se acerca un oso y mira por la ventana, limítate a cerrar los ojos.

Las ventanas aullaban mientras se alejaban fuera de mi vista entre la niebla y los retorcidos árboles de la cumbre, y enseguida dejé de verlos y ya estaba solo en el pico de la Desolación, y me parecía que por toda la eternidad, convencido de que no saldría vivo de allí. Trataba de distinguir las montañas, pero los ocasionales huecos que se abrían entre la niebla sólo revelaban unas formas vagas y distantes. Renuncié a ver nada y entré y me pasé el día entero limpiando la cabaña.

Por la noche me puse el impermeable encima de la chaqueta y la ropa de abrigo y salí a meditar en el brumoso techo del mundo. Aquí estaba la Gran Nube de la Verdad, Dharmamega, el fin último. Empecé a ver mi primera estrella a eso de las diez; de pronto se disipó parte de la niebla y creí ver montañas, inmensas e imponentes formas que cerraban el paso, negras y blancas con nieve en la cima y, tan cerca que casi di un salto. A las once pude ver el lucero de la tarde por encima del Canadá, hacia el norte, y creí distinguir una franja naranja de puesta de sol detrás de la niebla, pero todo esto se me fue de la cabeza ante el ruido que hacían las ratas arañando la puerta del sótano. En el desván, los ratones corrían sobre sus patitas negras entre granos de arena y arroz y trastos dejados allí por generaciones enteras de perdedores del Desolación.

«Vaya, vaya –pensé–, ¿conseguiré que me llegue a gustar? Y si no, ¿cómo me las arreglaré para largarme?»

Lo mejor sería irse a la cama y hundir la cabeza dentro del saco.

En mitad de la noche, mientras estaba medio dormido, abrí los ojos un poco, y de repente me desperté con los pelos de punta: acababa de ver un enorme monstruo negro ante mi ventana. Lo miré y vi que tenía una estrella encima. Era el monte Hozomeen que estaba a muchos kilómetros de distancia, en el Canadá, y se inclinaba sobre mi cabaña para atisbar por la ventana. La niebla había desaparecido por completo y era una noche estrellada. ¡Joder con la montaña! Tenía la misma forma inolvidable de una torre de brujas que Japhy la había dado con su pincel cuando la dibujó en aquel cuadro que colgaba de la arpillera de las paredes de Corte Madera. Era una elevación de rocas que daban vueltas y vueltas en espiral hasta alcanzar la cumbre donde una perfecta torre de brujas terminada en punta señalaba al infinito. Hozomeen, Hozomeen, la montaña más siniestra que había visto nunca. Y la más hermosa también en cuanto llegué a conocerla bien y vi detrás de ella la Aurora Boreal reflejándose en todo el hielo del Polo Norte desde el otro lado del mundo.

33

Así que por la mañana me desperté con el sol brillando en un hermoso cielo azul. Salí a la entrada de mi cabaña, y allí estaba todo lo que Japhy me había dicho: cientos de kilómetros de puras rocas cubiertas de nieve y lagos vírgenes y altos bosques, y debajo, en lugar del mundo, un mar de nubes color malvavisco, un mar plano como un techo que se extendía kilómetros y kilómetros en todas direcciones, cubriendo de nata todos los valles; eran lo que se suelen llamar nubes bajas, que para mí, sobre aquel pináculo a dos mil metros de altura, quedaban muy por debajo. Preparé café en el hornillo y salí y calenté mis huesos empapados de niebla al sol, sentado en los escalones de madera.

–Ti, ti –dije a un conejo peludo, y el animalito disfrutó durante un minuto junto a mí del mar de nubes. Freí jamón y huevos, excavé un agujero para la basura a unos cien metros senda abajo, cogí leña e identifiqué los lugares con mis prismáticos y puse nombres a todas las rocas cortadas y mágicas, nombres que Japhy me había cantado tan a menudo: monte Jack, monte del Terror, monte de la Furia, monte del Desafío, monte de la Desesperación, el Cuerno de Oro, el Plantón, pico Cráter, el Rubí, el monte Baker, mayor que el mundo en la distancia, al oeste, monte del Garañón, el pico del Pulgar Doblado, y los fabulosos nombres de los arroyos: los Tres Locos, el Canela, el Confusión, el Rayo y el Congelador. Y todo aquello era mío, no había ningún otro par de ojos contemplando ese inmenso universo panorámico de materia. Tuve una tremenda sensación de ensueño que no me dejaría en todo aquel verano y que, de hecho, se hizo mayor, en especial cuando me ponía cabeza abajo para que me circulara la sangre, en lo más alto de la montaña, utilizando un saco para apoyar la cabeza, y entonces las montañas parecían burbujas en el vacío visto al revés. ¡En realidad me di cuenta de que estaban cabeza abajo lo mismo que yo! No había duda alguna de que la gravedad nos mantiene a todos intactos y cabeza abajo contra la superficie del globo terrestre en un infinito espacio vacío. Y de pronto, me di cuenta también de que estaba solo de verdad y no tenía nada que hacer, excepto comer y descansar y divertirme, y que nadie podría criticarme. Las florecillas crecían por todas partes, entre las rocas, y nadie les había pedido que crecieran, como tampoco a mí.

Por la tarde, el mar de nubes malvavisco se disipó parcialmente y el lago Ross apareció ante mi vista. Un bello estanque cerúleo allá abajo con las pequeñas embarcaciones de juguete de los excursionistas, unas embarcaciones que quedaban demasiado lejos como para que las viera, pero que dejaban pequeñas estelas en el espejo del lago. Podían verse pinos reflejados cabeza abajo en el lago señalando al infinito. Esa misma tarde me tumbé en la hierba con toda aquella gloria ante mí y me sentí un poco aburrido y pensé:

«Ahí no hay nada porque no me importa nada.»

Y luego me puse en pie de un salto y empecé a cantar y a bailar y a silbar, y los fuertes silbidos atravesaban la Garganta del Rayo porque aquello era demasiado inmenso para que se produjera eco. Detrás de la cabaña había un gran campo nevado que me proporcionaría agua fresca para beber hasta septiembre; bastaría con un cubo al día que se fundiría en el interior, y luego metería un vaso de estaño y así siempre tendría agua muy fría. Empezaba a sentirme más contento de lo que me había sentido durante años y años, desde la infancia; sí, me sentía libre y alegre y solitario.

–Buddy-o, tralará, lará, la –canté mientras me paseaba entre las rocas.

Luego llegó la primera puesta de sol y resultó increíble. Las montañas estaban cubiertas de niebla rosa, las nubes quedaban lejos y rizadas y parecían antiguas ciudades remotas con el esplendor de la tierra del Buda. El viento soplaba incesante, fssssh, fssssh, sacudiendo ocasionalmente mi barco. El disco de la luna nueva era prognático y resultaba secretamente cómico en la pálida tabla azulada de encima de los monstruosos hombros de niebla que se alzaban del lago Ross. Cumbres dentadas surgían como de golpe por detrás de las laderas, semejantes a las montañas que dibujaba de niño. Parecía que en alguna parte se estaba celebrando un festival dorado. Escribí en mi diario:

«¡Oh, qué feliz soy!», pues en los picos, al terminar el día, veía la esperanza. Japhy tenía razón.

La oscuridad iba envolviendo mi montaña y pronto sería otra vez de noche y habría estrellas y el Abominable Hombre de las Nieves merodearía por el Hozomeen. Encendí un buen fuego en el hornillo y me preparé unos deliciosos bollos de centeno y un estofado de carne. Un fuerte viento del oeste batía la cabaña, que estaba bien construida con varillas de acero que se hundían en hormigón: no sería arrancada. Estaba satisfecho. Siempre que miraba por la ventana veía abetos alpinos sobre un fondo de cumbres nevadas, nieblas cegadoras o, allá abajo, el lago todo rizado e iluminado por la luna como un lago de juguete. Me hice un ramillete de altramuces y amapolas y lo puse en un cacharro con agua. La cumbre del monte Jack estaba hecha de nubes plateadas. A veces veía el resplandor de relámpagos a lo lejos iluminando súbitamente los increíbles horizontes. Algunas mañanas había niebla, y mi sierra, la sierra del Hambre, quedaba completamente envuelta en leche.

El domingo siguiente, justo como el primero, el amanecer reveló un mar de brillantes nubes planas a unos trescientos metros por debajo de mí. Siempre que me sentía aburrido me liaba otro pitillo con el tabaco Prince Albert de la lata; no hay nada mejor en el mundo que un pitillo recién liado que se disfruta sin prisa. Me paseaba en la quietud de brillante plata con horizontes rosados al oeste, y todos los insectos se aquietaban en honor de la luna.

Había días calurosos y desagradables con plagas de langosta y otros insectos, calor, nada de aire, ninguna nube, en los que no conseguía entender que hiciera tanto calor en una montaña del Norte. A mediodía lo único que se oía era el zumbido sinfónico de un millón de insectos, mis amigos. Pero llegaba la noche y, con ella, la luna del monte, la luna que rielaba en el lago, y yo salía y me sentaba en la hierba y meditaba cara al oeste deseando que hubiera un Dios personal en toda esta materia impersonal. Iba a mi campo de nieve, sacaba una jarra de jalea púrpura y miraba la luna a través de ella. Veía que el mundo rodaba hacia la luna. Por la noche, mientras estaba dentro del saco, el venado subía desde los bosques y mordisqueaba los restos de comida que quedaban en los platos de estaño que siempre dejaba a la puerta de la cabaña; machos con grandes cuernos, hembras, y cervatillos preciosos que parecían mamíferos del otro mundo, de otro planeta, con todas aquellas rocas iluminadas por la luna detrás.

Luego podía llegar una turbulenta lluvia lírica del sur traída por el viento, y yo decía:

—El sabor de la lluvia, ¿por qué arrodillarse? —Y también—: Es el momento de tomar un café caliente y fumar un pitillo, chicos —dirigiéndome a mis imaginarios bhikkhus.

La luna se puso llena y con ella llegó la Aurora Boreal sobre el monte Hozomeen («Mira el vacío y la quietud es todavía mayor», había dicho Han Shan en la traducción de Japhy); y de hecho todo estaba tan quieto, que lo único que tenía que hacer era variar la posición de mis piernas cruzadas sobre la hierba alpina para oír las pezuñas de los venados que huían asustados. Cabeza abajo antes de irme a la cama encima de aquel techo de roca iluminado por la luna, podía ver claramente que la tierra estaba en realidad cabeza abajo y que el hombre era un bicho raro y vano lleno de ideas extrañas que caminaba al revés presumiendo, y comprendía que el hombre recordaba por qué este sueño de planetas y plantas y Plantagenets había sido construido de materia primordial. A veces me enfadaba porque las cosas no me salían bien: cuando se me quemaba una torta o resbalaba en el campo de nieve al ir a buscar agua, o la vez en que la pala se me cayó al barranco; y me enfadaba tanto que quería morder las cumbres de las montañas, y entonces entraba en la cabaña y daba una patada a la mesa y me hacía daño en un dedo. Pero la mente debe estar vigilante, y eso aunque la carne sufra: las circunstancias de la existencia son plenamente gloriosas.

Todo lo que tenía que hacer era mirar de vez en cuando el horizonte en busca de humo y mantener funcionando el aparato de radio emisor-receptor y barrer el suelo. La radio no me daba mucho trabajo; no hubo incendios tan cercanos como para que tuviera que dar cuenta de ellos y no participé en las charlas de los vigilantes. Me lanzaron en paracaídas un par de baterías nuevas, aunque las que tenía seguían en buen estado.

Una noche, en una visión mientras meditaba, Avalokitesvara, el que Oía y Respondía las Oraciones, me dijo:

—Tienes poder para recordar a todo el mundo que son personas completamente libres.

Me puse la mano encima para recordármelo en primer lugar a mí mismo, y luego, sintiéndome alegre, grité:

—Ta —y abrí los ojos y vi una estrella fugaz.

Los mundos innumerables de la Vía Láctea, *palabras*. Tomé la sopa en una tacita y me supo mucho mejor que tomada en una gran sopera..., mi sopa de guisantes y tocino a lo Japhy. Dormía siestas de un par de horas todas las tardes, me despertaba y comprendía que «nada de esto sucedió nunca» al mirar las montañas de mi alrededor. El mundo estaba cabeza abajo colgando en un océano de espacio sin fin y aquí estaba toda esa gente sentada en el cine viendo películas, allí, abajo, en el mundo al que volvería... Me paseaba por la entrada de la cabaña al anochecer y cantaba «Ah, las horas pequeñas», y cuando llegué a las palabras «cuando el mundo entero esté profundamente dormido», se me llenaron los ojos de lágrimas.

—Muy bien, mundo —dije—, te amaré.

Por la noche, en la cama, caliente y feliz dentro del saco sobre el acogedor camastro de madera, veía mi mesa y mi ropa a la luz de la luna y pensaba: «¡Pobre Raymond!, su día es tan triste y con tantas inquietudes, sus impulsos son tan efímeros, ¡es tan complicado y molesto tener que vivir!», y luego me dormía como un corderito. ¿Somos ángeles caídos que nos negamos a creer que nada *es* nada y, por tanto, nacemos para perder a los que amamos y a nuestros amigos más queridos uno a uno, y después nuestra propia vida, para probarnos?... Pero volvía la fría mañana con nubes que surgían de la Garganta del Rayo como humo gigantesco, con el lago abajo siempre cerúleo y neutro, y con el vacío espacio igual que siempre. ¡Oh, rechinantes dientes de la tierra! ¿Adónde lleva todo esto si no es a una dulce y dorada eternidad para demostrar que todo está equivocado, para demostrar que la propia demostración carece de sentido...?

34

Al fin llegó agosto con ráfagas que sacudieron mi cabaña y auguraron poco de augusto. Hice mermelada de frambuesas de color rubí al ponerse el sol. Puestas de sol enfurecidas que lanzaban espumosos mares de nubes a través de cortadas inimaginables, con todos los matices rosados de la esperanza detrás, y yo me sentía justo como ellas, brillante y lúgubre más allá de las palabras. Por todas partes terribles campos de hielo y de nieve; una brizna de hierba bailando en los vientos de la infinitud, anclada a una roca. Hacia el este estaba gris; hacia el norte, espantoso; hacia el oeste, en enloquecido furor, dementes frenéticos luchaban en siniestra lobreguez; hacia el sur, la neblina de mi padre. El monte Jack, con su sombrero de trescientos metros de roca dominando un centenar de campos de fútbol nevados. El arroyo Canela era una fantasía de niebla escocesa. El Shull se perdía entre el Cuerno Dorado. Mi lámpara de petróleo ardía en el infinito.
«Pobre carne tan débil —me dije—, no hay solución.»
Ya no sabía nada de nada y tampoco me importaba nada en absoluto, y de repente me sentía auténticamente libre. Luego llegaron las mañanas realmente frías y crepitaba el fuego y cortaba leña con el hacha y la gorra puesta (una gorra con orejeras), y me sentía maravillosamente bien y perezoso en el interior de la cabaña, empujado dentro por las nubes heladas. Lluvia, truenos en las montañas, pero delante de

la estufa leía mis revistas ilustradas occidentales. Por todas partes aire de nieve y humo de leña. Finalmente llegó la nieve en un remolino amortajado procedente del Hozomeen, junto al Canadá. Llegó tempestuosa enviando blancos heraldos radiantes a través de los que miraba, lo vi perfectamente, el ángel de la luz. Y el viento se levantó y se alzaron oscuras nubes como si procedieran de una fragua. Canadá era un mar de niebla sin sentido. Y aquello llegó en un ataque en abanico anunciado por el cantar del tubo de mi estufa, y avanzó impetuoso y se tragó mi viejo cielo azul que había estado lleno de nubes doradas; a lo lejos, el retumbar de los truenos canadienses; y hacia el sur otra tormenta mayor y más negra cerrándose como una pinza. Pero el Hozomeen se mantenía firme rechazando el ataque con un hosco silencio. Y nada podría inducir a los alegres horizontes dorados del nordeste, donde no había tormenta, a cambiar su puesto con el Desolación. De pronto, un arco iris verde y rosado se situó justo encima de la sierra del Hambre a menos de trescientos metros de mi puerta, como una centella, como una columna; viniendo entre nubes arremolinadas y sol anaranjado y tumultuoso.

¿Qué es un arco iris, Señor?
Un collar
para los humildes.

Y se encajó justo en el arroyo del Rayo, y lluvia y nieve cayeron simultáneamente y el lago era de un blanco de leche dos kilómetros más abajo y todo era una auténtica locura. Salí y de repente mi sombra fue rodeada por el arco iris mientras caminaba por la cima y un misterio con halo hizo que deseara rezar.

–¡Oh, Ray, el transcurso de tu vida es como una gota de lluvia dentro del océano ilimitado que es el despertar eterno! ¿Por qué seguir preocupado? Escribe a Japhy y cuéntaselo todo.

La tormenta pasó y se fue tan rápidamente como había llegado, y al caer la tarde, el lago brilló cegadoramente. La caída de la tarde y mi estropajo secándose encima de la roca. La caída de la tarde y mi espalda helada mientras en la cima del mundo lleno de nieve mi cubo. La caída de la tarde, y era yo y no el vacío lo que había cambiado. Un anochecer cálido y rosado y yo meditando bajo la media luna amarilla de agosto. Siempre que oía el trueno en las montañas era como la plancha del amor de mi madre.

−¡Trueno y nieve! ¿Cómo seguiremos hacia adelante? −canté.

Y de pronto, habían llegado las lluvias torrenciales, noches enteras lloviendo, millones de hectáreas de árboles lavados y lavados, y en el desván ratas milenarias durmiendo sabiamente.

La mañana. Llegaba la clara sensación del otoño, llegaba el final de mi trabajo. Ahora los días eran ventosos y con rápidas nubes: un claro aspecto dorado entre la bruma del mediodía. La noche, preparar chocolate caliente y cantar junto al fuego. Llamaba a Han Shan por los montes: no obtuve respuesta. Llamaba a Han Shan en la niebla de la mañana: silencio, se me dijo. Llamaba: Dipankara me instruía sin decir nada. Nieblas que desfilan al viento y yo cierro los ojos y habló el hornillo.

−¡Wuu! −grité, y el ave en perfecto equilibrio sobre la copa del abeto se limitó a mover la cola; luego se fue y la distancia se hizo inmensamente blanca. Noches negras con señales de osos: allí abajo, en el agujero para la basura, las oxidadas latas de leche agria y solidificada y evaporada mordidas y destrozadas por poderosas garras: Avalokitesvara el Oso. Nieblas gélidas con terribles agujeros. En mi calendario arranqué el día cincuenta y cinco.

Mi pelo había crecido, mis ojos eran de un azul puro en el espejo, mi piel estaba tostada. Otra vez temporales de lluvia la noche entera, las lluvias del otoño, y yo caliente como una tostada dentro del saco de dormir soñando con movi-

236

mientos de la infantería que exploraba las montañas; frías y duras mañanas con viento, ráfagas de niebla, ráfagas de nubes, súbitos soles resplandecientes, la prístina luz en las laderas y tres leños crepitando en el fuego mientras yo, exultante, oía a Burnie Byers decir por la radio que todos los vigilantes bajaran aquel mismo día. La temporada se había terminado. Paseé por los alrededores de la cabaña con una taza de café colgada del pulgar cantando:

–Montaña, montañita, en la hierba está la ardillita.

Y allí estaba mi ardilla, en el aire brillante y claro y soleado, de pie encima de una piedra, muy derecha, juntaba las manos con un grano de avena entre ellas. Lo mordisqueó y se marchó: era la pequeña deuda de todo lo que allí había. Al anochecer se acercó por el norte una gran pared de nubes.

–Brrrr –dije. Y canté–: Sí, sí, pero ella estuvo aquí. –Y me refería a mi cabaña y a cómo el viento no pudo con ella, y seguí–: Pasa, pasa, pasa, tú que pasas a través de todo.

Encima de la montaña perpendicular había visto el giro completo de sesenta soles. La visión de la libertad eterna era mía para siempre. La ardilla se perdió entre las rocas y surgió una mariposa. Así de sencillo era. Los pájaros revoloteaban alegres por encima de la cabaña; contaban con un camino de dos kilómetros de moras hasta la línea de bosques. Fui por última vez hasta el borde de la Garganta del Rayo. Aquí, sentado el día entero a lo largo de sesenta días, entre la niebla o a la luz de la luna o del sol o en la oscuridad de la noche, había contemplado los retorcidos y nudosos arbolillos que parecían crecer en el aire, en la pura roca.

Y de pronto, me pareció ver a aquel inimaginable vagabundo chino allí mismo, entre la niebla, con aquel humor inexpresable en su rostro arrugado. No era el Japhy de la vida real, el de las mochilas y el estudio del budismo y las enloquecidas fiestas de Corte Madera, era el Japhy más real que la vida, el Japhy de mis sueños, y estaba allí sin decir nada.

–¡Fuera de aquí, ladrones de la mente! –gritó hacia abajo, en dirección a las oquedades de las increíbles Cascadas.

Era el Japhy que me había aconsejado subir aquí y que ahora, aunque estaba a más de diez mil kilómetros de distancia, en Japón, respondiendo a la campanilla de la meditación (una campanilla que más tarde mandaría por correo a mi madre, simplemente porque era mi madre y quería hacerle un regalo), aparecía encima del pico de la Desolación junto a los retorcidos árboles de las rocas certificando y justificando todo lo que allí había.

–Japhy –dije en voz alta–, no sé cuándo nos volveremos a ver o lo que sucederá en el porvenir, pero el Desolación, el Desolación... ¡No sabes lo que debo al Desolación! Gracias, te estaré agradecido siempre por guiarme hasta este lugar donde lo he aprendido todo. Ahora ha llegado el triste momento de volver a las ciudades y soy un par de meses más viejo y existe toda esa humanidad y los bares y los espectáculos y el amor valiente, todo cabeza abajo en el vacío. ¡Dios lo bendiga todo! Pero Japhy, tú y yo lo sabemos para siempre. ¡Oh, juventud eterna! ¡Oh, eterno llorar! –Abajo, en el lago, aparecieron reflejos rosados de vapor celestial y dije–: ¡Dios mío, te amo! –Y volví la vista al cielo y sentí de verdad lo que decía–. Me he enamorado de ti, Dios mío. Cuida de todos nosotros. No importa como sea.

A los niños y los inocentes todo les da igual.

Y siguiendo la costumbre de Japhy de doblar una rodilla y dedicar una breve oración al lugar que dejaba, como cuando dejó la sierra, y en Marin, y cuando ofreció una oración de gratitud al dejar la cabaña de Sean el día en que iba a embarcarse, del mismo modo yo, al bajar de la montaña con la mochila a cuestas, me volví y me arrodillé en el sendero y dije:

–Gracias, cabaña. –Y enseguida añadí–: ¡Bah! –Haciendo una mueca, porque sabía que aquella cabaña y aquella montaña comprenderían lo que quería decir.

Después di la vuelta y seguí sendero abajo de vuelta a este mundo.